HERZEN IN DER TIEFBLAUEN SEE

JEULIA HESSE

DEEP CREEK PUBLISHERS

Erstmals veröffentlicht von Deep Creek Publishers 2025

AUCH VON JEULIA HESSE

Die Steinhaus-Gasthof-Reihe
Das verhängnisvolle Vermächtnis
Mörderisches Rezept
Seelenwächter

Tiefer Blauer Ozean-Reihe

Geheimnisse in der tief blauen See
Sünden in der tief blauen See
Geister in der tief blauen See
Flüche in der tief blauen See
Schätze in der tief blauen See
Herzen in der tief blauen See

Die Widow's Point Insel-Trilogie
Letzter Wunsch Hochzeit (Spätsommer 2025)

CONTENTS

1. Prolog   1

2. Kapitel 1   5

3. Kapitel 2   14

4. Kapitel 3   25

5. Maine, Fünf Jahre zuvor   36

6. Kapitel 4   46

7. Kapitel 5   57

8. Kapitel 6   70

9. Kapitel 7   79

10. Kapitel 8   88

11. Kapitel 9   90

12. Kapitel 10   100

13. Kapitel 11   112

14. Kapitel 12   125

15. Kapitel 13   133

16.	Kapitel 14	142
17.	Kapitel 15	161
18.	Kapitel 16	173
19.	Kapitel 17	178
20.	Kapitel 18	187
21.	Kapitel 19	201
22.	Kapitel 20	208
23.	Kapitel 21	217
24.	Kapitel 22	229
25.	Kapitel 23	237
26.	Kapitel 24	247
27.	Kapitel 25	256
28.	Kapitel 26	264
29.	Kapitel 27	276
30.	Kapitel 28	283
31.	Kapitel 29	292
32.	Kapitel 30	304
	Über die Autorin	310

PROLOG

MÄRZ 2006

Der Auslöser klickte und fing einen weiteren Spritzer Rot auf der weißen Tapete ein. Detective Murphys Stimme hallte den Flur entlang.

Mike Bradley justierte seine Kameraeinstellungen und versuchte, sich auf Blendenwerte und Belichtungszeiten zu konzentrieren, anstatt auf das, was seine Linse dokumentierte. Zwanzig Jahre als Tatortfotograf in New York City hatten ihn gelehrt, zu compartmentalisieren.

Normalerweise.

Der Schneeregen hämmerte gegen die Fenster, der Wind peitschte sich in einen Rausch und heulte gegen die Fensterscheiben. Weihnachtslichter hingen noch von den Dachtraufen, ihre fröhlichen Farben spiegelten sich in der Eisschicht, die den Hof überzog. Im Inneren bot das Haus seine eigene schreckliche Lichtshow, als sein Blitz Raum für Raum erleuchtete.

Er bewegte sich methodisch durch das Haus und vermied es, in die dunkelroten Flecken zu treten, die entlang der Fußleisten sickerten.

Die Temperatur im Inneren war kaum wärmer als draußen. Alles wirkte wie in der Zeit eingefroren, wie ein verdrehtes Museumsexponat.

Ein weiteres Klicken

Das Teeservice des kleinen Mädchens, noch immer für eine Party gedeckt, die nie stattfinden würde.

Klick.

Ein halb fertiges Mathearbeitsblatt auf dem Küchentisch, der Bleistift in die Falte gerollt.

Klick.

Die Zeitung des Vaters, gefaltet beim Kreuzworträtsel, das er nie vollenden würde.

»Keller ist bereit für den Fotografen«, rief ein Polizist.

Mikes Finger verkrampften sich an seiner Kamera. Er hatte ihr Flüstern gehört. Über das, was sie dort unten gefunden hatten.

Über den Jungen.

Die Kellertreppe knarrte unter seinem Gewicht. Sein Blitz erhellte die Dunkelheit in stotternden Stößen und enthüllte einen unfertigen Raum, vollgestopft mit Lagerboxen und alten Möbeln. Und dort, in der Ecke...

Der Junge saß mit gekreuzten Beinen auf dem Betonboden und ordnete sorgfältig Puppen in einem Halbkreis an. Seine Kleidung war steif von getrocknetem Blut. Seine Hände bewegten sich mit feiner Präzision, sein Gesicht ein Bild der Konzentration bei seiner Aufgabe.

Beim Geräusch von Mikes Kamera schaute er auf.

Mikes Finger erstarrte am Auslöser.

Er hatte schon früher Mörder fotografiert, hatte die Leere in ihren Augen eingefangen, die Dunkelheit, die dort hauste. Aber das... das war anders.

Der Junge lächelte, sanft und heiter. »Sie schlafen«, flüsterte er und deutete auf seine Puppen. »Du musst leise sein, sonst weckst du sie auf.«

Klick.

Der Blitz erfasste diese eisblauen Augen, diesen seligen Gesichtsausdruck. Mike wusste sofort, dass dies das Foto sein würde, das ihn verfolgen würde. Nicht die blutbemalten Wände oben oder die auskühlenden Körper.

Dieser eine Moment, in dem Unschuld zu etwas Unmenschlichem verdreht wurde.

»Hast du bekommen, was du brauchst?«, fragte Murphy von der Treppe aus.

Mike nickte, unfähig zu sprechen. Seine Kamera fühlte sich schwer in seinen Händen an.

Als sie ihn die Treppe hinaufführten, driftete die Stimme des Jungen hinter ihnen her, sanft und süß: »Gute Nacht, alle zusammen. Schlaft gut.«

Mike Bradley kündigte seinen Job drei Monate später, nachdem er nach Maine gezogen war, um sich halb zur Ruhe zu setzen, auf der Suche nach einem Frieden, den er nie fand.

In seinen Albträumen starrten ihn diese blauen Augen noch immer durch seinen Sucher an, für immer in perfekter digitaler Klarheit festgehalten.

Das Gesicht eines Monsters, getarnt als Kind, das seine Puppen arrangierte, während das Blut seiner Familie an seinen Händen trocknete.

Das Böse im Gewand der Unschuld.

KAPITEL 1

Für einen Moment zögerte die Hand, die den Stift hielt. Den Verkauf ihres Hauses in Maine zu unterschreiben bedeutete, diesen Lebensabschnitt loszulassen und das aufzugeben, was sie allein aufgebaut hatte.

Auf der anderen Seite des Maklertisches vibrierte Janessa förmlich vor Aufregung. Ihr Gesicht strahlte während des Prozesses, ihr erstes Eigenheim zu kaufen, und sie umklammerte ihren eigenen Stift wie einen Talisman. Lizzie zwang ihre Hand, sich zu bewegen, um die Tinte den Verkauf besiegeln zu lassen. Seltsam, wie Jahre voller Erinnerungen in ein paar Strichen schwarzer Tinte zusammengefasst werden konnten. Während sich ihr Leben drastisch verändert hatte und das Haus in Maine eher zur Last als zum Vorteil geworden war, wurde es für jemand anderen ein Neuanfang.

Lizzie und Janessa hatten in der Klinik in Ellsworth zusammengearbeitet, seit Lizzies Tochter Dani ein Baby gewesen war. Als Lizzie beschloss, ihren Umzug nach Florida dauerhaft zu machen, hatte Janessa sofort die Gelegenheit ergriffen, Lizzies Haus zu mieten. Und heute war sie die stolze Eigentümerin.

Es war bittersüß. Das Haus hatte Arbeit gebraucht, als Lizzie es kaufte, und sie hatte Blut und Tränen hineingesteckt, um das kleine Zweizimmerhaus in ein gemütliches Zuhause für sich und ihre kleine Tochter zu verwandeln.

Sie seufzte. Das Leben hatte sich seitdem wirklich verändert. Mit einem panischen Blick auf ihre Uhr stand sie auf. Sie musste ihren Flug von Bangor aus erwischen.

»Ich muss los«, sagte sie und schüttelte dem Makler die Hand. Das alles hätte auch per Stellvertreter erledigt werden können, was die Reise hierher unnötig gemacht hätte. Aber Lizzie wollte einen letzten Blick werfen, einen letzten Eindruck von ihrem Leben vor weniger als zwei Jahren erhaschen. Um sich von der Maine-Version ihrer selbst zu verabschieden.

Damen hatte vermutet, es läge an der bevorstehenden Hochzeit, die Lizzie bis jetzt hinausgeschoben hatte, da sie nicht die klischeehafte, hochschwangere Braut sein wollte. Aber in ihrem Herzen wusste sie, dass es mehr als das war. Sie war einfach noch nicht bereit gewesen.

Jetzt, mit einer aufgeweckten Sechsjährigen und einem neunmonatigen Krabbelbaby, war es an der Zeit. Ganz zu schweigen von allem, was geschehen war, seit sie und Damen wieder zusammengekommen waren. Jetzt war sie wirklich bereit.

Janessa sprang auf. »Danke, danke Lizzie! Ich weiß einfach nicht, wie ich dir jemals genug für alles danken kann, was du getan hast, um mir zu helfen.«

»Unsinn, du hast das alles selbst geschafft«, sagte Lizzie und umarmte sie. »Ich war nur deine Vermieterin.«

»Du hast mir das Haus ohne Bonität vermietet. Und dann hast du mir beim Kauf geholfen! Ganz zu schweigen davon, dass du mir dein altes Auto überlassen hast. Das war ein Segen, als meines kaputtging und ich nicht zur Arbeit oder zum Unterricht kommen konnte. Wirklich Lizzie, danke.«

Sie war froh, dass sie hatte helfen können, da sie aus eigener Erfahrung wusste, wie schwer es manchmal allein sein konnte. Es war eine Art, etwas weiterzugeben, da sie ihre eigenen Engel hatte, die ihr auf dem Weg halfen, wenn die Zeiten dunkel wurden.

Diese Zeiten schienen jetzt sehr weit entfernt, da sie kurz davor stand, offiziell Mrs. Lizzie Wisler zu werden, die Ehefrau eines frisch gebackenen Milliardärs. Es übertraf alles, was sie sich je vorgestellt hatte, und sie war für jeden Tag dankbar.

Die beiden gingen zusammen zum Parkplatz. »Bevor du gehst, Lizzie. Ich habe etwas für dich. Also, eine Sache ist von mir, die andere wurde in der Klinik für dich hinterlassen. Ich glaube, sie ist von deinem alten Verehrer.«

Lächelnd nahm Lizzie die Päckchen von Janessa entgegen, während ein kalter Schauer über ihre Haut lief. »Meine Güte, an ihn habe ich seit Jahren nicht mehr gedacht. Ich dachte, er wäre irgendwo untergebracht worden?«

Janessa zuckte mit den Schultern. »Ja, weißt du, wie das mit diesen Dingen läuft. All die Programme zur Wiedereingliederung in die Gemeinschaft, nicht genug Geld...«

Das wusste sie. So viele Patienten schienen durch die Maschen zu fallen, mit nicht genügend psychischen Gesundheitsdiensten oder gemeinschaftlichen Ressourcen. Alles, was sie in der Klinik tun konnten, war, ihre Medikamente und körperliche Gesundheit zu überwachen und eine freundliche helfende Hand zu sein, wenn nötig. Sie hatten viele Patienten gesehen, die zwischen unzureichender Pflege und überwältigenden Bedürfnissen gefangen waren und durch die Klinik zirkulierten. Oft war das Klinikpersonal das einzige freundliche Gesicht, dem manche Patienten begegneten.

»Das hättest du nicht tun müssen.« Lizzie öffnete Janessas Geschenk, eine gerahmte Fotocollage von Zeiten, die sie und Janessa zusammen mit anderen Freunden verbracht hatten. Ihre lächelnden Gesichter strahlten ihr entgegen und gingen ihr zu Herzen. Sie hatten einige gute Erinnerungen.

»Ich weiß. Aber ich wollte einen Weg finden, um dir zu danken.«

Mit einer letzten Umarmung verabschiedete sich Lizzie von Janessa. Sie warf die Tasche zu ihrem Koffer und machte sich auf den Weg. Zurück in ihr neues Leben in Florida.

• • • ● • ● • • •

Der Schlüssel im Schloss machte kaum ein Geräusch, als sie vorsichtig die Tür öffnete, ihre Schuhe auszog und ihren Übernachtungskoffer in der Diele ließ. Bei all den Sicherheitsmaßnahmen in ihrer Wohnanlage wusste sie, dass Damen von ihrer Ankunft wusste. Das und die Tatsache, dass sie ihm während der ganzen Reise Nachrichten geschickt hatte.

Mondlicht fiel durch die Fenster und warf vertraute Schatten über ihre Eingangshalle. Selbst das Haus schlief zu dieser Stunde tief und fest, aber Lizzie war noch aufgedreht. Der Sprint durch den Flughafen Charlotte, um ihren Anschlussflug rechtzeitig zu erreichen, hatte genug Adrenalin freigesetzt, um den Schlaf heute Nacht fernzuhalten. Als Mutter, die seit fast zwei Jahren zu Hause blieb, erlebte sie sonst nicht so viel Aufregung auf eigene Faust.

Ihre nackten Füße huschten leise über das Parkett, als sie nach oben schlich und im ersten Schlafzimmer innehielt. Ein sanftes Nachtlicht warf einen zarten Schimmer über Ethans Gitterbettchen. Seine kleine Brust hob und senkte sich in einem friedlichen Rhythmus, eine mollige Faust neben seiner Wange. Sie beugte sich hinunter, atmete seinen süßen Duft nach Puder und Milch ein und drückte ihre Lippen auf seinen flaumigen Kopf.

Den Flur hinunter hatte Dani wieder ihre Decke abgestrampelt. Das kleine Mädchen lag diagonal über ihrem Bett ausgestreckt, blonde Locken ergossen sich über ihr Kissen. Lizzie zog behutsam die Decke über die Schultern ihrer Tochter und strich eine Haarsträhne glatt, die so sehr der ihres Namensvetters, ihres Onkels, ähnelte. Dani murmelte etwas über Delfine und kuschelte sich tiefer in ihr Kissen.

Das Licht im Hauptbadezimmer fühlte sich nach der Dunkelheit grell an. Aber sie brauchte unbedingt diese Dusche, brauchte die Wärme, um die Spannung aus ihren Schultern zu lösen und die Aufregung der Nacht zu lindern. Der vertraute Duft ihres Shampoos ersetzte langsam die abgestandene Flugzeugluft, die an ihrer Haut haftete.

Ihr Schlafzimmer war dunkel, als sie zwischen die kühlen Laken schlüpfte. Die Matratze gab nach, als Damen sich zu ihr rollte und mit geübter Leichtigkeit seinen Arm um ihre Taille legte. Er zog sie an seine Brust, sein Atem warm in ihrem Haar. Seine Finger zeichneten träge Muster auf ihrem Rücken, und sie spürte, wie die letzten Fäden des Reisestresses schmolzen.

»Hab dich vermisst«, murmelte er, seine Stimme rau vor Schlaf.

Sie schmiegte sich enger an ihn, um in den Schutz seines Körpers zu passen. Der gleichmäßige Schlag seines Herzens an ihrer Wange sprach deutlicher von Heimat, als Worte es je könnten. Momente später fühlte sie zu ihrer Überraschung, wie sie in einen seligen Schlaf glitt.

· · · · ● · ● · · ·

Ein kleiner Finger stupste ihre Wange an. »Mama? Hast du mir was mitgebracht?«

Lizzie blinzelte wach und fand Danis Gesicht nur Zentimeter von ihrem entfernt, blonde Locken kitzelten ihre Nase. Damens Seite des Bettes war bereits kühl. Ein Blick auf die Uhr zeigte, dass es kaum sieben war. Sie wusste, dass er heute Morgen ein frühes Meeting hatte.

»In meinem Koffer unten könnte eine Überraschung sein«, flüsterte sie. »Such nach einer kleinen braunen Papiertüte.«

Danis Füße polterten den Flur hinunter, während ein anderes Geräusch Lizzies Aufmerksamkeit auf sich zog – Ethans morgendliches Babbeln durch das Babyphone. Sie streckte sich und tappte zu seinem Zimmer, wo sie ihn stehend in seinem Bettchen fand, strahlend mit einem zahnlosen Lächeln beim Anblick von ihr.

»Guten Morgen, mein Süßer.« Sie hob ihn hoch. Er roch nach Schlaf und brauchte eine frische Windel. Als sie ihn in einen weichen blauen Latzhose anzog, verhedderten sich seine Finger in ihrem Haar. »Vorsichtig«, lockte sie ihn und übersäte sein kleines Gesicht mit Küssen, während er vor Lachen quietschte.

Unten war die Küche seltsam still. Keine Geräusche von Dani, die in Taschen wühlte oder über ihr Geschenk plapperte. Mit Ethan auf der Hüfte bog Lizzie um die Ecke und fand ihre Tochter an ihrem kleinen Kinderbasteltisch in der Küche, die intensiv etwas studierte.

»Hast du dein Geschenk gefunden, Schatz?« Die Worte erstarben in ihrer Kehle, als sie sah, was Danis Aufmerksamkeit fesselte. Sie hatte das zusätzliche Päckchen, das Janessa ihr gegeben hatte, völlig vergessen.

Plötzlich platzte Maria durch die Hintertür, Einkaufstüten in der Hand. »¡*Buenos días!* Wie war die Reise in den Norden? Fräulein Dani war so aufgeregt–« Sie sprach weiter, während sie die Päckchen auf der Kücheninsel abstellte.

Lizzie schnallte hastig das Baby in seinen Hochstuhl und wandte sich schnell an Dani. Die Unterlippe des kleinen Mädchens zitterte, als Lizzie ihr behutsam den Zeitungsausschnitt aus den Händen nahm. Ihr eigenes Verlobungsfoto starrte sie an. Damens Gesicht war mit roter Tinte gewaltsam durchgestrichen.

»Schätzchen«, sagte Lizzie und hielt ihre Stimme trotz ihres rasenden Herzens ruhig. »Das war nicht dein Geschenk. Hier ist es.« Sie holte ihren Koffer aus dem Flur und zog einen kleinen Plüsch-Papageitaucher mit einem Maine-T-Shirt und ein verpacktes Päckchen mit einer glitzernden Schleife hervor. Danis Gesicht hellte sich auf, als Lizzie den Zeitungsausschnitt und die Tüte, in der er gekommen war, beiseite legte, außerhalb der Sichtlinie des kleinen Mädchens.

»Das ist böse«, sagte Dani und zeigte auf die Zeitung. »Menschen sollten nicht auf den Seiten anderer Leute kritzeln.«

»Das stimmt, Schätzchen«, sagte Lizzie, während Dani das kleine Geschenk aufriss, das sie mitgebracht hatte. Es war ein Bunt- und Wachsmalstiftset in einem glitzernden Etui.

Die nächste Stunde verbrachten sie damit, Papier für Danis Zeichnungen zu finden und beide hungrigen Kinder zu füttern. Alle wurden unterhalten durch Danis zahlreiche Zeichnungen ihrer Familie und ein hübsches Porträt von Maria, das sie stolz am Kühlschrank befestigte.

Das Paket von ihrer ehemaligen Patientin blieb außer Sicht und geriet in Vergessenheit.

KAPITEL 2

Die Vitrinen des Juweliers glänzten unter gezielter Beleuchtung, jedes Stück war mehr wert als Lizzies altes Haus in Maine. Damen fuhr mit dem Finger über das Glas und betrachtete die Auswahl an Diamanthalsketten. Jede davon würde an Lizzie umwerfend aussehen, aber er wusste, dass sie selten etwas so Auffälliges tragen würde. Sie trug noch immer das schlichte Smaragdkreuz, das sie vor einer Ewigkeit aus der *Atocha* geborgen hatten.

»Vielleicht etwas... Dezenteres?«, schlug die Verkäuferin vor, als sie sein Zögern bemerkte.

Er nickte. Die Frau, die er heiraten würde, hatte ihr Leben von Grund auf aufgebaut, sich durch die Ausbildung gekämpft und ihre Tochter allein großgezogen. Sie brauchte keinen auffälligen Schmuck, um ihre Erfolge zu demonstrieren.

Er zog sein Handy heraus und schrieb Ashley eine Nachricht: *Brauche Hilfe beim Hochzeitsgeschenk für Lizzie. Zeit für einen Kaffee?*

Die Antwort kam schnell: *Endlich! Das Biest gibt zu, dass es Hilfe braucht. Treffen am Java Junction in 15 Minuten?*

Als Damen später am Nachmittag in seine Küche kam, kreisten seine Gedanken noch immer um den filigranen Vintage-Diamantanhänger, bei dessen Auswahl Ashley ihm geholfen hatte. Etwas mit Geschichte, ganz wie ihre eigene Beziehung. Sein Blick fiel auf eine zerknitterte braune Papiertüte auf der Kücheninsel – wahrscheinlich etwas, das entweder Lizzie oder Maria wegwerfen wollte.

Er griff danach, um sie wegzuwerfen, aber ein roter Blitz ließ ihn innehalten – ein Zeitungsausschnitt in der Tüte. Als er das zerknitterte Papier glättete, stockte ihm der Atem. Ihr Verlobungsfoto starrte ihn an, sein eigenes Gesicht war gewaltsam durchgestrichen. Die rot geschriebenen Worte ließen sein Blut gefrieren: *Es sollte ich sein.*

Der Krieger in ihm bewertete sofort die Bedrohung. Jemand, der Lizzie kannte, jemand, der instabil genug war, um zu drohen. Er zerknüllte das Papier in seiner Faust.

Das Lachen von Dani drang von oben herab, gefolgt von Lizzies sanfter Stimme.

Seine Familie. Alles, wovon er nie gedacht hätte, dass er es haben würde, alles, was er nicht ertragen könnte zu verlieren.

Mit dem Ausschnitt in der Hand schlüpfte er in sein Heimbüro und schloss leise die Tür hinter sich, um sich zu sammeln. Er brauchte einen Moment, um zu verarbeiten, was er da sah und warum es in seinem Haus war. Antworten zu fordern und Lizzie so zu befragen, wie er es gerne tun würde, wäre jetzt nicht angebracht.

Er musste sich beruhigen und dann rational an die Sache herange-
hen.

• • • • • • • • • • •

Damen fuhr mit dem Finger über den Stiel seines Weinglases
und beobachtete, wie Lizzie sich in die Ecke ihrer übergroßen
Couch kuschelte. Draußen zeigten die großen Fenster, die auf
ihre private Bucht blickten, die verblassenden Gold- und Rot-
töne des früheren Sonnenuntergangs. Das gedämpfte Licht im
Wohnzimmer warf einen warmen Schein über sie, der die Kälte,
die sich seit dem Fund des Zeitungsausschnitts in seinem Bauch
festgesetzt hatte, nicht ganz vertreiben konnte. Er hatte Stunden
in seinem Büro verbracht, versucht, sich mit Arbeit abzulenken,
und darauf gewartet, dieses Gespräch mit Lizzie zu führen.

Jetzt, da die Kinder im Bett waren, war es Zeit. Lizzie war nicht
überrascht gewesen, dass er den Ausschnitt entdeckt hatte und
darüber sprechen wollte. Sie kannte ihn gut.

»Erzähl mir von ihm«, sagte er schließlich und hielt seine
Stimme bewusst neutral. Der Zeitungsausschnitt lag auf dem
Couchtisch zwischen ihnen, Damens durchgestrichenes Gesicht
eine gewaltsame Erinnerung an potentielle Gefahr.

Lizzie seufzte und zog ihre Füße unter sich. »Leland war ein Patient in der Klinik, dankbar für die Pflege und Aufmerksamkeit. Er

kam von Zeit zu Zeit vorbei. Brachte Süßigkeiten, Blumen, solche Sachen. Großer Kerl. Ruhig, immer höflich.«

Damens Kiefer spannte sich bei der Beschreibung an. Großer Kerl. Er zwang sich, statt zu sprechen, einen langsamen Schluck Wein zu nehmen. »Waren sie für alle? Die Geschenke. Oder nur für dich?«

Sie fuhr mit dem Finger um den Rand ihres Glases. »Ich war die Einzige in der Klinik, die ihn behandeln wollte. Die anderen waren... unwohl... mit ihm. Janessa meinte, er würde ihr Gänsehaut bereiten. Aber die Gemeinde hatte kaum psychologische Betreuung, also waren wir seine einzige Anlaufstelle dafür. Er brauchte unsere Hilfe.«

»Rückblickend hätte ich seine Zuneigung zu mir früher erkennen sollen. Aber du weißt ja, wie es in der Gemeindegesundheitspflege ist – manchmal bist du die einzige Person, die ihnen echte Freundlichkeit zeigt. Und sie haben sonst niemanden.«

»Hattest du einen Kontakt zu ihm außerhalb der Arbeit?« Die Worte kamen schärfer heraus, als er beabsichtigt hatte.

Sie hielt seinem Blick stand, sichtlich frustriert von seiner Frage. »Es ist eine Kleinstadt. Ich bin ihm hier und da begegnet, beim Einkaufen oder bei Erledigungen. Seine Wohnung war nicht weit von meinem Haus entfernt, also sah ich ihn manchmal vorbeigehen. Das war nichts Ungewöhnliches. Darüber hinaus gab es keine Beziehung.«

»Was für einen Hintergrund hatte er? Hast du ihn überprüft?« fragte er.

Lizzie schnaubte und nahm noch einen Schluck Wein. »Damen.« Sie schüttelte den Kopf. »Ich bin eine Pflegekraft, kein Polizist. Wir machen eine Krankengeschichte und körperliche Untersuchung. Wir führen keine Strafregister über unsere Patienten.«

»Schon gut, schon gut, aber hat er jemals so etwas Ähnliches getan?« fragte er und hob den zerknitterten Zeitungsausschnitt vom Couchtisch auf.

»Nein, nichts in der Art«, sagte Lizzie, umarmte sich selbst und starrte auf das entstellte Bild in seiner Hand. »Trotz unserer Bemühungen ging es ihm schlechter. Er hatte einige Episoden, in denen seine Albträume schlimmer wurden und sich mit der alltäglichen Realität vermischten, aber wir konnten ihn in eine stationäre psychiatrische Einrichtung einweisen lassen. Das letzte, was ich wusste, bevor ich in die Keys zurückkam, war, dass es ihm in dem Programm gut ging. Janessa sagte, dass es Kürzungen bei staatlichen Programmen gab und er entlassen wurde. Das ist... unerwartet.«

Damen zwang sich, sitzen zu bleiben. Am liebsten wäre er aufgestanden und im Zimmer auf und ab gegangen. Aber er wusste, dass Lizzie dann sehen würde, wie aufgewühlt er wegen dieser ganzen Situation war. »Wir sollten zur Polizei gehen.«

Lizzie schüttelte den Kopf. »Wozu? Er ist in Maine, Damen. Was sollen sie denn tun?«

Er zog sein Handy heraus. »Oder wenigstens Jackson-«

Lizzie stand von ihrem Platz ihm gegenüber auf und setzte sich neben ihn, griff nach seiner Hand.

»Ich werde mit Jackson reden«, gab sie nach. Sie nahm ihm das Handy aus den Fingern. »Für jetzt haben wir Besseres zu tun.«

Bevor seine Lippen die ihren treffen konnten, ließ sie ein leises Geräusch vom Türrahmen beide herumfahren. Dani stand dort in ihrem Einhorn-Pyjama, mit blassem Gesicht im schwachen Licht.

»Schatz? Was ist los?« Lizzie wollte aufstehen.

»Mein Bauch fühlt sich-« Danis Worte brachen ab, als sie sich krümmte und Erbrochenes über den Holzboden spritzte.

Damen reagierte sofort und hob ihre Tochter auf, bevor sie in die Schweinerei rutschen konnte. An seiner Brust begann sie zu weinen. »Ist okay, Prinzessin. Wir machen dich sauber.«

Als er Dani nach oben trug, hörte er Lizzie Anweisungen geben, ihr Mutter/Pflegekraft-Modus hatte übernommen.

»Papa?« wimmerte Dani. »Mir geht's nicht gut.«

»Ich weiß, Kleines.« Er küsste ihre erhitzte Stirn und schob seine Ängste beiseite, um sich auf das Nötigste zu konzentrieren. Aber im Hinterkopf blieb das Bild seines durchgestrichenen Gesichts, zusammen mit dem Wissen, dass irgendwo da draußen ein möglicherweise gestörter Mann auf Lizzie fixiert war. Es musste warten – aber er würde es nicht auf sich beruhen lassen.

Der Raum drehte sich leicht, als Damen sich im Bett bewegte, und seine Bauchmuskeln protestierten selbst bei dieser kleinen Bewegung. Er hatte einen Hubschrauberabsturz überlebt, verbrachte Wochen damit, den Taliban trotz schwerer Verletzungen zu entkommen, aber dieser Magen-Darm-Virus hatte ihn in die Knie gezwungen. Buchstäblich. Die meiste Zeit der letzten zwei Tage hatte er auf dem Badezimmerboden verbracht.

Irgendwo im Haus konnte er Ethans Gebrabbel hören. Das Baby hatte sich am schnellsten erholt und terrorisierte nach nur vierundzwanzig Stunden Krankheit bereits wieder seine Spielsachen. Dani behielt endlich Cracker bei sich, während sie zusammengerollt im Wohnzimmer Zeichentrickfilme schaute. Und Lizzie...

Seine Bewunderung für seine Verlobte wuchs mit jeder Stunde. Obwohl sie selbst krank war, hatte sie sich um die Flüssigkeitszufuhr, Medikamente und das Wohlbefinden aller gekümmert, während sie gleichzeitig gegen ihre eigenen Symptome kämpfte. Sie bestand sogar darauf, alles zu desinfizieren, um eine erneute Ansteckung zu verhindern. Diese Frau war unaufhaltsam.

Auch Maria war erkrankt und meldete sich kläglich von zu Hause. Im Haus zeugten leere Gatorade-Flaschen, verstreute Cracker und der leichte, anhaltende Zitronenduft von Reinigungsmitteln, die Lizzie zwischen Übelkeitsanfällen benutzt hatte, von ihrer kollektiven Krankheit.

Da er zum ersten Mal seit Tagen wieder klar denken konnte, kehrten seine Gedanken zum Zeitungsausschnitt zurück. Er wusste, dass Lizzie gesagt hatte, sie würde Jackson kontaktieren, sobald sich die Lage zu Hause beruhigt hätte. Sein Handy fühlte sich schwer an, als er es anhob und mit zusammengekniffenen Augen auf den Bildschirm blickte:

Jackson – brauche deine Einschätzung zu einer Situation mit L. Typ aus der Maine-Klinik zeigt besorgniserregendes Verhalten. Kann mich noch nicht treffen. Das ganze Haus liegt mit Magen-Darm-Grippe flach.

Die Antwort kam schnell: *Bin auf einer Polizeikonferenz in Atlanta. Zurück Ende der Woche. Schick, was du hast – Name, Hintergrund, usw. Werde vorläufige Überprüfungen durchführen.*

Damen begann, Details einzutippen, hörte aber auf, als eine weitere Übelkeitswelle ihn überkam. Später. Er würde sich später darum kümmern.

Nachdem er eine gefühlte Ewigkeit trocken gewürgt hatte, stolperte Damen zurück ins Bett und fiel sofort in einen süßen, betäubenden Schlaf.

Irgendwann viel später wachte Damen auf, als die Schlafzimmertür knarrend aufging und Lizzie hereinschlüpfte, erschöpft aussehend, aber endlich fieberfrei. Ohne ein Wort kroch sie unter die Decke und kuschelte sich an ihn. Ihre kühle Hand fand seine und drückte sie sanft.

»Kinder?«, murmelte er.

»Endlich am Schlafen. Beide haben ihr Abendessen bei sich behalten.« Ihre Stimme war rau vom Kranksein.

Er wollte mit ihr reden, den Zeitungsausschnitt besprechen, was sie tun sollten. Aber er konnte einfach nicht wach bleiben. Sie auch nicht.

Das Letzte, was er wahrnahm, war Lizzies sanfter und gleichmäßiger werdender Atem, als sie neben ihm einschlief.

Der große Navy SEAL, niedergestreckt von einem Kindergarten-Magen-Darm-Virus. Immerhin waren sie als Familie gemeinsam erkrankt.

Sein letzter bewusster Gedanke war, dass er lieber wieder Taliban-Kämpfern gegenüberstehen würde als einem weiteren Magen-Darm-Virus. Auf Terroristen konnte man wenigstens schießen.

• • • • ● • ● • • •

Das Abendlicht filterte durch die Ahornbäume, die das Haus umgaben, und warf Schatten über die Einfahrt, wo diese Frau Lizzies Auto geparkt hatte. Seine Finger umklammerten das Lenkrad fester. Sie verdiente es nicht, in Lizzies Haus zu wohnen, in Lizzies Zimmern zu schlafen, Lizzies Auto zu fahren. Diese Janessa war eine Betrügerin, eine Diebin, die das Leben gestohlen hatte, das für ihn und Lizzie bestimmt war.

Er beobachtete sie nun schon seit Wochen. Der Zeitplan der Frau war vorhersehbar: Sie verließ jeden Morgen die Klinik, genau wie Lizzie es früher getan hatte, und kehrte jeden Abend zurück. Aber sie pflegte den Garten nicht so, wie Lizzie es getan hatte. Die Rosenbüsche waren überwuchert, ungeschnitten. Lizzie hätte sie niemals so verwildern lassen.

Lizzie hatte ihn verstanden. Nicht wie die anderen mit ihren klinischen Fragen und misstrauischen Blicken. Lizzie hatte über seine Größe hinweggesehen, über die Gerüchte, die ihm aus dem Norden folgten. Sie hatte sich um ihn gekümmert.

Sie waren so kurz davor gewesen, für immer zusammen zu sein. Eine Wut flammte in seinem Bauch auf. Wenn er nur nicht krank geworden wäre, das hatte all seine Pläne durchkreuzt. Dieser Mann in Florida hätte nie seine Finger an sie legen können, und all das wäre nie passiert.

Janessa stieg aus Lizzies Auto aus und jonglierte mit Einkaufstüten. Sie hatte ihn nicht bemerkt – das taten sie nie. Er war gut darin, unsichtbar zu bleiben, wenn nötig, genau wie in seiner Jugend.

Er hatte Lizzie seine Nachricht durch diese Frau geschickt. Bald würde Lizzie verstehen, dass sie Rettung vor diesem reichen Mann brauchte, der sie in Florida gefangen hielt.

Sein Handy vibrierte – eine Erinnerung, seine Abendmedikamente zu nehmen. Er wischte sie mit einem höhnischen Grinsen weg. Die Pillen dämpften alles, machten seine Gedanken verschwommen. Er musste jetzt klar denken. Es gab so viel zu erledigen.

»Bald«, flüsterte er, während er beobachtete, wie Janessa im Haus verschwand. Lizzies Haus. »Bald werde ich alles in Ordnung bringen.« Genau wie damals, als er seine Familie von ihrem Schmerz befreit hatte. Sie hatten es damals nicht verstanden, aber Lizzie würde es verstehen. Sie hatte immer verstanden.

Die Ahornblätter raschelten in der Brise, und für einen Moment konnte er Lizzie wieder dort auf der Veranda-Schaukel sehen, wie sie mit ihrer kleinen Tochter las. Das war es, was sie gerne tat, das wusste er.

Die Dunkelheit kroch über den Hof. Zeit, zurück in seine dunkle Wohnung zu gehen, um die heutigen Beobachtungen seiner Wand hinzuzufügen. Die Fotos von Lizzie, die Zeitungsausschnitte, seine sorgfältig dokumentierten Pläne – sie halfen ihm, sich daran zu erinnern, warum er sie retten musste. Warum er die Dinge in Ordnung bringen musste.

Morgen würde er Janessa wieder zur Klinik folgen. Zusehen, wie sie Lizzies Platz einnahm und so tat, als würde sie dorthin gehören. Aber bald, sehr bald, würde er ihr zeigen, was mit Menschen passiert, die versuchten, zu stehlen, was für ihn bestimmt war.

KAPITEL 3

Jackson verlagerte sein Gewicht und richtete seine Krawatte, während er sich an die Wand außerhalb des Konferenzraums lehnte. Das stetige Summen der Gespräche von drinnen erinnerte ihn daran, dass er in fünfzehn Minuten vor einem Raum voller Strafverfolgungsbeamter über den Fall Cami Legard sprechen würde. Ein Fall, der alles verändert hatte – der ihn nach Key West gebracht hatte, zu Lizzie und letztendlich zu Ashley.

Sein Handy fühlte sich schwer in seiner Hand an, während er erneut auf Damens kryptische Textnachricht starrte. Keine Rückmeldung, selbst nachdem Jackson drei Nachrichten geschickt hatte, in denen er um Details bat. Das war überhaupt nicht typisch für Damen.

Aber es war Ashleys Nachricht, die seinen Magen verkrampfen ließ: *Wir müssen reden. Wichtig.*

Vier Worte, die alles zerstören könnten.

Die Dinge zwischen ihnen waren gut gewesen – zu gut. Das war das Problem. Jeden Morgen, wenn er neben ihr aufwachte, jedes Mal, wenn sie dieses schiefe Lächeln zeigte, das nur für ihn bestimmt war, jeder ruhige Moment, den sie teilten... alles fühlte sich wie geborgte Zeit an. Wie ein Traum, den er nicht verdiente.

Die Stimme seines Vaters hallte in seinem Kopf wider: *Du bist schwach, Junge. Genau wie ich.*

Die Erinnerung an alkoholgetränkten Atem und erhobene Fäuste ließ seinen Kiefer anspannen. Er hatte sein ganzes Leben damit verbracht, anders zu sein, besser zu sein. Aber was, wenn das nicht genug war? Was, wenn diese Dunkelheit, diese Fähigkeit zur Gewalt und Zerstörung, in seinem Blut lag?

Ashley verdiente etwas Besseres als einen Mann, der von seinen Dämonen verfolgt wurde. Sie verdiente jemanden, der ganz war, jemanden, der sie lieben konnte ohne diese ständige Angst, zu dem Monster zu werden, das seine Kindheit terrorisiert hatte.

»Herr Peters?« Ein junger Konferenzorganisator erschien an seinem Ellbogen. »Wir sind für Sie bereit.«

Jackson nickte, straffte die Schultern und ließ sein Handy in seine Tasche gleiten, beide Nachrichten unbeantwortet lassend. Er konnte ihr Gewicht dort spüren, wie Steine in seiner Tasche, die ihn nach unten zogen, selbst als er sich darauf vorbereitete, sich als den erfolgreichen Profi zu präsentieren, zu dem er sich so hart erarbeitet hatte.

»Geben Sie mir nur eine Minute«, sagte er, ruhig trotz des Aufruhrs in seinem Inneren. Der Organisator nickte und verschwand wieder im Konferenzraum.

Jackson holte tief Luft und verdrängte Gedanken an Ashley, an seinen Vater, an all die Wege, auf denen er die Menschen, die ihm vertrauten, enttäuschen könnte. Im Moment hatte er einen Job zu erledigen.

Aber selbst als er seine Krawatte ein letztes Mal richtete und nach dem Türgriff griff, wusste er, dass er nur das Unvermeidliche hinauszögerte. Früher oder später müsste er sich diesen Nachrichten stellen – und den Wahrheiten über sich selbst, vor denen er so verzweifelt davonlief.

Jackson stand am Rednerpult, seine Präsenz zog die Aufmerksamkeit auf sich, während er einem Raum voller Strafverfolgungsbeamter gegenüberstand. Jackson Peters, dekorierter ehemaliger Army Ranger und respektierter Privatdetektiv, trat vor, um seine Erfolgsgeschichte zu teilen. Die PowerPoint-Präsentation hinter ihm zeigte ein Foto von Cami Legard – für immer achtzehn. Seine Stimme, ruhig und professionell, hallte deutlich durch den Konferenzraum. Die ganze Zeit fragte sich der Mann unter der sorgfältig konstruierten Fassade, wie viel länger er so tun konnte, als ob er irgendetwas davon verdient hätte.

»Fünfzehn Jahre bevor ihr Fall gelöst wurde, verschwand Cami Legard von einem Strand in Key West, Florida. Die örtliche Polizei führte eine umfangreiche Suche durch, aber es wurde keine Leiche gefunden, keine konkreten Beweise tauchten auf. Es war, als ob sie vom Erdboden verschwunden wäre. Schließlich wurde der Fall zu den Akten gelegt.« Er klickte zur nächsten Folie, die den Strand zeigte, an dem Cami zuletzt gesehen wurde.

»Ihre jüngere Schwester, Lizzie Legard, hörte nie auf, nach Antworten zu suchen.«

Er machte eine Pause und ließ die Wirkung dieser Worte wirken. Jeder Polizist im Raum kannte solche Fälle – die, die Familien verfolgten, die jahrelang Wunden eitern ließen.

»Was diesen Fall einzigartig machte, war die Überschneidung mehrerer krimineller Unternehmungen, die zu dieser Zeit in den Keys operierten.« Ein weiterer Klick, eine weitere Folie. Diese zeigte ein komplexes Netz von Beziehungen und kriminellen Aktivitäten. »Drogenhandel, Geldwäsche und Familiendynamiken spielten alle entscheidende Rollen bei der Verschleierung der Wahrheit.«

Jackson ging präzise durch die technischen Aspekte – die Kartelloperation, die Schlüsselfiguren und schließlich einen kürzlich verübten brutalen Mord an Personen, die zur Zeit des Verschwindens des Teenagers Verbindungen hatten.

»Der Durchbruch kam nicht, als wir Muster in den Aktivitäten des Kartells identifizierten, wo wir alle vermuteten, dass die Spur uns hinführen würde, sondern als Familienmitglieder die Geheimnisse der anderen aufdeckten.« Er markierte mehrere Grundstücke auf einer Karte. »Noch wichtiger ist, dass sie fatale Fehler in der ursprünglichen Ermittlung aufdeckten. Wo Reichtum, gesellschaftlicher Status und Familiendynamiken wahrscheinlich den Fokus der Ermittler beeinflussten.«

Der Raum war jetzt still, alle Augen auf ihn gerichtet. Dies waren seine Leute – Polizisten, die an ähnlichen Fällen gearbeitet hatten, die die Frustration verstanden, wenn Kriminelle durch rechtliche Schlupflöcher entkamen.

»Cami wurde nicht vom Kartell ins Visier genommen. Sie war einfach zur falschen Zeit am falschen Ort.« Seine Stimme nahm einen ernsten Ton an. »Ein häuslicher Streit, der tödlich endete. Das eigentliche Ziel war ihr Onkel, aber Cami zahlte den Preis.«

Er klickte durch Tatortfotos: ein Schädel an einem abgelegenen Strand, Überreste, die im Kofferraum eines vermissten Fahrzeugs vergraben waren, Zeugenaussagen. All die Puzzleteile, die schließlich zusammengefügt wurden, um die Wahrheit zu enthüllen.

»Durch die Zusammenarbeit mit dem Polizeirevier von Key West konnten wir nicht nur Camis Mord aufklären, sondern auch ein weitreichendes kriminelles Netzwerk aufdecken, das noch immer in den Keys operiert. Die Kooperation zwischen aussagebereiten Zeugen, unserer Sicherheitsfirma und der örtlichen Strafverfolgung war entscheidend für den anhaltenden Erfolg bei der Zerschlagung der lokalen Verbrecherringe.«

Während er sprach, konnte Jackson das Gewicht seines Handys in seiner Tasche spüren. Ashleys Nachricht drückte gegen sein Bewusstsein. Aber hier und jetzt war er in seinem Element. Er tat, worin er gut war, wo er Selbstvertrauen hatte.

»Die Lehren aus diesem Fall sind klar«, fuhr er fort und leitete zu seinem Fazit über. »Erstens, unterschätzen Sie niemals den Wert frischer Augen bei einem Cold Case. Zweitens«, er machte eine Pause, sein Blick schweifte durch den Raum, »unterschätzen Sie niemals die Kraft von jemandem, der nicht aufgibt, die Wahrheit zu finden.«

Das Bild von Camis lächelndem Gesicht kehrte auf den Bildschirm zurück. »Cami Legards Mord blieb fünfzehn Jahre lang ungelöst. Ihre Familie lebte mit dieser Ungewissheit, diesem Schmerz, diesem fehlenden Abschluss. Heute sitzt ihr Mörder hinter Gittern, und ihre Familie hat endlich Antworten.«

Als Applaus den Raum füllte, erlaubte Jackson sich, stolz zu sein. Er hatte dazu beigetragen, in diesem Fall und Dutzenden anderen Gerechtigkeit zu schaffen. Aber während er Fragen aus dem Publikum beantwortete, fragte sich ein Teil von ihm – wie konnte er so gut darin sein, die Probleme anderer zu lösen, wenn er seinen eigenen nicht ins Auge sehen konnte?

• • • ● • ● • • •

Jackson saß an der Flughafenbar und starrte auf die bernsteinfarbene Flüssigkeit in seinem Glas. Er beobachtete eine Mutter mit ihren zwei kleinen Jungen. Die Mutter trug ein blaues Auge und andere Blutergüsse, die durch Make-up schlecht kaschiert waren. Die Jungen wirkten dünn und ängstlich.

Er wusste, was diese Kinder fühlten.

Er hatte keinen Schluck von seinem Bourbon genommen, aber allein der Geruch reichte aus, um ihn fünfundzwanzig Jahre zurückzuversetzen – wie er unter seinem Bett versteckt lag, die Hände gegen die Ohren gepresst, und versuchte, das Geräusch von zerbrechendem Glas und das Weinen seiner Mutter zu übertönen.

Wie oft hatte er geschworen, nie wie sein Vater zu werden? Niemals die Kontrolle zu verlieren, niemals zuzulassen, dass Alkohol ihn in ein Monster verwandelt, niemals die Hand gegen jemanden zu erheben, den er liebt.

Er hatte sein Leben um dieses Ziel herum aufgebaut, niemals wie er zu sein. Er hatte bei der Armee Geist und Körper gestärkt, sich zu einem ehrenhaften Mann gemacht. Er war ein professioneller Geschäftsmann, respektiert in seinem Bereich.

Aber er wusste, dass er sich nicht vor den Statistiken verstecken oder ihnen davonlaufen konnte, die nicht logen. Kinder von missbrauchenden Eltern wurden mit größerer Wahrscheinlichkeit selbst zu Tätern. Es lag in seiner DNA, eine tickende Zeitbombe, die nur darauf wartete, zu explodieren.

Und Ashley... Gott, Ashley. Der Gedanke, ihr jemals wehzutun, machte ihn körperlich krank. Sie war alles Gute und Reine in seinem Leben, alles, was er nicht verdiente.

Wir müssen reden. Wichtig.

Vielleicht mussten sie wirklich reden. Vielleicht wäre die gütigste Handlung – die liebevollste Handlung – jetzt wegzugehen, bevor er die Chance hatte, sie zu zerstören, wie sein Vater seine Mutter zerstört hatte.

Sein Magen rebellierte gegen den scharfen Geruch des Bourbons.

Sein Handy vibrierte, Damens Name leuchtete auf dem Bildschirm auf. Jackson begrüßte die Unterbrechung seiner düsteren Gedanken.

»Peters«, antwortete er und schob das unberührte Getränk weg.

»Hey, tut mir leid, dass ich mich nicht gemeldet habe«, kam Damens Stimme durch, er klang erschöpft. »Wir waren alle mit irgendeinem Magen-Darm-Virus flachgelegt. Lizzie, Dani, sogar Maria hat es erwischt. Wie war die Konferenz?«

»Tut mir leid, das zu hören, Mann. Magen-Darm ist echt übel.«

»Ich glaube, ich habe irgendwann gebettelt, dass man mich von meinen Qualen erlöst. Die Kinder haben sich aber schnell wieder erholt.«

»Die haben ihre Jugend auf ihrer Seite. Freut mich, dass es dir besser geht. Die Konferenz lief gut. Habe ein paar gute Kontakte geknüpft, potenzielle Verträge.« Jackson setzte sich in seinem Stuhl auf, seine professionelle Haltung fiel ihm leicht. »Was ist das für eine Situation, bei der du Hilfe brauchst?«

»Ja, darum geht's.« Damens Stimme wurde leiser. »Einer von Lizzies ehemaligen Patienten aus Maine. Ein Typ namens Leland Gates hat ihr einen Zeitungsausschnitt unserer Verlobungsanzeige geschickt, bei dem mein Gesicht komplett durchgekritzelt war.«

Jacksons Ermittlerinstinkt erwachte. »Wie gut kennt sie diesen Typen? Erzähl mir alles.«

»Er war Patient in der Klinik, in der Lizzie gearbeitet hat.« Damen fasste zusammen, was Lizzie ihm erzählt hatte: wie sie die Einzige in der Klinik war, die Leland behandeln wollte, von seinen Geschenken und dass er erst kürzlich aus einer psychiatrischen Klinik entlassen worden war.

Jackson holte bereits seinen Laptop heraus. »Irgendwelche Hintergrundinformationen?«

»Das ist eben das Problem – wir wissen nicht viel. Lizzie kennt nur seine Krankengeschichte, nichts über seine Vergangenheit. Aber dieser Ausschnitt... fühlt sich wie eine Drohung an. Kannst du eine Hintergrundprüfung durchführen, schauen, was du herausfinden kannst?«

»Welche Details hast du außer seinem Namen?«, fragte Jackson und klickte seinen Stift, bereit, sich Notizen zu machen.

»Anfang dreißig. Großer Kerl, laut Lizzie. An der Oberfläche höflich, hat aber allen anderen die Creeps gegeben.« Damen machte eine Pause. »Hör mal, es ist vielleicht nichts, aber mit Lizzie und den Kindern... Wir haben schon genug Drama für den Rest unseres Lebens erlebt.«

»Ich werde der Sache nachgehen«, unterbrach ihn Jackson, der Damens tiefere Sorge verstand. Er hatte genug Fälle gesehen, in denen harmlose Fixierungen tödlich endeten.

»Ich schicke dir alles, was ich ausgraben kann, aber vielleicht erst morgen später. Ich warte noch auf meinen Flug. Wir haben schon zweimal Verspätung gehabt; ich lande wahrscheinlich erst weit nach Mitternacht in Key West.«

»Kein Problem. Danke, Mann. Ich schulde dir was. Gute Reise. Hoffentlich kommst du vor dem Morgengrauen nach Hause.«

Nach dem Gespräch starrte Jackson wieder auf das Getränk vor ihm. Da war er nun, besorgt, wie sein Vater zu werden, während eine potenzielle Bedrohung für seine Freunde seine Aufmerksamkeit brauchte. Vielleicht konnte er sich selbst nicht mit der Liebe vertrauen, aber das – Ermittlungsarbeit, Ordnung ins Chaos bringen – das konnte er.

Er signalisierte dem Barkeeper und zeigte auf sein unberührtes Getränk. »Könnten Sie das für mich wegbringen? Ich hätte stattdessen gerne ein Mineralwasser.« Dann öffnete er seinen Laptop und machte sich an die Arbeit, nutzte die Zeit, um Nachforschungen über Leland Gates anzustellen. Als er mit dem vertrauten Prozess der Hintergrundsuche und Datenbankabfragen begann, drängte er die Gedanken an Ashley und seinen Vater in den Hintergrund. Im Moment brauchten Lizzie und ihre Familie seine Hilfe.

Die Ironie entging ihm nicht – wie leicht er sich auf die Lösung der Probleme anderer konzentrieren konnte, während er vor seinen eigenen davonlief.

Morgen müsste er sich Ashley und ihrer »wir müssen reden«-Nachricht stellen. Aber für jetzt konnte er sich in die Arbeit stürzen, die schon immer seine Rettung gewesen war.

MAINE, FÜNF JAHRE ZUVOR

Die Leuchtstoffröhren der Klinik summten über ihm, als Leland seine Haltung anpasste und sich trotz seiner großen Gestalt kleiner auf dem Stuhl machte. Das hatte er in Bridgewater gelernt – wie man harmlos wirkt. Schultern entspannt, Hände sichtbar und ruhig im Schoß, Blick gesenkt, aber nicht ausweichend. Das perfekte Bild eines kooperativen Patienten.

Lizzies Stift kratzte über seine Akte, während sie seine neuesten Blutwerte überprüfte. Das Geräusch hallte in seinem Kopf wie Musik wider.

»Deine Werte sehen wirklich gut aus, Leland.« Sie lächelte, diese sanfte Krümmung ihrer Lippen, die seine Brust eng werden ließ. »Du warst sehr konsequent mit deinen Medikamenten.«

»Ich will es gut machen«, sagte er leise und modulierte seine Stimme sorgfältig zu dem Ton, der das Krankenhauspersonal überzeugt hatte, dass er sich »besserte«. Nicht zu eifrig, nicht zu flach. Genau richtig. »Die Routine hilft. Sie beim Frühstück zu nehmen, wie du vorgeschlagen hast.«

Sie nickte zufrieden. Genau wie die Ärzte zufrieden gewesen waren. So einfach, ihnen zu geben, was sie sehen wollten.

»Irgendwelche Nebenwirkungen, über die wir sprechen sollten? Veränderungen beim Schlaf? Appetit?«

Leland ließ seine Hände sich leicht ineinander verdrehen, ein kalkuliertes Zeichen von Verletzlichkeit. »Einige... einige Träume. Aber nicht mehr die schlimmen.« Er blickte auf, fing ihren warmen braunen Blick für einen kurzen Moment ein, bevor er wegschaute. »Es hilft, mit dir zu reden.«

Die Lüge glitt leicht von seiner Zunge. Er hatte die Medikamente seit Wochen nicht richtig genommen. Er hatte gelernt, wie man mit zeitlich genau abgestimmten Dosen vor den Tests die richtigen Blutwerte aufrechterhält, aber nicht mehr. Die Träume waren immer da, aber nicht so, wie sie dachte. Träume von ihr, von ihnen zusammen.

Bald.

»Ich freue mich, dass du dich hier wohlfühlst«, sagte Lizzie und machte eine weitere Notiz. Ihr Haar fiel nach vorne und fing das Licht ein. Dieselbe Farbe wie der Holzvogel, den er für sie geschnitzt hatte. »Viele Patienten finden es schwierig, sich zu öffnen.«

»Du bist anders«, flüsterte er und senkte dann den Kopf, als wäre ihm das Geständnis peinlich. Lass sie glauben, sie sehe unter sein schüchternes Äußeres. »Ich meine... du hörst zu. Wirklich zu.«

Ihr Lächeln wurde unmerklich breiter. Hab sie.

»Die anderen«, zögerte er, »hören nicht so gut zu. Ich glaube, sie... haben Angst vor mir. Du verstehst das.«

»Angst kommt oft von Missverständnissen«, sagte sie, genau wie er es erwartet hatte. So vorhersehbar in ihrem Mitgefühl. »Psychische Erkrankungen tragen unfaire Stigmata.«

Leland nickte und hielt seinen Gesichtsausdruck aufrichtig, während sein Verstand jedes Detail ihrer Bewegung, ihres Dufts, der Art, wie ihre Uhr im Licht glänzte, wenn sie schrieb, katalogisierte. Jedes Teil seiner privaten Sammlung hinzufügend.

»Gleiche Zeit nächsten Monat?«, fragte sie und schloss seine Akte.

»Ich werde da sein.« Seine Finger verkrampften sich in seinem Schoß, aber sein Gesicht blieb friedlich. Jahre der Übung machten die Maske perfekt. »Danke, Lizzie.«

Sie korrigierte ihn nicht wegen der Verwendung ihres Vornamens. Ein weiterer kleiner Sieg. Wie jeder sorgfältige Schritt, der zu seiner Entlassung geführt hatte, erforderte auch dies Geduld. Aber er war gut im Warten.

Als er aufstand, achtete er darauf, sich langsam zu bewegen, nicht bedrohlich. So wie ein Raubtier seine Beute täuscht.

»Oh«, hielt er an der Tür inne, das Bild unbeholfener Aufrichtigkeit. »Ich... ich habe das gemacht. Es ist nicht viel, aber...« Er stellte den kleinen Holzvogel auf ihren Schreibtisch. »Die Maserung erinnerte mich an dein Haar.«

Ihr leichtes Einatmen war alles, was er sich erhofft hatte. »Leland, ich kann nicht annehmen-«

»Bitte. Es hilft, Dinge zu erschaffen. Wie du gesagt hast – Kunsttherapie?« Er legte genau das richtige Maß an sanftem Nachdruck in seine Stimme. »Es würde mir viel bedeuten.«

Sie zögerte, dann lächelte sie. »Er ist wunderschön. Danke.«

Als er hinausging, ließ Leland seine Maske kurz, nur für einen Moment, verrutschen. Sein Spiegelbild im Wartezimmerfenster zeigte dasselbe ruhige Gesicht, das er perfektioniert hatte. Aber hinter seinen Augen, in seinem vertrauten Spiegelbild, regte sich etwas Dunkleres.

Bald, versprach er sich. Bald würde sie verstehen, wie perfekt sie zusammen sein könnten. Aber zuerst weitere Termine. Weitere sorgfältig platzierte Geschenke. Mehr Vertrauen aufbauen.

Er war gut im Warten. Schließlich hatte es nur fünfzehn Jahre gedauert, um sie zu überzeugen, dass er „geheilt" war.

Bei Lizzie würde es viel weniger Zeit dauern, sie zu überzeugen, dass sie ihm gehörte. Sie würde wie eine Fliege in sein Spinnennetz kommen.

Lizzie rieb sich die Augen und versuchte, sich darauf zu konzentrieren, ihre letzten Patientenakten fertigzustellen. Die späte Nachmittagssonne fiel schräg durch ihr Bürofenster. Nur noch drei Patienten zu dokumentieren, dann könnte sie nach Hause zu Dani fahren.

Ein Klopfen an ihrer Tür ließ sie aufblicken. Carol stand dort, und die Anspannung war deutlich an der Art zu erkennen, wie sie den Türrahmen umklammerte.

»Es tut mir leid, Lizzie.« Carol schaute über ihre Schulter und senkte ihre Stimme. »Leland Gates ist im Wartezimmer. Dieser wirklich große Kerl? Er sieht nicht gut aus.«

Lizzie setzte sich aufrecht hin. »Er hat heute keinen Termin.«

»Ich weiß. Ich habe versucht, ihn zur Notaufnahme zu schicken, aber er weigert sich zu gehen.« Carol rang mit den Händen. »Er ist grau, schwitzt. Sagt, er will nur dich sehen. Lass mich Dr. Matthews holen, damit er mit dir reingeht. Dieser Mann jagt mir Schauer über den Rücken.«

»Nicht nötig. Dr. Matthews ist sowieso bei einem anderen Patienten«, sagte Lizzie und griff nach ihrem Stethoskop. »Welches Zimmer?«

»Drei. Lass mich wenigstens in der Nähe bleiben? Irgendwas an ihm stimmt einfach nicht.«

Lizzie berührte Carols Arm im Vorbeigehen und wusste, dass sie es gut meinte, aber mit psychisch kranken Patienten einfach nicht zurechtkam. Das Stigma bestand selbst in der Klinik weiter.

Das Neonlicht im Untersuchungsraum drei machte Lelands Blässe noch auffälliger. Er saß zusammengesunken auf der Untersuchungsliege, seine große Gestalt nach innen gekrümmt, das

Gesicht schweißüberströmt. Carol hatte recht, er hätte in die Notaufnahme gehen sollen. Das sah ernst aus.

»Leland?« Sie hielt ihre Stimme ruhig und gefasst. »Ich bin überrascht, Sie heute zu sehen. Was ist los?«

»Es tut mir leid«, keuchte er. »Wusste nicht... wohin sonst...« Seine Worte verloren sich mit einem Schmerzenslaut.

Lizzie bemerkte seine schnelle, flache Atmung und wie er seine rechte Seite schützte. »Wie lange tut es schon weh?«

»Immer wieder. Hat heute Morgen... schlimm angefangen. Dachte, es würde vorbeigehen.«

»Wo genau?« Sie näherte sich vorsichtig. »Darf ich Sie untersuchen?«

Er nickte, die Augen zusammengepresst. Als sie ihre Finger in den rechten unteren Quadranten seines Rumpfes drückte, versteifte sich sein ganzer Körper.

»Herrgott«, brachte er hervor.

Lizzie zog sich zurück. Seine Haut war heiß, der Bauch bretthart. Klassische Symptome einer akuten Blinddarmentzündung. »Temperatur 39,5«, notierte sie, als sie das Stirnthermometer überprüfte. »Leland, wir müssen Sie ins Krankenhaus bringen. Ich rufe den Rettungsdienst.«

»Nein!« Seine Hand schoss vor und packte ihr Handgelenk mit zermalmender Kraft. Angst durchzuckte ihren Körper, als seine Finger sich in ihre Haut gruben. Schmerz verzerrte seine Züge und er ließ sie los. »Tut mir leid... nur... hasse Krankenhäuser.«

Lizzie trat schnell zurück, ihr Herz hämmerte. »Das könnte Ihr Blinddarm sein. Wenn er platzt...« Sie griff nach dem Zimmertelefon und hielt dabei den Schreibtisch zwischen ihnen. »Sie brauchen wahrscheinlich sofort eine Operation.«

Eine weitere Schmerzwelle traf ihn. Diesmal krümmte er sich zusammen, ein Laut wie von einem verwundeten Tier entwich seiner Kehle.

»Carol!«, rief Lizzie, als Carol am Empfang abnahm, ihre Stimme zittriger als beabsichtigt. »Bitte ruf 112 an. Leland hat eine Blinddarmentzündung.«

»Schon erledigt«, erschien Carol in der Türöffnung. »Sie sind in fünf Minuten hier.«

»Leland«, sagte Lizzie mit fester Stimme und wahrte ihre Distanz. »Das ist ernst. Du könntest ohne Behandlung sterben. Und ich möchte nicht, dass dir das passiert.«

Sein Gesicht war jetzt aschfahl, Tränen liefen seine Wangen hinunter. Für einen Moment flackerte etwas in seinen Augen auf, das ihr eine Gänsehaut über den Rücken jagte. Doch dann wurde er von einem weiteren Krampf erfasst und krümmte sich mit einem Schluchzen nach vorne.

Das Heulen näherkommender Sirenen drang durch das Fenster. Lelands massiger Körper zitterte.

»Bitte... Lizzie...«, brachte er zwischen Keuchen hervor und streckte wieder seine Hand nach ihr aus. Sie trat noch weiter zurück.

»Die Sanitäter werden sich gut um dich kümmern«, sagte sie professionell, als sie durch die Tür hereinplatzen. Sie ratterte der Besatzung die Vitalwerte und Symptome herunter und beobachtete, wie sie ihn auf die Trage umlagerten.

Sein Blick wich nicht von ihrem Gesicht, selbst als sie ihn hinausrollten.

Lizzies Hände zitterten, als sie den Vorfall dokumentierte. Carol brachte ihr eine Tasse Tee und blieb in ihrer Nähe.

»Alles okay? Das war etwas angespannt.«

»Mir geht's gut. So etwas sehen wir nur nicht jeden Tag«, Lizzie rieb sich das Handgelenk, wo seine Finger sich eingegraben hatten. »Er hatte Schmerzen, Angst.«

»Vielleicht«, sagte Carol zweifelnd. »Aber mit diesem Mann stimmt etwas nicht, abgesehen vom Offensichtlichen.«

»Ich werde später im Krankenhaus anrufen, um nach ihm zu sehen«, sagte Lizzie und wechselte das Thema, während sie ihre Unterlagen fertigstellte.

Später am Abend, nachdem sie Dani ins Bett gebracht hatte, rief Lizzie im Krankenhaus an, um nach ihrem Patienten zu fragen. Sie war überrascht zu erfahren, dass er auf der Intensivstation lag. Sein Blinddarm war geplatzt, und er hatte einen langen Genesungsweg vor sich.

Lizzie legte den Hörer auf und rieb sich unbewusst wieder ihr Handgelenk, an dem sich leichte blaue Flecken zu bilden begannen.

• • • • ● • ● • • •

Drei Wochen nach Lelands Notoperation saß Lizzie da und sichtete ihre Morgennachrichten. Ihr Handgelenk war geheilt, die blauen Flecken längst verblasst.

Dr. Matthews klopfte an ihre offene Tür, ein Fax in seiner Hand. »Haben Sie einen Moment? Jede Menge Papierkram vom Krankenhaus. Ich glaube, einige davon betreffen Ihre Patienten.«

»Sicher.« Sie deutete auf den Stuhl gegenüber ihrem Schreibtisch und bemerkte den Briefkopf des Krankenhauses. »Was gibt's?«

»Ein Update zu Leland Gates.« Er reichte ihr das Papier. »Er wurde zur Medikamentenanpassung in die Psychiatrie verlegt.«

Lizzie überflog das Dokument. »Seine Blutwerte waren nach dem langen Krankenhausaufenthalt deutlich verändert. Das macht Sinn - die Infektion, Operation, Antibiotika. All das kann den Medikamentenstoffwechsel beeinflussen.«

»Ja, sieht so aus, als wollten sie ihn in einer kontrollierten Umgebung stabilisieren.« Dr. Matthews stand auf. »Wahrscheinlich schicken sie ihn wieder zu uns, sobald alles eingestellt ist.«

Carol erschien in der Tür mit einem Stapel Akten. »Mr. Gates? Der mit dem geplatzten Blinddarm?«

»Er ist im Maine Medical und bekommt seine Medikamente angepasst«, erklärte Lizzie und machte Notizen in seiner Akte. »Nach allem, was sein Körper durchgemacht hat, müssen sie sein Regime neu kalibrieren.«

»Der Arme«, sagte Carol und legte die Akten ab.

Lizzie nickte und dachte daran, wie grau er an jenem Tag im Untersuchungsraum ausgesehen hatte. »Die Infektion hatte sich bereits ausgebreitet, als er hereinkam. Er hat Glück, dass es nicht mehr Komplikationen gab.«

Sie beendete die Aktualisierung seiner Akte, notierte die Verlegung in die stationäre Betreuung und die erwarteten Medikamentenanpassungen. Nur ein weiterer Tag, ein weiterer Patient, der Nachsorge benötigt. Dennoch rieb sie sich unbewusst ihr Handgelenk, wo seine Finger sie gepackt hatten, als sie seine Akte schloss.

Nur Schmerz und Angst, erinnerte sie sich. Jeder hätte genauso reagiert.

KAPITEL 4

Lange nach Mitternacht lag Ashley still in Jacksons Armen, die angespannt waren, obwohl er versuchte, sie sanft zu halten. Sein Atem hatte sich nicht in den gleichmäßigen Rhythmus des Schlafes eingefunden, was ihr verriet, dass seine Gedanken immer noch von seinen Reisen erfüllt waren. Er war auf Zehenspitzen durchs Haus geschlichen, um sie nicht zu wecken.

Das Mondlicht, das durch die Fenster fiel, warf Schatten über ihr Bett. Ashleys Hand bewegte sich instinktiv zu ihrem noch flachen Bauch, aber sie hielt inne und legte sie stattdessen auf Jacksons Herz. Sein gleichmäßiger Schlag unter ihrer Handfläche verriet nichts von dem Aufruhr, den sie in ihm spüren konnte.

Sie hatte vorgehabt, es ihm heute Abend zu sagen. Hatte genau geplant, wie sie ihm die Neuigkeit über das Baby mitteilen würde. Sie befanden sich in einer Phase ihrer Beziehung, in der sie über ihre gemeinsame Zukunft sprachen. Sie lebten bereits zusammen. Die nächsten Schritte zeichneten sich am Horizont ab, sowohl aufregend als auch beängstigend. Aber in dem Moment, als er hereingekommen war, mit schweren Schultern, hatte sie gewusst, dass es nicht der richtige Zeitpunkt war.

»Du bist wach«, flüsterte er in ihr Haar, seine Arme schlossen sich etwas fester um sie.

»Mmm«, summte sie und kuschelte sich näher. Durch ihren Körperkontakt flackerten Bilder durch ihren Geist: Jackson, der an einem Podium stand und über Cami Legards Verschwinden sprach, ein Glas mit bernsteinfarbener Flüssigkeit, das unberührt vor ihm stand. Der Geruch von Alkohol und eine Frau mit einem blauen Auge, die Erinnerungen weckten, die er lieber vergessen würde.

Ihr Herz schmerzte für ihn. Er war ganz anders als sein Vater – sie hatte seine Sanftmut gesehen, seine beschützende Natur, die Art, wie er sich instinktiv um die Menschen um ihn herum kümmerte. Aber er konnte diese Eigenschaften nicht an sich selbst erkennen. Alles, was er sehen konnte, war der Schatten der Gewalt seines Vaters, ein Erbe, von dem er befürchtete, dass es in seiner DNA kodiert war.

»Ich habe deine SMS bekommen«, sagte er leise. »Dass wir reden müssen.«

Ashley schluckte schwer und bereute ihre impulsive Nachricht. Sie hatte die Neuigkeit sofort teilen wollen. Jetzt wählte sie ihre Worte mit Bedacht. »Nichts Wichtiges. Es kann bis morgen warten.«

Sie spürte, wie er sich leicht anspannte, vermutlich erwartete er das Schlimmste. Das bewirkte ein Trauma – es ließ dich hinter jeder Ecke Schmerz erwarten. Sie musste ihm helfen zu erkennen, dass Liebe nicht immer mit Verletzungen endete, dass er Glück verdiente. Dass er stark genug war, den Kreislauf der Gewalt zu durchbrechen, der ihn verfolgte. Gemeinsam waren sie stark genug.

Das winzige Leben, das in ihr heranwuchs, musste noch etwas länger ihr Geheimnis bleiben. Sie musste Jackson helfen, sich durch ihre Augen zu sehen, nicht als potenzielle Bedrohung, sondern als den Beschützer, der er wirklich war. Der Mann, der sie durch übernatürliche Besessenheiten gehalten hatte, der sich alten Flüchen gestellt hatte, um ihren Freunden zu helfen, der jede Person, der er begegnete, mit Respekt und Würde behandelte.

Sie spürte, wie etwas von der Anspannung bei ihren Worten aus seinem Körper wich, obwohl sie wusste, dass seine Zweifel nicht so leicht zu vertreiben waren. Da sie spürte, dass noch mehr in seinem Kopf vorging, etwas, das mit ihren Freunden zu tun hatte, beließ sie es dabei. Die Neuigkeit über das Baby würde noch eine Weile warten können.

Als sein Atem endlich langsamer wurde und in Richtung Schlaf glitt, erlaubte Ashley ihrer Hand schließlich, zu ihrem Bauch zu wandern, erlaubte sich einen Moment, um über das Wunder zu staunen, das in ihr heranwuchs. Sie dachte an ihre letzte Schwangerschaft, als sie noch ein Teenager gewesen war. Die überwältigende Angst, die diese Zeit in ihrem Leben umgeben hatte, unterschied sich so sehr von jetzt, da sie eine erwachsene Frau war, fähig, für sich selbst und ihr Baby zu sorgen. Bald, versprach sie sich. Bald würde sie den richtigen Moment finden, um ihr Wunder zu teilen.

Ashley richtete ein stilles Gebet an ihre Geistführer, um Weisheit zu erbitten, diesem Mann, den sie liebte, zu helfen, ihm zu zeigen, dass die Zukunft nicht durch die Vergangenheit definiert werden musste. Dass manchmal die Dinge, die wir am meisten fürchten, zu unseren größten Segnungen werden können.

•••••••••••

Sonnenlicht strömte durch die Schlafzimmerfenster, als Ashley leise aus dem Bett glitt und darauf achtete, Jacksons dringend benötigten Schlaf nicht zu stören. Die Morgenübelkeit, die sie in der vergangenen Woche geplagt hatte, blieb heute glücklicherweise aus, obwohl sie es besser wusste, als darauf zu hoffen, dass das so bleiben würde.

Beunruhigende Gefühle hatten sie geweckt. Etwas stimmte nicht im Haus der Wislers – sie konnte es so deutlich spüren wie die Wärme der Sonne auf ihrer Haut. Der Eindruck war nicht spezifisch, nur eine Ansammlung von Dunkelheit um Lizzie und die bevorstehende Hochzeit. Wie Gewitterwolken am Horizont, die drohten, das zu überwältigen, was eigentlich eine freudige Feier sein sollte.

Sie nahm ihr Handy vom Nachttisch und prüfte, ob Nachrichten eingegangen waren. Nichts von Lizzie, aber das beruhigte sie nicht. Ihre Freundin hatte genug Drama für ein ganzes Leben durchgemacht; sie verdiente dieses Glück mit Damen und den Kindern.

In der Küche kritzelte sie eine schnelle Notiz für Jackson: »Bin bei Lizzie. Kommst du später nach? Liebe, A.« Sie wusste, dass er dorthin fahren würde, sobald er aufwachte – ihre Gaben zeigten ihr Bilder von ihm, wie er besorgte Worte mit Damen teilte und Fragen, die er Lizzie stellen musste.

Die Fahrt zum Wisler-Anwesen war wunderschön, die Morgensonne warf goldenes Licht über das Wasser.

Als sie durch die Sicherheitstore bei Lizzies Haus fuhr, sah sie Dani im Vorgarten spielen, ihre blonden Haare hüpften, während sie rannte. Ashleys eigene Tochter wäre jetzt ein Teenager, würde ihr Leben ohne ihre biologische Mutter leben.

Ashley riss sich aus ihren Gedanken, als Lizzie auf der Veranda erschien und zur Begrüßung winkte, aber Ashley konnte sofort die Anspannung im Lächeln ihrer Freundin erkennen. Etwas stimmte definitiv nicht. Zwischen ihrer eigenen gesteigerten Intuition durch die Schwangerschaft und jahrelanger Erfahrung im Lesen der Energien anderer Menschen konnte Ashley praktisch die dunklen Sorgenwolken sehen, die ihre Freundin umgaben.

»Ich wollte dich gerade anrufen...«, sagte Lizzie, ihre Stimme verlor sich, als Ashley mit einem wissenden Blick die Stufen hinaufstieg.

Lizzies Fassade bekam leichte Risse, Tränen stiegen ihr in die Augen. »Damen macht sich Sorgen. Es ist wahrscheinlich nichts Beunruhigendes.«

Aber Ashley spürte, dass es mehr als das war. Dieselbe Dunkelheit, die Jacksons Schlaf gestört hatte, war hier und warf Schatten über den Sonnenschein.

»Maria, kannst du ein Auge auf Dani haben, während ich mit Ashley rede? Sie spielt vorne. Das Baby schläft«, rief Lizzie ihrer Haushälterin zu, die mehr Familie als Personal war, während sie Ashley in Damens Arbeitszimmer führte.

»Ich dachte, es wäre nichts Besorgniserregendes, aber Damen ist wirklich aufgebracht deswegen.«

Lizzie reichte ihr einen zerknitterten Zeitungsausschnitt mit roten Tintenkritzeleien, die in die Fasern geritzt waren. Ashley hielt ihn vorsichtig zwischen ihren Fingernägeln.

Objekte wie dieses, voll von Emotionen der Menschen, die sie berührt hatten, mussten vorsichtig behandelt werden. Eine Lektion, die sie auf die harte Tour gelernt hatte.

»Es ist von einem ehemaligen Patienten, den ich in Maine betreut habe.«

»Du warst nett zu ihm«, stellte Ashley fest. Sie konnte eine tiefe Sehnsucht und ein Gefühl des Verrats von dem Zeitungsausschnitt spüren. »Ich würde dich gerne bitten, mir von ihm zu erzählen, aber du solltest wissen, dass Jackson dich dasselbe fragen wird, also können wir auf ihn warten, wenn du es nicht wiederholen möchtest.«

Eine Falte erschien zwischen Lizzies Augenbrauen. »Er kommt heute vorbei?«

»Ja. Er ist gestern spät angekommen und schlief noch, als ich ging. Aber sobald er wach ist, wird er sich sicher bei dir melden.«

Lizzie stand auf, um aus dem Fenster zu schauen, und schüttelte den Kopf. »Verdammt, Damen. Ich habe gesagt, ich würde mich darum kümmern.«

»Er macht sich Sorgen um dich. Glaubst du nicht, dass du schon genug durchgemacht hast? Ich muss sagen, Lizzie, ich bin auch besorgt. Das fühlt sich tiefer an, als du denkst.« Ashley legte den Ausschnitt vorsichtig auf den Schreibtisch, als könnte er sie beißen.

Lizzie setzte sich neben Ashley, während beide Frauen auf das zerstörte Bild von Damens Gesicht starrten. Der Zeitungsausschnitt starrte zurück. Tiefrote Tinte war mit solcher Kraft in das Papier gegraben worden, dass es an manchen Stellen durchriss und gezackte Wunden und erhobene Wülste auf der Papieroberfläche hinterließ. Keine zufälligen Kritzeleien, sondern überlegte Striche, die auf eine langsame, methodische Wut hindeuteten. Die rote Tinte war sogar ausgelaufen und ins umgebende Papier eingesickert wie verschüttetes Blut, das in Stoff eindringt.

Neben Lizzies unberührtem Bild waren die Worte »Es sollte ich sein« in den Rand geritzt – nicht geschrieben, sondern mit solchem Druck eingraviert, dass die Buchstaben auf der Rückseite in tiefem Relief hervorstanden, wie Blindenschrift aus Wut.

»Nun, ich kann mit dem kleinen Ethan spielen, während wir auf Jackson und Damen warten«, sagte Ashley und trat vom Schreibtisch weg.

»Er macht ein Nickerchen«, erwiderte Lizzie, genau als das Geräusch eines weinenden Babys von oben zu hören war. Sie schüttelte lächelnd den Kopf in Richtung ihrer Freundin.

»Nicht mehr«, lachte Ashley und ging die Treppe hinauf zum Kinderzimmer.

• • • • • • • • • •

Ashley beobachtete von ihrem Platz auf der Armlehne des Wohnzimmersofas, wie Jackson Lizzie behutsam über Leland Gates befragte. Seine Haltung als Ermittler war professionell, aber freundlich. Er war vorsichtig, ihre Freundin nicht zu beunruhigen, während er wichtige Informationen sammelte, obwohl seine Schultern angespannt waren und seine Fragen besonders gezielt.

Lizzie saß ihnen gegenüber und fingerte nervös an ihrem Hochzeitsplanungsheft herum, während sie ihren ehemaligen Patienten beschrieb. »Die anderen Mitarbeiter mieden ihn, aber ich fühlte mich nie bedroht. Er schien einfach nur einsam zu sein. Er brauchte Hilfe, und niemand verschaffte ihm die Betreuung, die er benötigte. Das habe ich für ihn getan. Schließlich konnten wir ihn in eine stationäre Einrichtung bringen, was zu diesem Zeitpunkt genau das war, was er brauchte.«

»Was hat dich dazu gebracht, ihn zu bitten, dir keine Geschenke mehr zu bringen?«, fragte Jackson.

Lizzie stand von ihrem Platz auf und ging zum Fenster, wo sie auf das in der Ferne liegende Wasser blickte. »Ehrlich gesagt, habe ich mir damals nichts dabei gedacht. Ich bat ihn aufzuhören, weil ich wusste, dass er sich die Blumen und die kleinen Leckereien wahrscheinlich nicht leisten konnte. Seit er in die stationäre Behandlung aufgenommen wurde, habe ich nichts mehr von ihm gehört, bis Janessa mir den Zeitungsausschnitt gegeben hat.«

Jackson nickte und machte sich Notizen. Für Ashley war klar, dass Jackson beunruhigende Informationen über diesen Leland erfahren hatte, die er noch nicht geteilt hatte. Es war auch ernst genug, um vorübergehend seine persönlichen Turbulenzen bezüglich ihrer Beziehung zu überwinden. In gewisser Weise war es eine Erleichterung – Jackson fand immer seinen Halt in seiner Karriere als Ermittler und Beschützer anderer.

Das Geräusch kleiner Füße, die den Flur entlang tappten, unterbrach das angespannte Gespräch. Dani platzte in den Raum, die Arme voller Puppen, ihr Gesicht leuchtete auf, als sie Jackson sah. »Onkel Jackson! Willst du meine Babys sehen?«

Ohne zu zögern legte Jackson sein Notizbuch beiseite und rutschte auf den Boden, geführt von der kleinen Hand des Mädchens an seinem Arm. »Natürlich, Schätzchen. Zeig mir, was du da hast.«

Ashleys Herz schwoll an, als sie beobachtete, wie er sich mit gekreuzten Beinen auf den Teppich setzte und Dani seine volle Aufmerksamkeit schenkte, während sie jede Puppe mit aufwendigen Hintergrundgeschichten vorstellte. Seine großen Hände waren unglaublich sanft, als er ein winziges Plastikbaby entgegennahm und es mit übertriebener Sorgfalt wiegte, was Dani zum Kichern brachte.

Das war der wahre Jackson Peters. Nicht der Schatten seines Vaters, zu dem er befürchtete zu werden, sondern der Mann, der in einem Herzschlag vom ernsten Ermittler zum verspielten Onkel wechseln konnte. Der Mann, der ein kleines Mädchen fühlen lassen konnte, als wäre sie die wichtigste Person auf der Welt.

Die Szene vor ihr weckte eine Idee in Ashleys Kopf. Vielleicht lag der Schlüssel, Jackson seine eigene Fähigkeit zur Vaterschaft zu zeigen, nicht in Worten oder Zusicherungen, sondern in diesen natürlichen Momenten mit Lizzies Kindern. Sein Vater hätte sich nie auf den Boden gesetzt, um mit Puppen zu spielen, hätte nie die Spiele eines Kindes mit solch aufrichtigem Respekt behandelt.

»Das ist die Mama«, erklärte Dani und legte eine weitere Puppe in Jacksons Hände. »Sie kümmert sich um alle Babys.«

»Das ist eine große Aufgabe«, antwortete Jackson ernsthaft. »Gut, dass sie Hilfe hat, oder?«

Ashley fing Lizzies wissenden Blick auf, und sie teilten einen stillen Moment des Verständnisses.

Der Moment wurde vom Geräusch von Damens Auto in der Einfahrt unterbrochen. Ashley spürte, wie Jacksons Aufmerksamkeit sich verlagerte, obwohl er weiterhin mit Dani spielte. Die Sorgenfalten kehrten in sein Gesicht zurück – was auch immer er über Leland wusste, musste geteilt werden.

Aber Ashley hatte gesehen, was sie sehen musste. Jacksons Instinkte bei Kindern waren natürlich und wunderschön, das genaue Gegenteil der Gewalt, die er zu erben fürchtete. Sie würde ihm helfen, diese Wahrheit zu erkennen, würde ihm diese Momente als Beweis seiner eigenen Güte zeigen.

Und wenn die Zeit reif wäre, ihre Schwangerschaft mitzuteilen, würde sie ihn an diesen Tag erinnern. An Plastikpuppen, die mit unendlicher Sorgfalt behandelt wurden, und an das vollkommene Vertrauen eines kleinen Mädchens in seine sanfte Natur.

»Dani, Schätzchen«, unterbrach Lizzie. »Zeit fürs Mittagessen. Warum machst du nicht mit Maria ein paar Sandwiches für alle?«

Als Dani ihre Puppen zusammensammelte, warf sie ihre Arme in einer schnellen Umarmung um Jacksons Hals. »Spielen wir später weiter?«

»Aber klar doch, Prinzessin«, versprach er und half ihr, die letzten Spielsachen aufzusammeln.

Ashley beobachtete, wie er vom Boden aufstand und Dani mit ihrer Ladung Puppen half. Immer freundlich und rücksichtsvoll, dachte sie. Niemals der Zerstörer, der er fürchtete zu werden.

KAPITEL 5

Jackson schob seine Pasta auf dem Teller herum, sein Handy sorgfältig neben dem Wasserglas positioniert. Der Bildschirm blieb hartnäckig dunkel. Eigentlich sollte Detective Morrison sich inzwischen bei ihm gemeldet haben. Es war später Abend, was bedeutete, dass er heute wahrscheinlich nichts mehr hören würde.

Das Leben bewegte sich manchmal zu langsam für seinen Geschmack. Er wusste, dass er an seiner Geduld arbeiten musste, wenn es um Dinge ging, die er nicht kontrollieren konnte.

»Du warst heute so gut mit Dani«, sagte Ashley mit warmer Stimme. »Wie du dich mit ihr auf den Boden gesetzt hast, mit ihren Puppen gespielt und dich von ihr herumkommandieren lassen hast.«

»Hmm?« Jackson schaute auf und registrierte Ashleys Worte verspätet. »Oh, ja. Dani ist ein tolles Kind. Ich kenne sie schon, seit sie ganz klein war, damals, als Lizzie mich zum ersten Mal beauftragt hat, in Camis Fall zu ermitteln.«

Sein Handy vibrierte. Nur eine Nachrichtenbenachrichtigung. Jackson zwang sich, nicht danach zu greifen, wissend, dass Ashley seine Unaufmerksamkeit bemerkt hatte. Sie verdiente mehr als nur die Hälfte seiner Aufmerksamkeit beim Abendessen.

»Du hast so einen natürlichen Umgang mit Kindern«, fuhr Ashley fort, ihre Gabel auf halbem Weg zu ihrem Mund verharrend. »Hast du jemals daran gedacht, eine eigene Familie zu haben?«

»Nein«, antwortete Jackson automatisch, seine Gedanken noch bei den versiegelten Gerichtsakten. Dann registrierte er die plötzliche Stille und schaute auf.

Ashleys Gesicht war erstarrt. Dieser vorsichtige, ausdruckslose Gesichtsausdruck, den sie benutzte, wenn sie versuchte, ihre Gefühle zu verbergen, hatte sich eingestellt. Aber er fing den Blitz der Verletzung in ihren Augen auf, bevor sie ihn vollständig verbergen konnte, sah die leichte Anspannung in ihren Schultern, als sie ihre Gabel ablegte.

Sein Magen sackte ab. Dumm. So dumm. Sie waren jetzt seit Monaten zusammen. Die Dinge wurden ernst. Verdammt, sie *waren* ernst, und er hatte gerade beiläufig die Idee einer gemeinsamen Zukunft abgetan, ohne nachzudenken.

Die vertraute Stimme in seinem Kopf – die, die wie sein Vater klang – flüsterte, dass er sowieso nie gut genug für jemanden wie Ashley sein würde. Er schluckte gegen den harten Kloß in seinem Hals. Das bedeutete aber nicht, dass er sie einfach gedankenlos verletzen durfte.

»Ashley, ich meinte nicht-«, begann er, aber sie schüttelte bereits den Kopf und stand auf, um den Tisch abzuräumen.

»Ist schon gut«, sagte sie angespannt. »War nur neugierig. Du bist so gut mit Dani, das ist alles.«

Aber es war nicht gut. Er konnte spüren, wie sie diese Mauern hochzog, die sie benutzte, wenn sie sich bei Lesungen für ihre Klienten schützen musste. Die Mauern, die sie bei ihm hatte fallen lassen.

Eine Kälte schlich sich in den Raum. Seine Gedanken stolperten durcheinander, unsicher, was er als Nächstes tun oder sagen sollte, um die Dinge wieder in Ordnung zu bringen.

Sein Handy vibrierte erneut. Diesmal war es Morrisons Nummer, aber Jackson konnte sich nicht dazu bringen, den Blick von Ashleys Gesicht abzuwenden, von dem Schaden, den er gerade achtlos angerichtet hatte.

»Wir sollten darüber reden-«, begann er, aber Ashley hob eine Augenbraue, während sie ihre halbleeren Teller zusammensammelte.

»Du solltest rangehen«, sagte sie leise. »Es könnte wichtig sein.«

Sie hatte natürlich recht. Der Fall musste Vorrang haben. Aber als Jackson zusah, wie sie in der Küche verschwand, wusste er instinktiv, dass er gerade etwas weit Wichtigeres als jede Ermittlung vermasselt hatte.

Das Handy vibrierte ein drittes Mal, beharrlich. Mit einem schweren Seufzer nahm Jackson ab. »Peters.«

»Morrison hier. Ich habe noch nichts über Gates' Akte gehört. Wir gehen ins Wochenende. Ich weiß, morgen ist Freitag, aber wegen

Budgetkürzungen hat das Archiv freitags geschlossen. Also werden wir vor nächster Woche frühestens nichts Offizielles bekommen. Aber ich konnte einen pensionierten Beamten finden, der damals im Dienst war, als Gates zum ersten Mal nach Bridgewater kam. Er ist für die nächste Woche auf einer Kreuzfahrt in Europa, aber er ist bereit, mit dir zu sprechen, wenn er zurück ist. Er neigt dazu, abends ein paar Drinks zu nehmen, also würde ich ihn tagsüber kontaktieren.«

»Ist er zuverlässig?«, fragte Jackson. Vor seinem inneren Auge tauchte die Vision eines Alkoholikers in seinem Sessel auf, angeheizt durch seine eigene Erinnerung.

»Sehr. Toller Kerl, genießt einfach seinen Ruhestand.«

Jackson schüttelte den Kopf, während er sich die Kontaktinformationen notierte. Es gefiel ihm nicht, dass alles so lange dauerte, und er würde selbst beurteilen, ob dieser Kontakt vertrauenswürdig war.

Er dankte Morrison, der versprach, sich zu melden, sobald er weitere Informationen hätte.

Nach dem Beenden des Anrufs ging Jackson in die Küche und beobachtete Ashley, wie sie methodisch die Spülmaschine einräumte. Ihre Bewegungen waren präzise, kontrolliert – wie immer, wenn sie versuchte, emotionale Distanz zu wahren. Das Klirren der Teller erschien unnatürlich laut in der angespannten Stille.

»Lass mich helfen«, sagte er leise und griff nach einem Glas. Ihre Finger berührten sich kurz, als sie es ihm reichte, und er spürte diesen vertrauten Funken der Verbindung, selbst durch ihre Zurückhaltung hindurch.

»Es tut mir leid«, sagte er nach einem Moment. »Wegen vorhin. Ich habe nicht wirklich aufgepasst.«

Ashley hielt inne, einen Servierlöffel auf halbem Weg zur Spülmaschine. »Schon gut«, wiederholte sie, aber diesmal sanfter. »Du machst dir Sorgen, ich verstehe das. Ich auch.«

»Das ist keine Entschuldigung.« Jackson schloss die Spülmaschine und drehte sich zu ihr um. »Warum hast du gefragt? Nach einer Familie?«

Ashley lehnte sich gegen die Arbeitsplatte, ihre Arme schützend vor der Brust verschränkt. »Als ich dich heute mit Dani gesehen habe... du bist so natürlich mit ihr. Und ich habe angefangen, über...« Sie brach ab, aber Jackson wusste, wohin ihre Gedanken gegangen waren – zu einem Baby, das sie mit sechzehn zur Adoption freigegeben hatte, eine Entscheidung, die sie zu jung getroffen hatte und die sie noch immer verfolgte.

»Über deine Tochter«, beendete er sanft ihren Satz.

Ashley nickte und blinzelte schnell, als sich ihre Augen mit Tränen füllten. »Ich weiß, dass wir darüber nicht wirklich gesprochen haben. Aber wenn ich dich mit Kindern sehe, frage ich mich, ob vielleicht... irgendwann.«

Jackson trat näher, löste vorsichtig ihre verschränkten Arme, um ihre Hände in seine zu nehmen. »Ich habe ohne nachzudenken nein gesagt, weil ich mir nie erlaubt habe, darüber nachzudenken.« Er holte tief Luft. »Aber mit dir denke ich an viele Dinge, von denen ich nie dachte, dass ich sie wollen würde.«

»Wirklich?«, flüsterte Ashley kaum hörbar.

»Ja.« Er zog sie näher zu sich, sie entspannte sich an seiner Brust. »Ich liebe dich, weißt du das?«

Er spürte ihr Lächeln an seiner Brust. »Ich weiß. Ich liebe dich auch.«

Ihr Kuss begann sanft, wurde aber schnell intensiver und heilte die Wunden des Tages mit vertrautem Feuer. Irgendwie schafften sie es nach oben, hinterließen eine Spur von Kleidungsstücken und entdeckten in den Armen des anderen Trost und Verbundenheit wieder.

Später lag Jackson wach, während Ashley friedlich neben ihm schlief. Seine Finger zeichneten träge Muster auf ihre nackte Schulter, während seine Gedanken wanderten.

Er dachte an Danis helles Lachen, als sie ihm beim Spielen mit ihrem Spielzeug Anweisungen gab. Wäre es dasselbe oder sogar besser mit eigenen Kindern?

Dann dachte er an seine eigene Kindheit. Es gab keine Möglichkeit, dass er ein Kind, jemanden wie Dani, dem aussetzen könnte, was er und seine kleinen Brüder durchgemacht hatten.

Der Gedanke ließ ihm die Haut kribbeln.

• • • ● ● ● ● • • •

Das uralte Verandalicht flackerte, während Janessa mit ihrem Hausschlüssel hantierte, ihr Rucksack schwer von den Lehrbüchern aus ihrem Abendkurs. 21:47 Uhr.

Die Dunkelheit drückte gegen ihren Rücken, als sie endlich das klemmende Schloss zum Drehen brachte – sie nahm sich ständig vor, das reparieren zu lassen.

Es fühlte sich falsch an, sobald sie hineintrat.

Das Haus hatte seine eigenen vertrauten Geräusche und Gerüche, nachdem sie zwei Jahre lang dort gewohnt hatte. Aber heute Abend fühlte sich die Luft anders an.

Gestört.

Als ob jemand sich kürzlich darin bewegt und die üblichen Muster verschoben hätte.

Sie stand regungslos im Eingangsbereich und lauschte. Die Heizung summte. Der Kühlschrank brummte. Normale Geräusche.

Der Baseballschläger lehnte noch an der Tür, eine Angewohnheit, die sie nach dem Einzug als Alleinlebende entwickelt hatte. Ihre Finger umschlossen das glatte Holz, während ihr Puls schneller wurde und sie nach dem Lichtschalter griff. Warmes Licht durchflutete das Wohnzimmer.

Alles sah normal aus.

Die Kuscheldecke lag genau dort, wo sie sie heute Morgen zurückgelassen hatte. Ihre Kaffeetasse stand noch auf dem Beistelltisch.

Schritt für vorsichtigen Schritt bewegte sie sich durch das Erdgeschoss. Die Esszimmerstühle standen exakt ausgerichtet. Die

Küche glänzte, Geschirr trocknete im Abtropfgestell. Die neueste Kopie ihres Stundenplans, normalerweise mit einem Magneten am Kühlschrank befestigt, hing jetzt etwas schief.

Hatte sie das getan?

Und hatte sie nicht heute Morgen die Jalousie etwas schief hängen lassen, nachdem sie den Kater von der Fensterbank verscheucht hatte? Jetzt hing sie vollkommen gerade.

Die Kellertür war geschlossen. Sie ließ sie immer offen, damit der Kater zu seinem Katzenklo gelangen konnte.

Janessas Hand zitterte leicht, als sie den Knauf drehte und das grelle Neonlicht einschaltete. Laut miauend und offensichtlich verärgert, raste ihr orangefarbener Tigerkater Max an ihren Füßen vorbei in die Küche.

Die Treppenstufen ächzten unter ihrem Gewicht – eins, zwei, drei. Sie schwang den Schläger in einem Bogen und untersuchte die Ecken voller Kisten, die sie immer noch nicht ausgepackt hatte. Waschmaschine und Trockner standen stumm da.

Niemand dort.

Wieder oben, stieg sie mit ausgestrecktem Schläger zum ersten Stock hinauf. Die vierte Stufe ächzte – das tat sie immer. Ein Auto fuhr draußen vorbei, die Scheinwerfer malten kurz Schatten an die Wand. Ihr Herz machte bei jedem einen Sprung, während sie vorüberzogen.

Zuerst das Badezimmer.

Der Duschvorhang wogte leicht in der Zugluft vom Heizungsschacht.

Janessa streckte langsam die Hand aus, ihre Finger erfassten den Kunststoff. Mit einer schnellen Bewegung riss sie den Vorhang zurück und enthüllte nichts dahinter außer ihrer Reihe an tropisch duftenden Shampoos.

Ihre Schlafzimmertür stand leicht offen. So ließ sie sie nie. Oder doch? Sie würde sie schließen, um zu verhindern, dass Max den ganzen Tag auf ihren Kissen schlief, während sie unterwegs war.

Ihre morgendliche Eile schien Ewigkeiten her zu sein, aber sie könnte sie offen gelassen haben.

Das Gewicht des Schlägers bot wenig Trost, als sie die Tür mit dem Fuß vollständig aufstieß.

Mondlicht ergoss sich über ihr ungemachtes Bett. Die Schranktür war fest verschlossen. Sie erinnerte sich genau daran, sie geschlossen zu haben, nachdem sie heute Morgen Kleidung ausgesucht hatte. Aber es war ein großartiges Versteck für einen Mörder, der geduldig wartete, bis sie in den Schlaf glitt, schutzlos in ihrem eigenen Bett.

Ihr Hals fühlte sich trocken an, als sie darauf zuging, nach dem Griff fasste, zog...

Leer.

Nur ihre Kleidung hing in ordentlichen Reihen.

Sie stieß einen zittrigen Atem aus.

Janessa versuchte, über sich selbst zu lachen. Offensichtlich hörte sie auf ihrem Arbeitsweg von der Schule in Bangor zu viele

True-Crime-Podcasts. Sie waren eine großartige Methode, um nach viel zu vielen Nächten, in denen sie bis spät in die Nacht gelernt hatte, wach zu bleiben.

Das Haus war leer. Sie war sicher.

Janessa schüttelte den Kopf über ihre eigene Schreckhaftigkeit, während sie die übrig gebliebene Lasagne aus dem Kühlschrank holte. »Du bist lächerlich«, murmelte sie, während sie den Behälter in die Mikrowelle schob.

Max schlängelte sich zwischen ihren Beinen hindurch und miaute beharrlich. Anscheinend hatte er ihr verziehen, dass er den ganzen Tag im Keller eingesperrt war. »Ja, ja, ich weiß. Essenszeit für dich auch.« Sie schüttete trockenes Katzenfutter in seine Schüssel und beobachtete, wie er darüber herfiel, als hätte er seit Tagen nichts gegessen.

Die Mikrowelle klingelte. Sie ließ sich auf ihrer Couch nieder – die, die sie gebraucht gekauft hatte, als sie eingezogen war – und rief die neueste Folge von *The Great British Baking Show* auf. Die vertrauten Stimmen erfüllten ihr Wohnzimmer, während die Teilnehmer sich um ihre Backwaren sorgten.

Auf halbem Weg durch ihre Lasagne fiel ihr ein, dass sie die Reisekosten für Lizzies Hochzeit überprüfen wollte. Es war ein bisschen spät, jetzt damit anzufangen, aber wenn sie günstige Flüge finden könnte, wäre es vielleicht möglich. Sie musste ihre Optionen abwägen, aber zuerst musste sie die Daten überprüfen.

Janessa stellte ihren Teller ab und ging zu ihrer Pinnwand in der Küche. Ihre Stirn runzelte sich, als sie die Küchentheke absuchte. Die Einladung war nicht da, obwohl sie sich deutlich erinnerte, sie erst vor wenigen Tagen unter ihre Lieblings-Schneekugel mit dem Leuchtturm von Maine gelegt zu haben.

Sie verschob die Speisekarten der Lieferdienste, die Erinnerung an den Arzttermin, das Schulfoto ihrer Nichte. Keine Einladung.

»Max, hast du sie runtergeworfen?« Sie schaute hinter den Kühlschrank, darunter.

Nichts außer Staubflusen.

Seltsam. Sie konnte sich genau vorstellen, wie sie hier gestanden, die Einladung bei ihrem Morgenkaffee gelesen und sie sorgfältig zurückgelegt hatte. Der Karton war dick gewesen, cremefarben, mit zartem blauen Schriftzug.

Merkwürdig, dass sie einfach so verschwunden war.

Vielleicht war sie einfach nur müde.

Zwischen Arbeit und Abendkursen hatte sie in letzter Zeit kaum Zeit zum Durchatmen. Die Einladung würde schon wieder auftauchen.

Max sprang auf die Theke und stubste ihre Hand an, um Aufmerksamkeit zu bekommen. »Du hast recht«, sagte sie und kratzte ihn hinter den Ohren. »Zeit fürs Bett. Wir suchen morgen weiter.«

Leland saß in seiner verdunkelten Wohnung, die Hochzeitseinladung wurde von einer einzigen Lampe beleuchtet. Seine Finger fuhren über die elegante Schrift und verharrten bei Lizzies Namen. Das Papier knisterte leicht unter seinem Griff.

»Du glaubst, du bist so schlau«, flüsterte er und studierte die Details. Eine Strandhochzeit. Florida.

Es war so leicht gewesen, sich hineinzuschleichen, während sie bei der Arbeit war. Ihr Ersatzschlüssel lag genau unter diesem falschen Stein an der Hintertür.

Anfängerin.

Diese verdammte Katze hätte jedoch fast alles ruiniert, als sie ihn von der Küchentheke aus anheulte. Er hatte sie trotz ihres Sträubens die Kellertreppe hinunterschieben müssen.

Das Tier hatte ihm die Arme zerkratzt, und er hätte es fast erwürgt, aber er hatte sich zurückgehalten, da er wusste, dass eine tote Katze verraten würde, dass er oder jemand in das Haus eingebrochen war.

Niemand wusste, was er getan hatte.

Seine Hände zitterten, als er aufstand und versuchte, die Wut zu kontrollieren, die in seinem Magen brannte, während er zur Wand ging, wo er seine Pläne aufbewahrte.

Mit ehrfürchtiger Sorgfalt heftete er die Hochzeitseinladung in die Mitte von allem. Das letzte Puzzlestück. Sein Beweis, dass Lizzie ihn brauchte, um zu handeln.

Die Einladung an Janessa war die Verbindung. Natürlich würde Janessa eingeladen werden. Sie war Lizzies Freundin und Lizzie war ihr Beschützer, ihr Schild. Sie würde nicht wollen, dass ihr etwas zustößt.

Der Gedanke ließ ihn im schwachen Licht die Zähne fletschen. Die süße, fürsorgliche Lizzie würde sich um ihre Freundin sorgen, wenn ihr etwas zustoßen sollte, würde alles tun, was sie könnte, um ihr zu helfen.

Ja. Das war der Weg.

Ein Plan begann sich in seinem Kopf zu kristallisieren. Kein Beobachten und Warten mehr. Janessa würde ihn direkt zu Lizzie führen.

Er begann zu sammeln, was er brauchen würde, seine Bewegungen präzise und kontrolliert. Seine Geduld würde sich endlich auszahlen.

Die Hochzeitseinladung schimmerte wie ein Leuchtfeuer von ihrer zentralen Position an seiner Wand. Alles führte hierhin. Alles führte zu ihr.

KAPITEL 6

Lizzie spürte Damens solide Wärme, als er sich neben ihr auf der Couch niederließ, seine Finger automatisch mit ihren verschränkend. Die vertraute Geste hätte tröstlich sein sollen, aber stattdessen verstärkte sie ihre Angst vor den Neuigkeiten, die Jackson gleich überbringen würde. Sie hatte gewusst, dass etwas nicht stimmte, in dem Moment, als sie Damens Gesicht sah, als er hereinkam – dieser sorgfältig kontrollierte Ausdruck, den er trug, wenn er versuchte, sie nicht zu beunruhigen.

»Weißt du, was Jackson uns sagen wird?« Damen schaute ihr ins Gesicht und schüttelte den Kopf. Die echte Besorgnis in seinen Augen war also rein instinktiv. Lizzie hatte auf die harte Tour gelernt, dass es gewöhnlich schlecht endete, wenn man Damens Instinkte ignorierte.

Sie hatten genug Erfahrungen damit für ein ganzes Leben gesammelt.

Jackson setzte sich ihnen gegenüber, ließ sich auf der Kante des Sessels nieder und lehnte sich mit den Ellbogen auf den Knien nach vorne. Die Position war vertraut – seine Befragungshaltung und die, die er einnahm, wenn er schwierige Nachrichten überbrachte.

Lizzies Magen verkrampfte sich. Beklommenheit erfüllte den Raum.

Ihr Blick wanderte zu Ashley, das Licht vom Fenster, an dem sie stand, glitzerte in den Highlights ihres Haares. Das Gesicht ihrer Freundin war besorgt, und als sich ihre Blicke trafen, schüttelte Ashley leicht den Kopf.

Sie wusste es auch nicht.

Damen strich mit seinem Daumen kleine Kreise auf Lizzies Handfläche, um sie ruhig zu halten und sich selbst zu zentrieren.

»Also gut, Jackson«, sagte sie, ihre Stimme fester als sie sich fühlte. »Erzähl uns, was du über Leland herausgefunden hast.

»Meine erste Recherche ergab, dass Leland Gates fünfzehn Jahre lang in der Bridgewater State Hospital festgehalten wurde, bevor er entlassen wurde und schließlich dich, Lizzie, kennengelernt hat. Er wurde vom Gericht in die Klinik eingewiesen nach einem Vorfall, als er noch ein Kind war. Diese Jugendakten sind jedoch versiegelt«, begann Jackson.

Lizzie spürte, wie ihre Anspannung leicht nachließ. »Es könnte also jede Art von Vergehen sein. Geringfügige Verstöße, familiengerichtliche Angelegenheiten...« Ihre Gedanken verliefen sich, als Damens Hand sich um ihre verkrampfte. Der bedeutungsvolle Blick, den er und Jackson austauschten, ließ ihren Optimismus schwinden.

»Eigentlich«, sagte Jackson vorsichtig, »ist Bridgewater eine psychiatrische Hochsicherheitseinrichtung, Lizzie. Menschen werden dort nicht wegen geringfügiger Vorfälle eingewiesen.«

Es schien, als würde die Luft aus dem Raum entweichen. Lizzie spürte, wie Damen näher rückte, sein Oberschenkel an ihrem auf dem Sofakissen.

Sie dachte zurück an ihre Interaktionen mit Leland: seine ruhige Art, seinen Eifer, ihr zu gefallen, und die Art, wie das andere Personal ihn mied.

Hatte sie etwas Entscheidendes übersehen?

»Ich nutze jeden Hebel, den ich habe«, fuhr Jackson fort und lehnte sich vor. »Aber Maine hält diese Akten streng unter Verschluss, besonders wenn sie von Jugend- zu Erwachsenenfällen übergehen. Je nach den damaligen Gerichtsbeschlüssen existieren die Akten möglicherweise gar nicht mehr. Was ich dir sagen kann, ist, dass seine Entlassung an Bedingungen geknüpft war – regelmäßige gemeinschaftliche Überwachung und Meldepflicht, Bedingungen, die aufgrund derselben Budgetkürzungen, die zu seiner Entlassung geführt haben, wahrscheinlich nicht mehr sorgfältig überwacht werden.«

Ashley bewegte sich von ihrem Fensterposten, um sich auf die Armlehne von Jacksons Sessel zu setzen. »Nicht gesund genug, um in die Gesellschaft entlassen zu werden, aber nicht krank genug, um eingesperrt zu bleiben«, fügte Ashley hinzu.

Jackson berührte Ashleys Hand. »Genau. Aber was mir am meisten Sorgen macht, ist sein psychologischer Zustand jetzt«, sagte Jackson, seine Ermittlermaske rutschte und zeigte echte Besorgnis. »Seine Fixierung auf dich ist nicht zufällig, Lizzie. Du warst nett zu ihm, als er mit Schwierigkeiten kämpfte. Du hast dich für ihn eingesetzt. In seinem Kopf hat das eine Verbindung zwischen dir und ihm geschaffen, die nicht existiert.«

»Aber ich habe nur meinen Job gemacht«, protestierte Lizzie und erinnerte sich an die zahllosen E-Mails und Anrufe, die sie getätigt hatte, um für Leland die richtige Unterstützung zu bekommen.

»Für dich, ja«, warf Damen sanft ein. »Aber für ihn...«

»Er hat wahrscheinlich eine ganze Fantasie um dich herum aufgebaut«, beendete Jackson. »Du fehlst jetzt in seinem Leben, weil du hierher gezogen bist. Die Hochzeitsankündigung war für ihn vermutlich nicht nur eine Neuigkeit, Lizzie. Es könnte ein Auslöser gewesen sein.«

Lizzie wurde übel, als sie an Lelands Dankeskarten, Blumen, kleine Aufmerksamkeiten und Notizen dachte. Sie sah zu Ashley, in der Hoffnung, dass ihre Freundin etwas Trost spenden würde, aber Ashleys beunruhigter Gesichtsausdruck bestätigte nur Jacksons Einschätzung.

»Du glaubst also, er könnte etwas versuchen? Das scheint wirklich nicht zu ihm zu passen. Ich meine, er bräuchte die Mittel dazu, und ich bin sicher, er hat kein Geld, um hierher zu reisen. Nach dem, was ich über ihn weiß, lebt er von Erwerbsunfähigkeitsrente, was kaum reicht, um die Grundbedürfnisse zu decken«, rationalisierte Lizzie. »Glaubst du nicht, dass wir aus einer Mücke einen Elefanten machen?«

Jackson lehnte sich in seinem Stuhl zurück. »Da widerspreche ich nicht, Lizzie. Allerdings besteht die Möglichkeit. Er war informiert genug, um den Zeitungsausschnitt zu sehen. Was übrigens ziemlich altmodisch ist.«

»Mein Vater wollte es in der Zeitung in Maine haben«, zuckte Lizzie mit den Schultern. »Er wollte, dass seine Freunde es sehen. Die meisten bekommen die Zeitung immer noch nach Hause geliefert, wenn sie gedruckt wird.«

»Das Datum der Hochzeit und der Ort stehen in der Ankündigung«, fügte Damen hinzu. »Von da aus sind wir ziemlich leicht zu finden, zumindest ich. Eine einfache Internetsuche liefert genug Informationen, um herauszufinden, wo ich arbeite, und wahrscheinlich auch den Hochzeitsort.«

»Die Hochzeit wäre ein wahrscheinlicher Ort, an dem er auftauchen würde, wenn er es aus eigener Kraft hierher schaffen könnte. Oder wirklich jeder andere Ort, an dem er dich erreichen könnte.«

»Die Hochzeit«, flüsterte Lizzie, plötzlich verstehend.

»Wir werden die Sicherheit verstärken«, sagte Damen sofort. »Den Veranstaltungsort wechseln, wenn nötig.«

Aber Lizzie hörte ihn kaum, da sie jede Interaktion, die sie je mit Leland hatte, in einem neuen Licht sah. Sie sollte doch gut darin sein,

Menschen zu lesen, ihnen zu helfen. Wie konnte sie das Verhalten übersehen haben, das Jackson beunruhigte?

»Das ist nicht deine Schuld«, sagte Ashley plötzlich, wodurch Lizzie klar wurde, dass sie ihre Gedanken laut genug preisgegeben hatte, damit ihre Freundin sie mitbekam. »Du hast versucht, jemandem zu helfen, der es brauchte. Seine Reaktion auf diese Freundlichkeit geht auf seine Kappe, nicht auf deine.«

Lizzie nickte, dankbar für den Einblick ihrer Freundin, aber kalte Angst machte sich in ihrem Magen breit. Das fühlte sich anders an. Persönlicher. Unberechenbarer.

»Was machen wir jetzt?«, fragte sie und blickte zwischen Jackson und Damen hin und her, den beiden Männern, die ihr Leben wahrscheinlich mehr als einmal mit ihren überbehütenden Instinkten gerettet hatten.

»Wir finden so viel wie möglich über ihn heraus«, sagte Jackson grimmig. »Und wir unterschätzen ihn nicht. Was auch immer ihn nach Bridgewater gebracht hat, war ernst genug, um ihn fünfzehn Jahre dort zu halten. Es muss etwas Bedeutsames gewesen sein, ein Verbrechen, für das er auf Unzurechnungsfähigkeit plädieren musste. Wir müssen diese Situation mit dem nötigen Ernst behandeln.« Er und Damen tauschten erneut Blicke aus. »Natürlich nur als Vorsichtsmaßnahme.«

• • • • ● ● • ● ● • • •

Lizzie spürte, wie Damens Arm sich beschützend um ihre Schultern schlang, während Jackson die Situation erklärte. Sie konnte die Anspannung in den Körpern beider Männer lesen, ihre geteilte Besorgnis ließ ihren Magen verkrampfen. Nach allem, was sie durchgemacht hatten, hatte sie gelernt, ihrem Instinkt für Gefahr zu vertrauen.

»Erzähl mir von deinen Hinweisen in Maine«, sagte Damen neben ihr, seine Stimme ruhig trotz seiner offensichtlichen Sorge.

Lizzie beobachtete, wie Jackson sich mit der Hand durch die Haare fuhr – ein vertrautes Anzeichen, das sie aus ihren gemeinsamen Arbeitsjahren kannte. »Ich habe einen Detektiv in Portland, der daran arbeitet. Das Problem ist, wenn das Ganze als Jugendfall begann und dann in die psychiatrische Betreuung für Erwachsene überging, haben wir es mit mehreren versiegelten Systemen zu tun.«

»Der Zeitungsausschnitt und die Notiz«, schlug Damen vor, und Lizzie spürte, wie er sich leicht nach vorne lehnte. »Wir sollten sie zur örtlichen Polizei dort schicken. Wenn nichts anderes, stellt es zumindest ein Verhaltensmuster fest, über das sie Bescheid wissen sollten. Vielleicht können sie verhindern, dass er die Stadt verlässt, oder zumindest seinen Aufenthaltsort im Auge behalten.«

Während Jackson Damen mehr über seinen Kontakt – Detektiv Morrison – erzählte, schweiften Lizzies Gedanken zurück zu ihren Interaktionen mit Leland. Hatte sie die Warnsignale übersehen? Hatte ihre Entschlossenheit, ihm zu helfen, sie für potenzielle

Gefahren blind gemacht? Jede Erinnerung schien nun befleckt, betrachtet durch diese neue Linse der Bedrohung und Besessenheit.

Die Diskussion über seine aktuelle Situation brachte sie in die Gegenwart zurück. »Ihn zu beobachten ist etwas kniffliger«, sagte Jackson gerade. »Budgetkürzungen im Sozialdienst können bedeuten, dass er im Grunde unbeaufsichtigt ist. Keine verpflichtenden Check-ins, kein Sozialarbeiter, der ihn im Auge behält. Er könnte morgen Maine verlassen und wir würden es erst wissen, wenn er hier auftaucht.«

Lizzie fröstelte bei diesen Worten, als sie sich daran erinnerte, wie viele ihrer ehemaligen Patienten durch die Maschen gefallen waren, als die Dienstleistungen gekürzt wurden. Sie hatte so hart gekämpft, um genau diese Situation zu verhindern.

Ashleys leise Stimme durchschnitt ihre Gedanken. »Ich glaube, er plant etwas. Ich kann nicht genau erkennen was, aber es umgibt ihn eine Dunkelheit.«

Lizzie spannte sich an. Genau wie bei Damens Ahnungen hatte Lizzie auf die harte Tour gelernt, Ashleys Intuitionen nicht abzutun. Durch das Fenster konnte sie Dani im Garten spielen sehen, sorglos und unschuldig. Es gab keine Möglichkeit, dass sie zulassen würde, dass ihrer Familie etwas zustößt.

Als Damen vorschlug, den Hochzeitsort zu ändern, platzte etwas in ihr.

»Nein«, sagte sie entschlossen. »Wir können die Sicherheit erhöhen, Vorsichtsmaßnahmen treffen, aber ich lasse nicht zu, dass dies unsere Pläne ändert. Wenn wir wissen, wo er ist, wird es keinen Bedarf geben.«

Sie spürte Damens Stolz auf ihre Stärke, selbst als sie sein überwältigendes Bedürfnis, sie zu beschützen, wahrnahm. Sein Kompromiss bezüglich der Sicherheitsmaßnahmen war typisch für ihn - einen Mittelweg zwischen Sicherheit und Normalität zu finden.

»Ich kann ein Team vor Ort haben«, versicherte Jackson ihnen. »Unaufdringlich genug, um die Gäste nicht zu stören, aber gründlich genug, um potenzielle Probleme zu erkennen. Morgan wird bis dahin verfügbar sein.«

Als sie den besorgten Blickwechsel zwischen Damen und Jackson sah, streckte Lizzie die Hand aus, um Damens Hand zu drücken. »Wir werden das lösen«, sagte sie sanft und versuchte, seine Anspannung zu mildern. »Das tun wir immer.«

Er küsste ihre Schläfe als Antwort, aber sie konnte seine Sorge immer noch spüren. Was auch immer vor fünfzehn Jahren passiert war, war ernst genug gewesen, um Leland über ein Jahrzehnt wegzusperren. Und jetzt hatte derselbe Mann eine Fixierung auf sie.

KAPITEL 7

Die Digitaluhr auf ihrem Nachttisch zeigte 2:47 Uhr morgens. Lizzie schlüpfte aus dem Bett und achtete darauf, Damen nicht zu wecken. Sein gleichmäßiger Atem begleitete sie, als sie den Flur entlang schlich und zuerst nach Ethan, dann nach Dani sah – beide Kinder versunken in friedlichen Träumen.

Sie schlüpfte in den Raum, der zu ihrem eigenen Arbeitszimmer geworden war, wo sie stundenlang ihre Hochzeit plante, und ließ sich in den Schreibtischstuhl sinken, das Leder kühl an ihren nackten Beinen.

Das Haus umgab sie mit vertrauten Nachtgeräuschen – das Summen des Kühlschranks, das leise Ticken der Klimaanlage, die ansprang. Sie zog ihre Schreibtischschublade auf und griff nach der kleinen Holzkiste, in der sie Karten und Notizen von Freunden und ehemaligen Patienten aufbewahrte, die besonderen Eindruck hinterlassen hatten.

Seine Karte lag fast ganz unten, die Ecken weich vom Anfassen. Einfacher weißer Karton, seine präzise Handschrift in schwarzer

Tinte: *Liebe Lizzie, danke, dass du mir geholfen hast, den Weg zu mir selbst zurückzufinden. Dein Glaube an mich hat alles verändert. Leland Gates.*

Sie fuhr mit dem Finger über die Worte und erinnerte sich an seine stille Präsenz in ihrem Büro. Wie er mit ordentlich gefalteten Händen in seinem Schoß saß, leise, aber direkt sprach. Nie wütend, nie aggressiv. Er hatte so hart an seinem Behandlungsplan gearbeitet, hatte so viel Einsicht in seine eigenen Herausforderungen gezeigt.

Das konnte nicht vorgetäuscht gewesen sein, oder?

Könnten Jackson und Damen Recht haben? Vielleicht wollte er sich nur wieder mit ihr verbinden, wollte die Beziehung fortsetzen, die sie als Patient und Therapeutin hatten, und war überrascht zu erfahren, dass sie weggezogen war.

Was, wenn sie durch die Behandlung als Bedrohung eine solche erst erschaffen? Ihre klinische Ausbildung sträubte sich gegen die Annahme von Gefahr ohne Beweise. Menschen mit psychischen Vorerkrankungen sahen sich ohnehin schon so vielen Vorurteilen ausgesetzt. Zugegeben, Leland war eine beeindruckend große Gestalt, aber sie hatte sich, anders als andere, nie von ihm bedroht oder unwohl gefühlt.

Die Rückrufnummer der Klinik war noch in ihren Kontakten gespeichert. Ein Anruf, und sie könnte seine Kontaktinformationen aus seiner Akte bekommen. Nur um Kontakt aufzunehmen, die Luft zu reinigen. Um ihrem eigenen Urteil über den Mann zu vertrauen, dem sie unzählige Stunden geholfen hatte. Dies musste einfach ein Fehler sein, eine Überreaktion, die er einsehen würde, sobald sie ihn darauf hinwiese.

Ihr Handy fühlte sich schwer in ihrer Hand an, als sie die Nummer heraussuchte. Es wäre so einfach. Nur ein kurzer Anruf, eine kurze Erklärung an die Person am Telefon. Ihre Anfrage entsprach nicht ganz den Datenschutzprotokollen für Patienten, aber sie bat nur um seine Telefonnummer, um sich für sein Geschenk zu bedanken. Sie würden sie ihr geben.

Das Geräusch von fließendem Wasser oben riss Lizzie in die Realität zurück, wahrscheinlich benutzte Dani das Bad. Sie hatte ihre Familie zu berücksichtigen bei all dem.

Sie legte das Handy weg, Lelands Karte noch immer offen auf ihrem Schreibtisch. Sie glaubte, dass Leland der gleiche Mann war, den sie in der Klinik kennengelernt hatte, sanft und freundlich, im Kern. Aber sie wusste auch, wie viel sich ändern konnte, wie zerbrechlich die psychische Gesundheit sein konnte.

Die Klimaanlage sprang wieder an und bewegte die Karte leicht. Lizzie verschloss sie wieder in ihrer Box.

Sie hatte ihre Karriere aufgebaut, um Menschen zu helfen. Arzthelferin zu werden war ihre Alternative zum Medizinstudium gewesen, als Dani unerwartet kam. Obwohl sie jetzt nicht praktizierte, musste sie entscheiden, ob ihr Instinkt zu helfen sie und ihre Familie in Gefahr bringen könnte.

Aber dann könnte es nicht schaden, einfach Kontakt mit Leland aufzunehmen, um seinen psychischen Zustand so gut wie möglich einzuschätzen und ihm zu helfen zu verstehen, dass seine Handlungen nicht in Ordnung waren.

Sie würde am Montagmorgen als Erstes anrufen, um seine Nummer zu bekommen. Janessa würde ihr definitiv helfen, falls das Büro Probleme damit hätte.

Die Uhr zeigte 3:23 Uhr morgens, als sie endlich zurück ins Bett schlich. Damen bewegte sich, legte einen Arm um sie, ohne aufzuwachen. Sie kuschelte sich näher an seine Wärme und versuchte, ihren Geist zu beruhigen. Aber der Schlaf blieb aus.

· · · · ● · ● · · ·

Die späte Montagmorgensonne strömte durch das Fenster von Lizzies Heimbüro, als sie die Rückrufnummer der Klinik wählte. Sie musste warten, bis sie Dani bei einem Spieldate abgesetzt und Ethan für sein erstes Nickerchen hingelegt hatte. Sie wollte für diesen Anruf ungestört sein.

»Acadia Health Partners, hier ist Carol.« Die vertraute Stimme zauberte sofort ein Lächeln auf Lizzies Gesicht.

»Carol, hier ist Lizzie Legard.«

»Lizzie! Wie geht es dir, Schätzchen? Ich habe deine Hochzeitseinladung an meinem Schreibtisch angebracht, ich freue mich so für dich, meine Liebe! So wunderschönes Papier. Obwohl ich bezweifle, dass irgendjemand von uns nach Florida kommen kann, zumindest nicht alle auf einmal. Du weißt ja, wie es hier mit dem Dienstplan ist, aber es war so aufmerksam von dir, an uns zu denken.«

Lizzie drehte einen Stift zwischen ihren Fingern. »Natürlich, das verstehe ich. Eigentlich hatte ich gehofft, mit Janessa sprechen zu können?«

»Oh, sie ist heute nicht da, obwohl ich nicht direkt von ihr gehört habe. Muss sich bei jemand anderem krank gemeldet haben.« Carols Stimme nahm einen wissenden Ton an. »Manche Dinge ändern sich nie, oder? Schafft es immer, die Wochenenden ein bisschen zu verlängern.«

Lizzie runzelte die Stirn und erinnerte sich daran, wie die alte Janessa tatsächlich wegen eines Katers krank melden würde. Aber dann fiel ihr ein, wie stolz Janessa auf den Kauf ihres Hauses gewesen war, wie ernst sie ihre neuen Verantwortlichkeiten und ihr Studium genommen hatte. Es war nicht mehr ihre Art, einfach nicht aufzutauchen, besonders ohne Carol direkt Bescheid zu geben. Carol war die Praxismanagerin und Janessas direkte Vorgesetzte.

»Hör mal,« sagte Lizzie und schob ihre Sorge um Janessa beiseite, »ich brauche einen Gefallen. Ich habe ein Geschenk von einem ehemaligen Patienten bekommen, Leland Gates. Ich würde mich gerne bei ihm bedanken, aber ich habe seine aktuelle Kontaktinformation nicht.«

»Diesen Namen habe ich schon lange nicht mehr gehört, außer als er vorbeikam, um etwas für dich abzugeben. Moment.« Lizzie konnte Carols Finger auf der Tastatur tippen hören. »Hier haben wir's.

Hab eine Handynummer... lass mich kurz prüfen, ob sie noch aktuell ist.« Weiteres Tippen. »Ja, der letzte Termin war vor drei Monaten. Er ist nicht erschienen, aber die Kontaktdaten waren korrekt.«

Als Carol die Nummer vorlas, notierte Lizzie sie sorgfältig auf ihrem Notizblock, jede Ziffer fühlte sich gewichtig an.

»Danke, Carol. Und ich verstehe das mit der Hochzeit völlig. Aber ich hoffe, dich dort zu sehen, falls du kannst. Es wäre schön, wieder alle zusammen zu haben.«

Nachdem sie aufgelegt hatte, starrte Lizzie auf die Nummer, die sie notiert hatte. So eine gewöhnliche Sache, nur zehn Ziffern auf Papier. Aber sie stellten eine Möglichkeit dar, die helfen könnte, ein Missverständnis zu klären.

Oder auch nicht.

Sie warf einen Blick auf das gerahmte Foto auf ihrem Schreibtisch, das sie und Damen mit Dani letzten Sommer am Strand zeigte, alle sonnengeküsst und lachend. Dann zurück auf die Nummer.

Irgendwo lag die Wahrheit über Leland Gates. Der Beweis, dass er keine Bedrohung für sie oder ihre Familie darstellte.

Sie musste nur herausfinden, welche Version von ihm echt war – der sanfte, genesende Patient, den sie gekannt hatte, oder die Bedrohung, die Damen und Jackson befürchteten.

Ihr Finger schwebte über dem Tastenfeld ihres Telefons. Vielleicht war es der mütterliche Instinkt, der ihre Urteilsfähigkeit überstimmte, oder vielleicht war es Angst, die sie zögern ließ. Angst vor dem, was sie herausfinden würde, wenn sie tiefer graben würde.

Sie legte das Telefon weg und ließ die Nummer ungewählt. Vorerst.

· · · ● ● · ● ● · · ·

Lizzie ging ihrer Nachmittagsroutine nach, während ihre Gedanken periodisch zu Janessas ungewöhnlicher Abwesenheit wanderten. Sie sortierte Wäsche und dachte daran, wie verantwortungsbewusst ihre Freundin geworden war, seit sie sie kannte.

Beim Einräumen der Einkäufe erinnerte sie sich selbst daran, dass Janessa wahrscheinlich einfach mit Dr. Matthews oder einem der anderen Ärzte gesprochen hatte.

Beim Aufräumen nach dem Mittagessen verdrängte Lizzie die leise Stimme, die sagte, dass etwas an der Situation nicht stimmte.

Ethan schlief leicht ein für sein Nickerchen, erschöpft von einem Vormittag im Park. Bei Dani brauchte es mehr Überzeugungsarbeit.

»Ich bin nicht müde,« protestierte Dani, während sie sich die Augen rieb.

»Schätzchen, du erholst dich immer noch von deiner Krankheit. Ein bisschen Ruhe wird helfen.« Lizzie strich Danis Haar von ihrer Stirn zurück. »Leg dich doch nur für eine kleine Weile hin? Ich reibe dir den Rücken.«

Schließlich wurde Danis Atem gleichmäßiger und sie schlief ein.

Lizzie stand einen Moment lang in der Türöffnung und beobachtete das friedliche Gesicht ihrer Tochter, bevor sie die Tür leise fast ganz zuzog.

Sie beschloss, die ruhige Zeit zu nutzen, um die Antworten zu finden, die sie brauchte.

In ihrem Büro holte sie die Nummer hervor, die sie von Carol bekommen hatte. Ihr Herz schlug etwas schneller, als sie wählte und im Kopf durchging, was sie sagen würde.

Das Telefon klingelte viermal, bevor es zur Mailbox wechselte, wobei die allgemeine Begrüßung die Nummer wiederholte, die Carol ihr gegeben hatte. Hoffentlich war die Nummer noch aktiv und richtig. Durch ihre Arbeit in der Klinik wusste sie, wie oft Patienten ihre Telefonnummern wechselten. Wahrscheinlich kauften sie Wegwerfhandys, weil es das Einzige war, was sie sich leisten konnten.

Lizzie holte tief Luft, bevor sie die Nachricht hinterließ, weil sie sicherstellen wollte, dass ihre Wortwahl nicht missverstanden werden konnte.

»Hallo Leland, hier ist Lizzie Legard. Ich wollte Ihnen für das Geschenk danken.« Sie machte eine Pause und wählte ihre nächsten Worte sorgfältig. »Ich hoffe, es geht Ihnen gut. Wie Sie wahrscheinlich wissen, habe ich die Klinik verlassen und bin sehr glücklich. Ich hoffe, dass es bei Ihnen genauso ist.« Sie zögerte, fügte dann hinzu: »Ich hoffe, Sie kümmern sich weiterhin um sich selbst und halten die Fortschritte, die Sie gemacht haben. Nochmals vielen Dank, dass Sie an mich gedacht haben.«

Nachdem sie aufgelegt hatte, saß Lizzie an ihrem Schreibtisch und starrte das Telefon an.

Hatte sie zu viel gesagt? Oder nicht genug?

Im Haus war es still, abgesehen vom entfernten Summen der Klimaanlage. Normalerweise schätzte sie diese friedlichen Nachmittagsmomente, aber heute fühlte sich die Stille schwer an mit unausgesprochenen Worten und unbeantworteten Fragen.

Kapitel 8

L eland spielte Lizzies Nachricht zum siebten Mal ab, seine Finger zitterten, während sie die Tasten des Telefons drückten. Jedes Wort war mit verborgener Bedeutung beladen. Für ihn war klar, dass Lizzie nach seiner Hilfe schrie. Sie schickte ihm Botschaften, die nur er verstehen würde.

»Ich wollte mich für das Geschenk bedanken.« Natürlich erkannte sie damit ihre Verbindung an, ihre Liebe. Sie wusste, was er mit dem Zeitungsausschnitt meinte, und stimmte offensichtlich zu, dass er es sein sollte und nicht der Mann auf dem Foto.

Er lief in seiner Wohnung auf und ab, sein Verstand raste. »Ich habe die Klinik verlassen« war eindeutig ein Hilferuf. Sie wurde gegen ihren Willen festgehalten, gezwungen, ihre Arbeit aufzugeben. Und »Ich bin sehr glücklich«, gesagt mit diesem leichten Zittern in ihrer Stimme.

Es war offensichtlich, dass sie log. Wie könnte sie glücklich sein?

»Ich hoffe, du kümmerst dich weiterhin um dich selbst« - noch eine verschlüsselte Botschaft. Ihre Beziehung hatte sich gewandelt, und jetzt war sie es, die auf ihn zählte.

Er öffnete sein Notizbuch und fügte die heutige Nachricht seiner sorgfältig dokumentierten Sammlung von Zeichen hinzu. Die Fotos von ihr mit diesen Kindern – eindeutig gestellt. Der Mann, der immer wieder auf den Bildern auftauchte – zweifellos eine Art Wächter. Sie hielten sie in diesem schicken Haus in Florida gefangen, aber sie wandte sich an ihn. Nur an ihn.

»Danke nochmals, dass du an mich gedacht hast.« Sein Herz raste. Sie wusste, dass er kommen würde, um sie zu retten.

»Bald, Lizzie«, flüsterte er dem stummen Telefon zu. »Ich werde nicht zulassen, dass sie dir weiter wehtun. Ich verspreche es.«

Er wandte sich seiner Recherchewand zu: Karten der Florida Keys, Zeitungsausschnitte und Artikel, die er in der Bibliothek heruntergeladen hatte.

Zeit, die Rettung zu planen. Zeit, sie aus dem Gefängnis zu befreien, das sie um sie herum gebaut hatten.

Seine Medikamentenfläschchen standen unberührt auf der Küchentheke und sammelten Staub.

Kapitel 9

Damen stand an der Fensterfront seines Büros im obersten Stockwerk und beobachtete, wie Boote durch den kristallklaren Kanal unten glitten. Die spätnachmittägliche Sonne verwandelte das Wasser in flüssiges Gold und ließ die polierten Rümpfe der millionenschweren Yachten aufblitzen, die entlang der makellosen Uferpromenade seiner Anlage vertäut waren.

Es war schwer zu begreifen, dass sie all das aus der virtuellen Ödnis geschaffen hatten, die die Marine hinterlassen hatte. Die aus Kalkstein gehauenen Becken waren, lange bevor er geboren wurde, als Liegeplätze für U-Boote geplant gewesen. Aber sie hatten leer gestanden, sodass sich Schlick über die in den Becken entsorgten Gegenstände ansammeln konnte. Einschließlich eines Autos, das die Überreste von Lizzies Schwester enthielt.

Er schob den Gedanken beiseite. Das war eine ganz andere Geschichte.

Die Präsenz der Investoren hing noch in der klimatisierten Luft, zusammen mit ihrer kaum verhohlenen Begeisterung über den

Geschäftsplan, den sie gerade besprochen hatten. Eine gehobene Hotelkette würde in die Anlage kommen, und der Plan würde ihnen allen mehr Geld einbringen.

Er atmete tief aus. Es war nicht so, als bräuchte er mehr Geld; er war jetzt wohlhabender, als er es sich je erhofft hatte.

Paradise Port hatte selbst seine ehrgeizigste Vision übertroffen – die Mischung aus Luxuswohnungen, exklusiven Geschäften und erstklassigen Restaurants hatte diesen Teil von Key West in etwas Außergewöhnliches verwandelt.

Er lockerte seine Krawatte und dachte an Lizzie und die Kinder. Bald würden Vorstandssitzungen und Gewinnprognosen jemand anderes Sorge sein. Er würde genug Beteiligung behalten, um engagiert zu bleiben, aber sein wirkliches Leben – sein Familienleben – wartete auf ihn.

Wenn nur diese Sache mit Leland nicht aufgetaucht wäre.

Er ging zu seinem Schreibtisch, während das sanfte Brummen der Bootsmotoren von unten heraufdrang. Ehemaliger Patient... Nichts Konkretes, was er den Behörden melden könnte, aber genug, um bei Damen alle Alarmglocken schrillen zu lassen.

Lizzie bestand darauf, dass Leland harmlos sei, gefangen in der kalten Weite Maines, während sie hier im Paradies waren. Dass Entfernung und Zeit das Missverständnis, das seine Handlungen ausgelöst hatte, lösen würden.

Aber er wusste, dass sie besorgt war. Wusste, dass sie in der Nacht zuvor nicht gut geschlafen hatte, wusste, dass sie nach stundenlangem Hin- und Herwälzen aus dem Bett geschlüpft war. Zeit in ihrem Büro verbracht hatte.

Sie beide hatten viel im Kopf.

Der Aufzug klingelte den Flur hinunter. Vertraute Stimmen näherten sich: Jacksons gemessene Töne, Morgans tieferes Grollen.

Sie hatten ein geplantes Treffen, um ihren Sicherheitsvertrag und die Projekte zu besprechen, an denen Jacksons Sicherheitsfirma für das Unternehmen arbeitete.

Jacksons Bruder Morgan war gerade von einer Reise mit Valentina zurückgekehrt, der Anthropologin, die für das Wissenschaftsteam bei der Bergung des Schwesterschiffs der *Atocha* verantwortlich war. Ihre Entdeckung eines Azteken-Schatzes hatte Valentinas Karriere beflügelt, und sie war unterwegs, um mit Spendern und Wissenschaftlern zu sprechen, wobei sie Morgan mitnahm.

Damen lachte in sich hinein. Das Vermächtnis der *Atocha* hatte nicht nur ihn und Lizzie zusammengebracht, sondern auch Jackson und Ashley. Und ihr Schwesterschiff hatte Morgan und Valentina zusammengebracht. *Komisch, wohin das Leben einen führen kann*, dachte er und schüttelte den Kopf.

Er wollte von den beiden über ihre Berichte hören, aber er wollte die Zeit auch nutzen, um zu planen und Sicherheitsvorkehrungen zu treffen. Die Hochzeit war in weniger als zwei Wochen, und er wollte keinerlei Risiken eingehen, die Lizzie oder die Kinder in Gefahr bringen könnten.

Damen sammelte die Akten, die er brauchte, während sein Verstand bereits Eventualitäten durchspielte. Draußen zerstreute sich ein Schwarm Seevögel am Himmel. Er hatte dieses gesamte Leben aufgebaut, um das zu schützen, was wichtig war – zuerst sein Unternehmen, jetzt seine Familie. Leland Gates mochte tausende von Kilometern entfernt in Maine sein, aber Entfernung bedeutete nichts für Besessenheit. Und Damens Bauchgefühl sagte ihm, dass dies erst der Anfang war.

»Hallo meine Herren. Sprechen wir über Sicherheit«, sagte er, als Jackson und sein Bruder eintraten. Es war sein Stil, gleich zur Sache zu kommen. Für frisch gefangenen Zackenbarsch und Drinks würde später noch Zeit sein. Jetzt mussten sie arbeiten.

• • • ● • ● ● • • •

»Was habt ihr aus Maine herausgefunden?«, fragte Damen, als Jackson und Morgan in den Ledersesseln gegenüber seinem Schreibtisch Platz nahmen.

Jackson lehnte sich vor und fuhr sich mit der Hand durch die Haare. »Detektiv Morrison hat einen anderen Detektiv aufgespürt, der an dem Fall gearbeitet hat, der Gates nach Bridgewater gebracht hat. Problem ist, er ist jetzt im Ruhestand und auf einer Kreuzfahrt. Er wird erst Ende der Woche von seiner Reise zurückkommen.«

»Und die offiziellen Akten?«, Damens Finger trommelten auf seinem Schreibtisch.

»Etwas Offizielles zu bekommen wird Zeit brauchen, falls es überhaupt noch verfügbar ist.« Er schüttelte den Kopf. »Könnte Wochen dauern.«

»Wir haben keine Wochen«, warf Morgan ein. »Die Hochzeit ist in dreizehn Tagen.«

»Was schwebt dir für die Zeremonie vor?«, fragte Damen und stand auf, um nahe den Fenstern auf und ab zu gehen.

Jackson zog ein gefaltetes Papier heraus und breitete es auf Damens Schreibtisch aus. »Ich habe die gesamte Location kartiert. Wir werden Teams hier, hier und hier haben.« Sein Finger fuhr über die verschiedenen Punkte. »Zivilkleidung, um sich unter die Gäste zu mischen. Vollständige Absicherung des Umkreises, plus Überwachung vom Wasser aus.«

»Der Steg ist mit bloßer Überwachung angreifbar«, bemerkte Morgan und zeigte darauf. »Wir sollten mindestens zwei Boote auf Patrouille haben.«

»Bereits organisiert«, nickte Jackson.

»Wir müssen auch über die tägliche Sicherheit sprechen. Für Lizzie und die Kinder.« Damen drehte sich vom Fenster weg. »Sie wird das allerdings nicht mögen. Sie ist überzeugt, dass Leland keine Möglichkeit hat, die Reise von Maine hierher zu schaffen.«

»Ich stimme dir zu, Damen«, sagte Morgan und lehnte sich vor. »Wir wissen noch nicht genug über diesen Typen. Das macht ihn gefährlicher, nicht weniger gefährlich. Bis wir einige handfeste Informationen haben.«

»Ich will zwei Wachleute am Haus«, sagte Damen und nickte Morgan zu. »Eine mobile Einheit, die Lizzie und den Kindern folgt. Aber ich muss zuerst mit ihr reden. Sie muss verstehen, warum.«

»Ich habe das Team bereits ausgewählt«, versicherte ihm Jackson. »Alles ehemalige Spezialkräfte, erfahren im Familienschutz. Sie wissen, wie man unsichtbar bleibt, außer wenn man gebraucht wird.«

»Was ist mit Danis Schule?«, fragte Morgan.

»Ich werde morgen mit dem Schulleiter sprechen«, antwortete Damen. »Die Liste der zugelassenen Abholer aktualisieren. Sicherheitsprotokolle hinzufügen.«

Jackson stand auf und sammelte seine Papiere ein. »Ich werde dir den vollständigen Sicherheitsplan für die Hochzeit morgen früh auf den Schreibtisch legen. Sobald der Detektiv zurück ist, werde ich selbst hinfliegen, wenn nötig. Wir müssen wissen, womit wir es zu tun haben.«

Damen nickte langsam und beobachtete, wie unten eine Yacht in ihren Liegeplatz glitt. »Ich werde heute Abend mit Lizzie sprechen.« Er wandte sich den beiden Männern zu. »Hat einer von euch Hunger? Ich habe das Mittagessen verpasst und brauche etwas im Magen. Und ehrlich gesagt, könnte ich einen Drink vertragen. Interesse?«

Die Brüder sahen sich an, und Morgans Magen knurrte laut. »Ich verhungere tatsächlich«, lachte Morgan, klopfte auf seinen Bauch und stand auf.

Die drei Männer liefen am Rand der Marina entlang, vorbei an edlen Boutiquen und Kunstgalerien, die sich darauf vorbereiteten, für den Tag zu schließen. Die späte Nachmittagssonne glitzerte auf dem Wasser und warf lange Schatten über den Gehweg.

»Lasst uns das neue Lokal ausprobieren, Harbor Tides«, schlug Damen vor und nickte in Richtung des kürzlich eröffneten Restaurants. »Wollte schon länger mal dort vorbeischauen.«

Drinnen ließen sie sich in einer Eckbox mit Blick aufs Wasser nieder. Die Happy Hour war in vollem Gange, die Bar voller Feierabendgäste.

»Drei Islamorada IPAs«, bestellte Damen, als die Bedienung kam. »Und ich nehme den Hausburger. Ohne Käse bitte.«

Nachdem die anderen ihre Bestellungen aufgegeben hatten und ihre Biere angekommen waren, wandte sich Damen an Morgan. »Wie läuft's mit unserer Lieblingsarchäologin?«

Morgans Gesicht leuchtete auf. »Valentina ist unglaublich. Sie ist diese Woche in Mexiko-Stadt und hält eine Vortragsreihe über aztekische Artefakte. Die Universität versucht, sie zu überreden, ihre Vollzeitstelle wieder anzunehmen.«

»Das ist ein ziemlicher Arbeitsweg von dir und der Wrackstelle«, bemerkte Jackson und nahm einen Schluck von seinem Bier.

»Ja, wir versuchen, das zu klären. Sie reist viel, aber ich begleite sie, wenn ich kann. Ich liebe es, all die verschiedenen Orte«, gab Morgan zu. »Aber ehrlich? Ich würde ihr überallhin folgen. Hätte nie gedacht, dass ich das mal über jemanden sagen würde, aber...«

Er zuckte mit den Schultern, ein sanftes Lächeln umspielte seine Lippen.

»Pass auf, Damen«, neckte Jackson. »Sieht aus, als wärst du vielleicht nicht der Einzige, der bald eine Hochzeit plant.«

Morgan bestritt es nicht. »Wenn man es weiß, dann weiß man es halt, oder?«

»Apropos wissen«, wandte sich Damen an Jackson, »wann wirst du bei Ashley den Knoten knüpfen? Ihr seid jetzt, was, zwei Jahre zusammen?«

Jacksons Lächeln verkrampfte sich fast unmerklich, während er am Etikett seiner Bierflasche herumfummelte. »Wir sind im Moment zufrieden, wo wir stehen.«

»Komm schon, Mann«, drängte Morgan. »Du kannst doch nicht zulassen, dass dein kleiner Bruder vor dir vor den Altar tritt.«

»Lass es, Morgan«, sagte Jackson leise, sein Ton hatte eine Schwere, die Damen aufhorchen ließ.

Ein unangenehmer Moment entstand zwischen den beiden Brüdern.

»Scheint, als hätten sie hier guten Umsatz, oder?«, sagte Damen und versuchte, von dem abzulenken, was auch immer die Spannung in Jacksons Schultern verursachte. Er nahm sich vor, Lizzie zu fragen, ob sie wusste, ob zwischen ihren beiden Freunden etwas nicht stimmte. Ashley vertraute sich ihr normalerweise an, da sie fast ihr ganzes Leben lang beste Freundinnen gewesen waren.

Damen nahm einen langen Schluck von seinem Bier und fühlte sich unerwartet nachdenklich. »Wisst ihr was komisch ist? Wenn mir jemand vor zehn Jahren gesagt hätte, dass ich hier sein würde – Immobilienentwickler, Vater, verheiratet – hätte ich ihm ins Gesicht gelacht. Ich war ziemlich festgelegt auf das Einzelgänger-Ding. Ich war überzeugt, das wäre mein Weg.« Damen schüttelte den Kopf und beobachtete, wie Kondenswasser an seinem Glas herunterlief. »Spezialeinsätze, geheime Missionen, vielleicht heldenhaft in irgendeiner Wüste sterben. Das war der Plan.«

Morgan lehnte sich in seinem Sitz zurück. »Klingt vertraut.«

»Jetzt zähle ich die Tage, bis ich Wochenenden mit den Kindern verbringen kann, Familienessen.« Er lachte kurz. »Verdammt, ich habe letzte Woche sogar gerne Danis Schulausflug begleitet. Ich, umgeben von zwanzig schreienden kleinen Kindern im Museum.«

»Die Liebe hat dich weich gemacht«, neckte Morgan.

»Vielleicht.« Damen war einen Moment still und drehte seine Bierflasche zwischen den Händen. »Manchmal wache ich mitten in der Nacht auf, und Lizzie ist da, und die Kinder sind den Flur runter, und es trifft mich. Das ist echt. Das ist jetzt mein Leben. Und für einen kurzen Moment erschreckt es mich.«

»Kalte Füße?«, fragte Jackson vorsichtig.

»Nein«, antwortete Damen sofort, dann hielt er inne. »Was würde ich tun, wenn ich das alles verlieren würde?«

Alle drei nahmen lange Schlucke von ihren Getränken.

»Wenn eine Bedrohung wie die, mit der wir jetzt zu tun haben, auftaucht, rückt das alles in den Vordergrund. Du und Lizzie habt schon genug durchgemacht«, antwortete Jackson.

Damen lächelte leicht und setzte sich aufrecht hin. »Ja, ich schätze, das haben wir.« Er hob sein Bier. »Auf ‚genug ist genug'. Danke euch beiden, dass ihr mir helft, sie alle zu beschützen.«

Wie auf Stichwort kam ihr Essen an. Die Unterhaltung wandte sich leichteren Themen zu, während sie ihre Mahlzeiten verzehrten – die neuesten Mieter der Wohnanlage, Morgans kommender Tauchplan, weitere logistische Details zur Hochzeitssicherheit.

Die ganze Zeit über beobachtete Damen Jackson. Etwas stimmte nicht mit ihm, sein sonst so ausgeglichener Freund wirkte irgendwie verloren. Es war eindeutig etwas in seinem Privatleben.

Als sie die Rechnung bezahlten, beobachtete Damen, wie Jackson zum bestimmt zwanzigsten Mal auf sein Handy schaute, mit einem unlesbaren Gesichtsausdruck.

KAPITEL 10

Lizzie stand auf dem erhöhten Podest, umgeben von Spiegeln, während Collette, die Inhaberin des Geschäfts, die zarte Spitze an ihrem Saum anpasste. Sonnenlicht strömte durch die bodentiefen Fenster der Boutique und ließ die Perlen auf ihrem Kleid schimmern. Sie fühlte sich wie Aschenputtel.

»Nur eine kleine Anpassung hier«, murmelte Collette mit Stecknadeln zwischen den Lippen. »Wir wollen, dass es schwebt, wenn Sie gehen.«

Ashley kam hinter einem Seidenschirm in ihrem tiefsmaragdgrünen Brautjungfernkleid hervor und hielt die Vorderseite in ihren Händen, während der Rücken noch nicht zugezippt war. »Ich liebe die Farbe dieses Kleides. Sie bringt meine Augen zum Strahlen. Aber ich bin nicht sicher, ob die Änderungen genau richtig sind.«

»Noch mehr Champagner, meine Damen?« Die Assistentin erschien mit einer frischen Flasche Veuve Clicquot.

»Warum nicht?« Lizzie lächelte und nahm ein Glas an. »Es ist nicht jeden Tag, dass man wie eine Prinzessin behandelt wird.«

»Du hast es verdient«, sagte Ashley und stieg auf ihr eigenes Podest, während eine andere Schneiderin begann, den Saum zu überprüfen. »Obwohl ich immer noch nicht glauben kann, dass du Weiß trägst. Du Rebellin.«

Lizzie lachte. »Ach bitte. Ich weiß, dass wir mit zwei Kindern längst darüber hinaus sind, aber das Kleid...« Sie fuhr mit den Händen über das anliegende Oberteil. »Es hat sich einfach richtig angefühlt.«

»Es sieht atemberaubend an dir aus«, sagte Ashley sanft, während die Schneiderin, die an ihr arbeitete, am Reißverschluss zog.

»Madame, entschuldigen Sie bitte... aber haben Sie seit Ihrer letzten Anprobe zugenommen?«

Lizzie wandte ihr Gesicht bei diesen Worten ab und versuchte, ihrer Freundin ein wenig Raum zu geben. Ashley errötete. »Natürlich nicht. Vielleicht war die Anprobe nicht richtig?«

Die Schneiderin zog am Stoff und schnalzte mit der Zunge. »Ich muss diese Brust rauslassen.«

Als sie das hörte, konnte Lizzie sich einen kleinen Scherz nicht verkneifen, um die Spannung zu lösen, die ihre alte Freundin wahrscheinlich spürte. »Na ja, immerhin ist es die Brust und nicht der Hintern.«

Ashley lächelte und sah zu ihr zurück, ihre Augen lachten mit leichter Verlegenheit.

Diese Frau, die Probleme hatte, in ihr Brautjungfernkleid zu passen, war eigentlich ein Bild der Gesundheit. Lizzie war es gewohnt, Ashley blasser und gestresster zu sehen, meist wegen ihrer psychischen Arbeit, die dazu neigte, ihren Schlaf zu unterbrechen. Ihre strahlende Haut und funkelnden Augen machten sie noch schöner. »Du siehst toll aus, Ash. Muss an Jacksons Liebe und dem Glücksfaktor liegen. Du strahlst regelrecht!«

Schön wie eine Frau, die verliebt ist, dachte sie.

Ashley grinste, aber dann veränderte sich ihr Gesichtsausdruck, wurde fokussiert.

Lizzie erkannte diesen Blick – es war derselbe, den Ashley bekam, wenn sie psychisch etwas wahrnahm.

»Was?« fragte Lizzie und versuchte, ihre Stimme beiläufig klingen zu lassen.

Ashleys Augen verengten sich. »Du hast etwas getan. Etwas, das du niemandem erzählst.«

Lizzies Herz setzte einen Schlag aus. Sie zwang sich, stillzustehen, während Collette weiter Nadeln steckte. »Ich weiß nicht, wovon du sprichst.«

»Doch, das weißt du.« Ashleys Stimme wurde leiser. »Es hat mit Leland zu tun, oder?«

Der Champagner fühlte sich plötzlich sauer in Lizzies Magen an. »Ashley.«

»Du hast ihn kontaktiert.« Es war keine Frage.

Collette stand auf und sammelte ihre Nadeln. »Ich hole den Schleier zum Anprobieren, ja?«

Sobald sie allein waren, kam Ashley näher. »Sag mir, dass du das nicht getan hast.«

Lizzie starrte auf ihr Spiegelbild, auf die schöne Braut, die ihr entgegenblickte. »Ich dachte nur... ich könnte mit ihm reden, ihn zum Verstehen bringen.«

Eine Stille hing zwischen ihnen. Ashleys Stirn runzelte sich.

»Ich habe nicht direkt mit ihm gesprochen. Ich konnte ihm nur eine Nachricht auf der Mailbox hinterlassen. Es ist unwahrscheinlich, dass er sie überhaupt bekommt, oder wenn er sie bekommt, dass er sie überhaupt anhört.«

»Was hast du gesagt?«

»Ich habe ihm für das Geschenk gedankt. Ich sagte ihm, dass ich weggezogen bin und jetzt sehr glücklich bin.«

»Weiß Damen davon?«

»Nein! Und du darfst es ihm nicht sagen. Oder Jackson. Bitte, Ashley.« Lizzie drehte sich zu ihrer Freundin um. »Es war wahrscheinlich ein Fehler. Das weiß ich jetzt. Aber was geschehen ist, ist geschehen.«

Ashley schloss kurz die Augen. »Hat er sich bei dir zurückgemeldet?«

»Nein.«

»Ich kann mir nicht richtig vorstellen, was als Nächstes passiert... Du glaubst nicht, dass etwas dabei herauskommen wird.«

Lizzies Schweigen war Antwort genug. »Nein. Ich glaube nicht. Ich kann mir einfach nicht vorstellen, dass er mir oder Damen drohen würde. Der Mann, den ich kannte, hatte Schwierigkeiten, sich an seine Medikamente zu erinnern oder grundlegende Haushaltsdinge zu erledigen, wie Lebensmittel zu kaufen. Ich bezweifle, dass er fast zweitausend Meilen reisen wird, um hierher zu kommen.«

»Verdammt, Lizzie«, sagte Ashley und schüttelte den Kopf. »Gibt es jemals eine Zeit ohne Aufruhr in deinem Leben?«

Lizzie schnaubte. »Das wünschte ich mir. Es wäre schön, ein ruhiges Leben zu führen. Keine gesunkenen oder verfluchten Schätze, keine Kartelle, keine vermissten Schwestern und ruhelosen Geister. Einfach nur ein ruhiges Familienleben.«

Die Frauen lächelten sich an, während Lizzie laut ihren Wunsch aussprach.

»Meine Damen!« Collette kam eilig zurück, mit einem kathedrallangen Schleier in der Hand. »Schauen wir mal, wie der aussieht, ja?«

Ashley traf Lizzies Blick im Spiegel, während Maria den Schleier arrangierte. »Wir sind noch nicht fertig mit diesem Gespräch.«

Lizzie nickte leicht und beobachtete, wie sich der Tüll wie eine Wolke um sie herum legte. Sie sah genau wie die Braut aus, von der sie geträumt hatte. Warum also hatte sie plötzlich das Gefühl, dass eine Fremde sie anstarrte?

»Perfekt«, erklärte Collette und trat zurück.

»Perfekt«, echote Ashley, aber ihre Augen waren beunruhigt.

Lizzie zwang sich zu einem Lächeln und versuchte, die Freude wiederzufinden, die sie noch vor wenigen Augenblicken verspürt hatte.

Nur noch zwei Wochen, sagte sie sich. Nach der Hochzeit würde sich alles beruhigen.

Das musste sie einfach glauben.

• • • ● ●• ● •• •

Die nach Eukalyptus duftende Luft des Spas umhüllte sie, während sie sich im Entspannungsraum für ihre Nachmittagsverwöhnung zurücklehnten, Gurkenwasser in der Hand. Leise Instrumentalmusik spielte im Hintergrund, und die Nachmittagssonne fiel durch dünne Vorhänge.

»Können wir einfach«, Lizzie gestikulierte vage mit ihrem Glas, »nicht mehr über Leland reden? Ich möchte das hier genießen.«

»Einverstanden«, sagte Ashley, während sie ihren plüschigen Bademantel zurechtrückte und sich auf die Liege neben ihr setzte.

Sie hatten gerade Massagen bekommen und gönnten sich eine Erholungspause vor ihren Pediküren. Das Spa behandelte sie königlich. Hier würden sie in zwei Wochen zurückkehren, um sich vor der Hochzeit frisieren und schminken zu lassen.

Es würde ein großes Ereignis in der Stadt werden.

Lizzie warf einen Blick auf das unberührte Glas ihrer Freundin. Jetzt, wo sie darüber nachdachte, hatte Ashley auch in der Brautboutique keinen Champagner getrunken. Bei genauerer Betrachtung bemerkte sie jetzt andere kleine Veränderungen - die Fülle in Ashleys Gesicht, die Art, wie ihr Bademantel über ihrer Brust leicht spannte, die strahlende Qualität ihrer Haut. Das Brautjungfern-kleid, das geändert werden musste.

»Oh mein Gott«, flüsterte Lizzie und setzte sich aufrechter hin. »Bist du schwanger?«

Ashleys Gesicht wurde augenblicklich blass, als ihre Hand in-stinktiv zu ihrem Bauch flog. Ein kleines Lächeln spielte auf ihren Lippen, während sie Lizzies Reaktion beobachtete. »Ich habe es letzte Woche erfahren.«

»Und Jackson?«

Das Lächeln verschwand. »Ich habe es ihm noch nicht gesagt.«

Lizzie stellte ihr Glas ab, Sorge machte sich in ihrem Kopf breit. »Warum nicht?«

Ashley seufzte und zupfte an einem losen Faden ihres Bade-mantels. »Niemand weiß es. Typisch für dich, dass du es be-merkst. Es ist kompliziert. Wir haben das nicht geplant. Wir haben noch nicht einmal wirklich darüber gesprochen, wie es mit uns weitergehen soll.«

»Aber er würde sich doch sicher freuen?«

»Genau das ist es – ich weiß es nicht.« Ashleys Stimme wurde leiser. »Die Dinge waren in letzter Zeit... seltsam. Er ist dis-tanziert, arbeitet spät. Wenn wir zusammen sind, fühlt es sich an, als wäre er gedanklich woanders.«

Lizzie griff nach der Hand ihrer Freundin und drückte sie. »Hast du versucht, ihn zu lesen?«

»Er hat mit seinen eigenen Dämonen zu kämpfen. Das wäre nicht fair.« Ashley blinzelte schnell. »Gott, diese Hormone. Ich weine jetzt schon bei Werbespots.«

»Na ja, du wirst es ihm früher oder später sagen müssen. Ich habe es erraten, und wir schlafen nicht mal miteinander.«

Ashley tätschelte ihre leicht gerundete Mitte. »Zweites Baby, anscheinend sagt dein Körper einfach 'oh, wir wissen, was zu tun ist' und beschleunigt alles.«

Lizzie fasste die Hand ihrer Freundin und drückte sie. »Es ist jetzt anders.«

Eine Spa-Angestellte erschien und unterbrach ihren Austausch. »Meine Damen, Ihre Massagen sind bereit.«

Als sie aufstanden, umarmte Lizzie ihre Freundin fest. »Was auch immer passiert, ich bin für dich da. Für euch beide«, fügte sie hinzu und tätschelte Ashleys Bauch.

»Sag es niemandem«, warnte Ashley. »Nicht einmal Damen. Ich muss erst herausfinden, wie ich es Jackson sagen soll.«

»Dein Geheimnis ist bei mir sicher.« Lizzie hakte sich bei ihrer Freundin ein, während sie den Flur entlanggingen. »Obwohl ich sagen muss, zur Abwechslung mal die Geheimnishüterin von jemand anderem zu sein, ist irgendwie erfrischend.«

Ashley lachte, aber es hatte einen nervösen Unterton. »Ich hoffe nur... ich hoffe, er ist bereit dafür.«

Lizzie beobachtete das Gesicht ihrer Freundin und sah die Mischung aus Freude und Angst darin. Sie erkannte diesen Blick –

hatte ihn selbst einmal getragen. »Manchmal sind die besten Dinge im Leben diejenigen, die wir nicht planen. Ich bin der lebende Beweis dafür, dass das Leben selbst die bestausgearbeiteten Pläne durcheinanderbringen kann.« Lizzie lächelte. »Und Gott sei Dank dafür.«

Sie hielten vor den Pediküre-Räumen an. »Du wirst eine fantastische Mutter sein«, sagte Lizzie leise.

Ashleys Augen füllten sich wieder mit Tränen. »Verdammte Hormone«, murmelte sie, aber sie lächelte durch ihre Tränen hindurch.

• • • • • • • • • •

Lizzie ließ sich in den Stuhl ihres Heimbüros sinken, endlich allein, nachdem sie beide Kinder ins Bett gebracht hatte. Damen war bei einer Vorstandssitzung einer Wohltätigkeitsorganisation, die sie unterstützten.

Der Nachmittag im Spa schien eher Tage als nur Stunden zurückzuliegen. Ihr Handy lag auf dem Schreibtisch, dort abgelegt, als sie nach Hause kam, außer Reichweite von krabbelnden Babys und neugierigen kleinen Mädchen.

Vier verpasste Anrufe von einer Nummer aus Maine, die sie nicht kannte.

Ihr Magen verkrampfte sich. Ihr Vater lebte noch dort. Wenn etwas passiert wäre... sicherlich hätte ihre Stiefmutter im Haus angerufen.

Sie wählte die Nummer und wickelte dabei eine Haarsträhne um ihren Finger, während es klingelte.

»Hallo?« Die vertraute Stimme ließ sie aufrechter sitzen.

»Carol? Hier ist Lizzie. Ich habe gesehen, dass Sie angerufen haben.

»Oh, Gott sei Dank.« Carols Stimme zitterte leicht. »Ich versuche schon den ganzen Nachmittag, Sie zu erreichen. Haben Sie von Janessa gehört?

Lizzies Hand erstarrte in ihrem Haar. »Nein, nicht seit letzter Woche. Warum?«

»Sie war seit drei Tagen nicht bei der Arbeit. Keine Anrufe, keine Nachrichten. Ihr Telefon geht direkt auf die Mailbox. Als wir neulich sprachen, erwähnte ich, dass sie nicht zur Arbeit gekommen war und sich nicht bei mir gemeldet hatte. Nun, sie hat sich bei niemandem gemeldet!« Papiere raschelten im Hintergrund. »Das passt nicht zu ihr, nicht mehr. Sie ist so verantwortungsbewusst geworden, seitdem sie wieder zur Schule geht und jetzt Ihr Haus gekauft hat. Dr. Matthews war heute dort, aber niemand hat aufgemacht. Hat sie Ihnen irgendetwas gesagt? Wir dachten alle, dass vielleicht wegen der Hochzeit... Sie wissen schon, vielleicht hat sie mit Ihnen Kontakt gehabt?«

Die Haare auf Lizzies Armen stellten sich auf. »Haben Sie die Polizei gerufen?«

»Sie sagten, sie können noch nichts unternehmen. Keine Anzeichen von Gewaltverbrechen, und sie ist erwachsen.« Carols Stimme wurde leiser. »Aber Lizzie... ihr Auto ist weg, und ihre Katze war im Keller eingesperrt. Fast verhungert, laut der Nachbarin, die es schließlich weinen hörte und sich Zugang verschaffte.«

Lizzies Blick wanderte zu dem Notizblock auf ihrem Schreibtisch, auf dem Lelands Telefonnummer stand. Die Nachricht, die sie ihm hinterlassen hatte, fühlte sich plötzlich wie ein Stein in ihrem Magen an.

»Wann genau hat sie jemand zuletzt gesehen?«

»Freitagabend. Sie hatte einen Abendkurs in Bangor.« Tasten klickten, als Carol vermutlich etwas tippte. »Sie hat sich um fünf aus der Klinik ausgetragen und mir gesagt, sie würde mich am Montag sehen. Das war das letzte Mal.«

»Was ist mit ihren Kommilitonen? Ihrer Familie?«

»Ihre Schwester sagt, sie hat das Sonntagsessen verpasst, aber das kommt manchmal vor bei ihrem Zeitplan. Aber die Arbeit zu versäumen? Drei Tage ohne ein Wort?« Carols Stimme brach. »Sie kennen sie, Lizzie. Sie würde nicht einfach verschwinden.«

Durch die offene Tür konnte Lizzie Damens Schritte hören. Der vertraute Klang brachte Erleichterung gegen die wachsende Angst in ihrer Brust. Lizzie schloss die Augen und erinnerte sich an Ashleys Besorgnis im Spa.

»Mit wem haben Sie bei der Polizeistation zusammengearbeitet? Falls ich etwas von ihr höre, kann ich sie direkt anrufen«, fragte Lizzie und versuchte, praktisch zu klingen. Sie wusste, dass Damen nach diesen Informationen fragen würde.

»Rufen Sie mich sofort an, wenn Sie etwas hören. Ich mache mir schreckliche Sorgen.«

Nachdem sie genau das versprochen hatte, legte Lizzie auf und starrte auf ihr Telefon. Die Stille in ihrem Büro fühlte sich erdrückend an, nur unterbrochen vom fernen Geräusch von Damen in der Küche.

KAPITEL 11

Damen strich Erdnussbutter auf Vollkornbrot, seine Krawatte gelockert und die Ärmel hochgekrempelt nach der langen Vorstandssitzung. Das warme Licht der Küche ließ das Silber an seinen Schläfen aufblitzen, als er lächelte und sich an die Ereignisse des Nachmittags erinnerte.

»Du hättest sehen sollen, wie Mrs. Henderson versuchte, mich wegen des Hochzeitsmenüs in die Enge zu treiben. Ich schwöre, diese Frau hat eine Meinung zu allem, von der Kuchensorte bis zur Champagnermarke, die wir servieren sollten.« Er griff nach dem Honig und träufelte ihn in einem sorgfältigen Muster auf. »Ziemlich sicher, dass sie immer noch sauer ist, weil wir nicht das Catering-Unternehmen ihres Neffen gebucht haben.«

Der Klang seiner eigenen Stimme fühlte sich zu laut an in der stillen Küche. Er blickte auf und sah Lizzies Silhouette im Türrahmen. Etwas an ihrer Reglosigkeit ließ seine Hände mitten in der Bewegung erstarren.

»Schatz?«

Sie bewegte sich nicht. Ihre Finger umklammerten den Türrahmen, die Knöchel weiß gegen das dunkle Holz. Die Schatten unter ihren Augen schienen tiefer zu werden, als sie an ihm vorbeistarrte, ihr Gesicht bleich und farblos.

Die Honigflasche entglitt seinem Griff und klapperte auf die Arbeitsplatte. Mit zwei Schritten erreichte er sie, seine Hände fanden ihre Oberarme. Ihre Haut fühlte sich kalt durch die dünne Bluse an.

»Lizzie? Was ist los? Was stimmt nicht?«

Sie schwankte leicht unter seiner Berührung. Er führte sie zu einem der Küchenstühle und kniete sich vor sie. Ihre Augen, als sie endlich seinen Blick trafen, enthielten ein Entsetzen, das seine kampftrainierten Muskeln zur Aktion anspannte.

»Janessa«, flüsterte sie. Ihre Stimme brach bei dem Namen. »Sie wird vermisst. Drei Tage. Niemand hat von ihr gehört.«

»Janessa?« Sein Gehirn filterte durch alle Freunde und Kontakte von Lizzie. Ihre Freundin in Maine, die gerade das Haus gekauft hatte. »Vermisst? Was meinst du mit vermisst?«

»Carol hat angerufen. Die Büromanagerin aus der Klinik.« Lizzies Hände zitterten in ihrem Schoß. »Sie war nicht bei der Arbeit. Ihr Auto ist weg. Und... und«, sie holte zitternd Luft, »sie haben ihre Katze im Keller eingesperrt gefunden, ohne Futter oder Wasser. Ihr ist etwas zugestoßen. Ich weiß es einfach.«

Verwirrt umfasste Damen ihre Hände. »Warum sagst du das, Lizzie? Was denkst du?« Sie zitterte vor Angst. Es schmerzte ihn körperlich, ihr Leid nicht lindern zu können.

»Was, wenn du mit Leland recht hast? Sie lebt in meinem alten Haus, fährt mein altes Auto.« Ihre Stimme sank zu einem kaum hörbaren Flüstern. »Das ist meine Schuld.«

Kaltes Grauen kribbelte seinen Rücken hinunter. Sein Kiefer spannte sich an, als er sah, wie sich Tränen in Lizzies Augen sammelten.

»Nein.« Er umklammerte ihre Hände und wollte Wärme in ihre eiskalten Finger zurückbringen. »Hör mir zu, Menschen verschwinden aus tausend Gründen. Vielleicht hat sie jemanden kennengelernt. Hat Carol die Polizei verständigt? Ihre Familie?«

Lizzie nickte und holte zitternd Luft. »Niemand hat sie gesehen. Sie ist nicht zum Familienessen am Sonntag erschienen, auch nicht zum Unterricht. Die Polizei ist eingeschaltet, aber sie haben keine Spuren.«

»Aber Liebling, das ist nicht deine Schuld.«

Sie schüttelte den Kopf, Tränen flossen jetzt frei. »Ich habe ihn angerufen. Ich habe ihm eine Nachricht hinterlassen.«

Damen fühlte, wie ihm die Luft aus den Lungen wich. Für einen Moment konnte er nicht sprechen, sich nicht bewegen. Die Küchenlichter erschienen plötzlich zu hell, zu grell.

»Du hast was?«

»Ich dachte... ich dachte, ich könnte ihn zum Verstehen bringen.« Ihre Worte purzelten jetzt schneller heraus. »Ich dachte, wenn ich nur mit ihm sprechen würde.«

Er stand abrupt auf und ging zum Fenster. Jenseits des Glases erstreckte sich ihr friedlicher Garten bis zum Wasser. Alles fühlte sich plötzlich zerbrechlich an wie gesponnenes Glas und völlig außerhalb seiner Kontrolle.

»Damen?« Ihre Stimme klang klein, unsicher.

Er drückte seine Stirn gegen die kühle Fensterscheibe und zwang sich, langsam zu atmen. Als er sich wieder zu ihr umdrehte, verzerrte sich ihr Gesicht bei dem, was sie auch immer in seinem Ausdruck sah.

»Ich rufe Jackson an«, sagte er und griff bereits nach seinem Handy. »Sofort.«

· · · ● · ● ● · · ·

Die Küche fühlte sich zu eng an, während Damen zwischen dem Fenster und der Arbeitsplatte auf und ab ging und auf Jacksons Ankunft wartete. Lizzie saß am Tisch, ihre Schultern nach innen gewölbt, als wolle sie sich kleiner machen.

Er wollte sie halten, ihr versprechen, dass alles in Ordnung sein würde. Doch der zuckende Muskel an seinem Kiefer verriet seine eigene Anspannung, während er versuchte, mit seiner wirbelnden Reaktion auf diese neue Entwicklung umzugehen.

»Kann ich dir einen Tee machen?«, fragte er, weil er etwas tun musste, irgendetwas, aber auch, weil er nichts sagen oder tun wollte, was er nicht meinte, während er versuchte, den Mahlstrom in seinem

Kopf zu beruhigen. Seine Hände öffneten und schlossen sich an seinen Seiten, auf der Suche nach etwas Greifbarem.

Lizzie schüttelte den Kopf. Die Bewegung war kaum wahrnehmbar.

Die perfekte Ordnung seines Lebens war ein Witz. All seine sorgsame Kontrolle war eine Fabel, die sich im Chaos um sie herum als Illusion entpuppte.

Er hatte über nichts Kontrolle, und diese Erkenntnis erschütterte ihn bis ins Mark.

»Warum hast du mir nichts gesagt?« Die Worte kamen rauer heraus als beabsichtigt. »Über den Anruf?«

Sie hob den Kopf, diese braunen Augen, die er liebte, jetzt rot umrandet. »Weil du mich davon abgehalten hättest.«

Die Wahrheit in diesen Worten traf ihn wie ein physischer Schlag. Er zog den Stuhl ihr gegenüber heraus, die Beine scharrten über die Fliesen.

»Du hast recht.« Er fuhr sich mit der Hand übers Gesicht, seine Finger streiften seine Augenklappe. Eine weitere Erinnerung daran, dass er sein Leben nicht unter Kontrolle hatte. »Ich hätte es versucht. So wie ich versuche... alles andere zu kontrollieren.« Es war sowohl ein Eingeständnis als auch eine Erkenntnis.

Durch ihre Tränen schenkte Lizzie ihm ein schiefes Lächeln. »Ich schätze das an dir, aber es ist auch verdammt frustrierend.«

Draußen knallte eine Autotür zu. Jackson. Aber Damen blieb sitzen.

»Ich kann dich nicht immer beschützen.« Das auszusprechen fühlte sich an, als würde er einen Splitter unter seinem Fingernagel hervorziehen. »Und ich habe Angst davor, was das bedeutet.«

Lizzie streckte ihre Hand über den Tisch aus, ihre kalten Finger fanden seine. »Ich weiß. Aber Damen,« ihre Stimme wurde etwas fester, »ich brauche einen Partner, keinen Beschützer.«

Die Türklingel-Kamera benachrichtigte sie beide über Jacksons Anwesenheit vor der Tür. Glücklicherweise klingelte er nicht und weckte damit die schlafenden Kinder.

Damen drückte ihre Hand und bemerkte, dass seine eigene leicht zitterte.

Als er aufstand, um Jackson hereinzulassen, warf er einen Blick zurück auf Lizzie, die noch immer am Küchentisch saß. Sie war kein Teil, den es in seinem sorgfältig geordneten Leben zu verwalten galt. Sie war der Grund, warum sein Leben überhaupt eine Bedeutung hatte.

Damen führte Jackson und Ashley in die Küche, wo das Deckenlicht jetzt hart gegen die Dunkelheit wirkte, die von den Fenstern hereindrückte. Ashley bewegte sich lautlos zur Arbeitsfläche und lehnte sich dagegen, ihre übliche lebhafte Energie war merklich abwesend. Jackson nahm den Platz neben Lizzie ein und zog ein kleines Notizbuch hervor.

»Damen erzählt mir, dass Ihre alte Kollegin aus der Klinik vermisst wird und dass Sie Kontakt zu Leland aufgenommen haben? Erzählen

Sie mir von dem Anruf«, sagte Jackson mit sanfter, aber bestimmter Stimme. »Wann genau haben Sie ihn kontaktiert?«

Lizzies Finger verdrehten sich ineinander auf dem Tisch. »Erst vor ein paar Tagen. Am Montag. Ich habe eine Nachricht auf seiner Mailbox hinterlassen.«

»Was haben Sie gesagt?« Jackson blickte von seinen Notizen auf.

»Ich habe ihm nur für das Geschenk gedankt. Ich habe ihm alles Gute gewünscht und ihm mitgeteilt, dass ich nicht mehr in der Klinik arbeite. Ich sagte, ich hoffe, dass er auf sich aufpasst, und ich erzählte ihm, dass ich glücklich bin und ihm das Gleiche wünsche.« Sie hielt inne. »Es sollte wie ein Dankeschön und ein Lebewohl klingen. Die Luft von jeder weiteren Verbindung reinigen, die er vielleicht zu glauben scheint.«

Damens Hand versteifte sich an der Rückenlehne ihres Stuhls. Der Muskel in seinem Kiefer zuckte wieder. Lizzie versuchte, alle zu beschützen, das Unrecht zu korrigieren.

»Hat er geantwortet?«, fragte Jackson.

»Nein. Nichts.«

Jackson tauschte einen Blick mit Damen. »Und was weißt du über Janessa?«

Lizzies Stimme wurde wieder fester, als sie sich an die Details erinnerte. »Sie ist am Montag nicht zur Arbeit gegangen und hat nicht angerufen, um Bescheid zu geben. Janessa hat früher oft angerufen, als sie in der Klinik anfing. Sie war jung und... aber jetzt ist sie nicht mehr so. Sie hat mit dem Studium begonnen und das Haus gekauft.

Aber dann kam sie am Dienstag auch nicht und rief wieder nicht an. Da begannen sie, sich Sorgen zu machen und kontaktierten ihre Familie. Dr. Matthews ist zu ihrem Haus gefahren, und ein Nachbar hatte ihre Katze im Keller eingesperrt gefunden, ohne Futter oder Wasser. Definitiv nichts, was sie tun würde. Sie liebt diese Katze.«

»Wann wurde sie zuletzt von jemandem gesehen?«, fragte Jackson sanft.

»Carol sagte, sie konnten bestätigen, dass sie Freitagabend zu ihrem Kurs in Bangor gegangen ist. Seitdem nichts mehr.«

»Und die Polizei? Ist sie eingeschaltet?«

Lizzie nickte und wischte sich die Augen.

»Ich werde bei ihnen nachfragen und sehen, was sie herausgefunden haben.«

»Carol meinte, sie seien nicht wirklich hilfreich gewesen.«

Jackson warf einen Blick auf sein Handy. »Manchmal verschwinden Menschen einfach oder werden in etwas verwickelt und vergessen anzurufen. Ohne Anzeichen von gewaltsamen Eindringen oder Beweise, dass sie entführt worden sein könnte, können sie bei einer erwachsenen Person nicht viel tun.« Jackson zögerte und legte seine Handflächen auf den Tisch. »Was denkst du, ist passiert, Lizzie? Ich kenne deine Gefühle bezüglich Leland, dass er nicht fähig ist, dir zu schaden, aber was ist damit?«

Ashley bewegte sich an der Theke, was Damens Aufmerksamkeit auf sich zog. Ihre Arme waren fest um sich selbst geschlungen, ihre übliche selbstbewusste Haltung fehlte. Damen spürte eine Spannung zwischen ihr und Jackson, sobald sie ankamen, was ihn daran erinnerte, Lizzie danach zu fragen, wenn sich alles beruhigt hatte.

Lizzie machte einen kleinen Laut der Verzweiflung. Damen legte seine Hand auf ihre Schulter und spürte die Zittern, die durch ihren Körper liefen. »Janessa lebt in meinem alten Haus, fährt mein altes Auto, sie arbeitet, wo ich gearbeitet habe. Was, wenn er... . ich weiß nicht... sie in seinem Kopf für mich eingesetzt hat? Sie genommen hat, um sie zu seinem Eigentum zu machen? Wie er auf den Zeitungsausschnitt geschrieben hat? *Es sollte ich sein.*« Ein Schluchzen entwich ihrer Kehle. »Das ist alles meine Schuld. Er hatte wahrscheinlich vergessen, was er geschrieben hatte, und mein Anruf hat alles wieder entfacht. Ich habe es schlimmer gemacht. Arme Janessa!«

Tränen liefen ihr über das Gesicht, und Damen umarmte ihre Schultern. Jackson tätschelte ihre Hand.

»Ashley?«, wandte sich Jackson an sie. »Irgendwelche Einblicke?«

Sie schüttelte den Kopf, ohne jemandem in die Augen zu sehen. »Ich kann nur das fühlen, was mit denjenigen verbunden ist, zu denen ich eine Verbindung habe, die ich getroffen habe oder kenne. Ich fühle nichts klar. Es gibt zu viele Möglichkeiten.«

Damen bemerkte etwas in ihrem Ton - ein Zögern, das untypisch schien. Er kannte Ashley fast ihr ganzes Leben lang und hatte das Gefühl, dass sie etwas wusste, was sie nicht teilte. Und es betraf die Menschen im Raum.

Jacksons Handy vibrierte. Er überprüfte es, und seine Züge entspannten sich leicht, als er die Nachricht las. »Mein Kontakt in Maine sagt, dass es keine Änderung in Lelands Aufenthaltsort gibt. Er ist zu Hause, allein.« Er steckte sein Handy zurück in die Tasche. »Ich habe noch nichts von Detektiv Morisson gehört. Es ist sowieso spät, jetzt können sie nicht mehr viel tun, aber ich werde sie über die mögliche Verbindung zwischen Janessa und Leland informieren. Da wir ihn im Auge behalten, ist es wahrscheinlich, dass er nicht beteiligt ist. Ich weiß, du machst dir Sorgen, Lizzie; ich auch. Der Unsicherheitsfaktor ist, dass er eine Vorgeschichte hat. Wir wissen noch nicht genau, was das ist. Aber ich würde wetten, dass es bedeutend ist.«

· · · · ● · ● · · ·

Damen stand an der Haustür mit Jackson, ihre Stimmen leise im stillen Haus. Das Licht der Veranda warf lange Schatten über den Rasen, die Nachtluft schwer von Feuchtigkeit und Sorge.

»Dass wir den Hintergrund dieses Typen nicht kennen, macht mich nervös«, sagte Jackson und überprüfte erneut sein Handy. »Wenn wir bis morgen früh keine Antworten haben, fahre ich hoch. Ich muss sowieso im Büro in Portland nach dem Rechten sehen.«

»Immer noch nicht überzeugt, dass die kleinen Brüder die Sache im Griff haben?«

Jacksons Kiefer spannte sich an. »Sie machen ihre Sache ganz gut ... Hör zu, ich rufe an, sobald ich vom Detektiv höre. Und Damen,«

er zögerte, »behalt Lizzie im Auge. Selbst wenn dieser Kerl noch in Maine ist.«

Damen schüttelte seinem Freund die Hand und bemerkte dabei, wie angespannt er war. Der Typ fiel auseinander.

Nachdem sie gegangen waren, ging Damen methodisch durch das Haus und überprüfte Schlösser und Fenster.

Seine Gedanken kehrten immer wieder zu Ashleys abwesendem Verhalten zurück, zu der Spannung, die er zwischen ihr und Jackson spürte, aber vor allem zu Lizzies verzweifeltem Gesichtsausdruck, als sie zugegeben hatte, Leland angerufen zu haben.

Sie mussten reden. Dieses Geheimnishalten zwischen ihnen konnte so nicht weitergehen.

Oben fand er sie zusammengerollt auf ihrer Seite des Bettes, noch völlig angezogen. Er setzte sich neben sie und strich mit seiner Hand über ihren Arm.

»Du solltest versuchen, etwas zu schlafen. Soll ich dir ein Bad einlassen?«

Sie drehte sich zu ihm um, ihre Augen gerötete Ränder, aber jetzt trocken. »Ich denke immer an Janessa. An Leland. Ich hätte niemals anrufen sollen.«

»Hör auf.« Er legte sich neben sie und zog sie an sich. »Nichts davon ist deine Schuld. Du hast dich so gut wie möglich um ihn gekümmert, und er hat deine Absichten missverstanden. Du hast versucht, das Richtige zu tun, sicherzustellen, dass er es versteht.«

»Aber ich habe dir nicht gesagt, was ich vorhatte. Ich bin hinter deinem Rücken aktiv geworden!« Ihre Stimme war gedämpft an seiner Brust. »Nach allem, was du und Jackson mir über ihn zu sagen versucht habt? Ich dachte, ich könnte alles mit einem einzigen Telefonanruf regeln. Aber wahrscheinlich hat es alles nur schlimmer gemacht.«

»Du hättest es mir sagen sollen«, gab er zu. »Aber ich verstehe, warum du es nicht getan hast. Du hast versucht, alle zu schützen – mich, ihn, Janessa. So bist du eben.«

Er lehnte sich leicht zurück, um sie anzusehen. »Indem du versucht hast, es selbst zu regeln, hast du mich ausgeschlossen. Mir nicht die Chance gegeben, dich zu beschützen, wenn etwas schief geht.«

»Weil das dein Job ist? Als Mann im Haus?« Ihr Mundwinkel hob sich leicht. »Du weißt, ich würde mich für dich vor eine Kugel werfen.«

Trotz allem brachte er ein schwaches Lächeln zustande. »Punkt für dich.«

»Wir sind Partner, Damen. Wir beschützen einander. Erinnerst du dich?«

Er strich ihr das Haar aus dem Gesicht. »Du hast recht. Partner teilen die Last, Lizzie. Das Gute und das Schlechte. Du musst diese ganze Situation nicht allein tragen. Und keine Schuldgefühle.«

»Aber wenn er ihr wegen mir oder wegen dem, was ich gesagt habe, wehgetan hat-«

»Dann ist das seine Schuld. Nur seine.« Seine Stimme war fest. »Du hast ihm Freundlichkeit gezeigt, als er sie brauchte. Du hast versucht, Leland einen Abschluss zu geben, obwohl du ihm nichts schuldest. Wenn er das zu etwas anderem verdreht hat, ist das sein Werk, nicht deins.«

Sie schwieg lange, ihre Finger fuhren den Kragen seines Hemdes nach. »Ich habe Angst, Damen.«

Er schlang seine Arme fester um sie. »Was auch immer dabei herauskommt, wir stellen uns dem gemeinsam.«

Sie seufzte und entspannte sich endlich an ihm.

Sie lagen schweigend da, das Mondlicht malte durch die Jalousien silberne Streifen über ihr Bett. Aus Erfahrung wusste er, dass Lizzie sich ohne Zögern in die Schusslinie stellen würde, um ihn zu beschützen, und er würde dasselbe für sie tun. Ohne zu zögern.

Was ihn beunruhigte, war ihre Beschützerrolle, wenn es um diese Kugel ging, wie sie sich in Situationen brachte, in die sie wirklich nicht gehörte, nur um andere zu schützen. Er hoffte, dass sie es wirklich ernst meinte, als sie sagte, dass sie gemeinsam in dieser Sache steckten.

Sein Handy blieb stumm auf dem Nachttisch. Der Morgen würde früh genug kommen mit all der Finsternis, die sie von der Polizei erfahren würden.

KAPITEL 12

Jackson stopfte Kleidung mit mehr Kraft als nötig in sein Handgepäck, das Telefon zwischen Ohr und Schulter eingeklemmt. Die Wohnung fühlte sich zu klein an, zu warm, einfach zu alles.

»Ja, der erste Flug nach Portland. Nein, ich brauche etwas Früheres.« Er riss eine weitere Schublade auf. »Gut. Buche es.«

Er beendete den Anruf und warf das Telefon aufs Bett, wo es einmal hüpfte, bevor es liegen blieb. Ashley stand in der Türöffnung, die Arme verschränkt, und beobachtete ihn mit diesem wahnsinnig ruhigen Gesichtsausdruck, den sie den ganzen Abend getragen hatte.

»Du gehst.« Es war keine Frage.

»Muss sowieso im Büro vorbeischauen.« Er sah sie nicht an, als er seine Kulturtasche nahm.

»Das Büro? Das, das seit Monaten ohne dich klarkommt?« Ihre Stimme war leise, vorsichtig. »Das, das du erst nach der Hochzeit besuchen wolltest?«

Jacksons Kiefer spannte sich an. »Dinge ändern sich.«

»Tun sie das?«

Er knallte den Badezimmerschrank zu, der Spiegel klapperte. »Was soll das heißen?«

»Nichts.« Sie setzte sich auf die Bettkante. »Du bist in letzter Zeit so unruhig. Die ganze Reiserei. Es scheint, als würdest du etwas vermeiden.«

»Was soll ich vermeiden?« Er drehte sich zu ihr um, Wut flammte heiß und schnell auf. »Leland ist spurlos verschwunden, Janessa wird vermisst, und Lizzie-«

»Ist sicher bei Damen. Und Leland ist nicht spurlos verschwunden; dein eigener Mann hat bestätigt, dass er zu Hause ist.«

»Warum kämpfst du mit mir darüber?« Er trat näher, seine Frustration wuchs angesichts ihrer anhaltenden Ruhe. »Du bist die ganze Nacht schon seltsam. Verdammt, die ganze Woche. Als ob du darauf wartest, eine Bombe platzen zu lassen.«

Sie zuckte bei seinen Worten leicht zusammen, hielt aber seinem Blick stand.

»Was ist es?« Seine Stimme wurde lauter. »Sag mir einfach, was du nicht aussprichst, Ashley. Ich bin es leid, dieses stille Beobachten, dieses vorsichtige Herumtanzen um was auch immer.«

»Jackson-«

»Nein.« Er packte ihren Arm, nicht grob, aber beharrlich, als sie sich abwenden wollte. »Was verschweigst du mir?«

Sie schaute auf seine Hand an ihrem Arm und dann zurück in sein Gesicht. Im harten Deckenlicht bemerkte er zum ersten Mal, wie blass sie aussah, die Schatten unter ihren Augen.

»Ich bin schwanger.«

Die Worte fielen in den Raum zwischen ihnen wie Steine in stilles Wasser. Jacksons Hand fiel von ihrem Arm, als hätte er sich verbrannt.

»Was?«

»Zwölf Wochen.« Ihre Stimme zitterte leicht. »Ich weiß es seit ein paar Tagen. Ich habe auf den richtigen Zeitpunkt gewartet.«

Jackson trat einen Schritt zurück, dann noch einen, seine Beine stießen an die Kante der Kommode. Der halb gepackte Koffer klaffte vergessen auf dem Bett.

»Du bist?« Er konnte den Satz nicht beenden. Seine Welt zerbrach angesichts dieser zwei einfachen Worte.

Ashley stand auf und strich mit den Händen an ihren Seiten herunter, in dieser nervösen Geste, die er so gut kannte. »Das war nicht die Art, wie ich es dir sagen wollte. Ich verstehe, wenn du Zeit brauchst, um das zu verarbeiten. Ich bin dir da weit voraus.«

Er starrte sie an und sah jetzt, was er vorher übersehen hatte. Der Morgen, an dem sie über Übelkeit geklagt und es darauf geschoben hatte, dass sie bei Lizzie und Damen war, als diese krank waren.

In der Wohnung wurde es still, nur ihr Atem und das ferne Summen des Verkehrs draußen waren zu hören.

Alles hatte sich verändert, und doch hatte sich nichts bewegt. Der Koffer wartete noch immer. Das Handy lag noch immer stumm auf dem Bett. Und Ashley beobachtete ihn noch immer und wartete darauf, dass er in dieser neuen Realität seine Stimme fand.

Jackson sank neben Ashley aufs Bett, die Matratze gab unter seinem Gewicht nach. Der Raum zwischen ihnen fühlte sich wie Kilometer an, obwohl sich ihre Schultern fast berührten.

»Wie?« Seine Stimme brach. Er räusperte sich und versuchte es erneut. »Wie ist das passiert?«

Ashley ließ ein kleines, hohles Lachen hören. »Auf die übliche Weise. Verhütung ist nicht perfekt.«

Die Digitaluhr auf dem Nachttisch blinkte mit roten Zahlen in die Stille. 23:47 Uhr. In dreizehn Minuten wäre es morgen, und dieser Moment würde der Vergangenheit angehören.

Seine Hände baumelten zwischen seinen Knien, während er auf den Teppich starrte. Derselbe Teppich, auf dem sie langsam getanzt und in dem Bett, auf dem er saß, Liebe gemacht hatten. Wo sie über irgendwann, vielleicht, wenn die Dinge anders wären, gesprochen hatten.

Wenn er anders wäre.

»Du wirst es behalten.« Es war keine Frage.

»Ja.« Ihre Stimme war jetzt fest, sicher. »Ich bin nicht mehr sechzehn, Jackson.«

Unausgesprochene Worte schienen zwischen ihnen zu hängen: *Bist du es?*

Die Stimme seines Vaters hallte in seinem Kopf wider, vom Bourbon verwaschen. *Du bist genau wie ich, Junge. Der Apfel fällt nicht weit vom Stamm.*

Jacksons Finger ballten sich zu Fäusten. Sein halb gepackter Koffer fiel ihm ins Auge.

Der Ausweg eines Feiglings.

»Ich kann nicht.« Die Worte schmeckten wie Asche in seinem Mund. »Ich kann das jetzt nicht.«

Er stand mechanisch auf und packte zu Ende. Jedes Teil, das er griff, fühlte sich falsch in seinen Händen an – sein Rasierzeug, sein Handyladegerät, Teile eines Lebens, das er plötzlich nicht mehr erkannte.

Er hörte nicht auf, nachdem er sein Handgepäck gefüllt hatte. Er nahm seine anderen Koffer aus dem Schrank und lud sie voll, schaufelte ganze Schubladen voller Kleidung hinein und warf sie ohne Umschweife in die Taschen. Er hatte immer noch die Wohnung neben dem Haus von Lizzies Eltern. Sie würde abgestanden sein, unbenutzt. Aber sie würde leer sein, was er brauchte.

Ashley bewegte sich nicht vom Bett, versuchte nicht, ihn aufzuhalten. Sie schaute ihn einfach mit diesen Augen an, die zu viel sahen, zu viel wussten.

Sie hatte das nicht von ihm verdient.

»Es tut mir leid«, brachte er heraus und schloss den letzten Koffer zu. Das Geräusch war ohrenbetäubend in dem stillen Raum. »Ich… ich brauche Zeit.«

»Ich weiß.« Ihre Stimme war sanft, verständnisvoll.

Wusste sie es?

Er hielt an der Tür inne und wollte noch etwas sagen. Etwas, um das wieder in Ordnung zu bringen, um der Mann zu sein, den sie verdiente. Aber alles, was er sehen konnte, war ein kleiner Junge, der sich in einem Schrank versteckte, während Teller gegen Wände zerschmetterten, und er konnte es nicht ertragen, dieses Erbe auf ihr Kind loszulassen.

Ihr gemeinsames Kind.

Die Wohnungstür schloss sich hinter ihm mit schrecklicher Endgültigkeit.

• • • ● ● ● ● • • •

Ashleys Handfläche drückte gegen das kühle Holz der Tür, als könnte sie immer noch das Echo ihres Schließens durch ihre Knochen vibrieren spüren. Die Tränen, die jetzt fielen, waren nicht aus Überraschung. Sie wusste, dass das passieren würde, egal wie oder wann sie es ihm sagte.

Das Wissen ließ es nicht weniger schmerzen.

Sie drehte sich um und ließ ihren Rücken gegen die Tür lehnen, eine Hand wanderte zu ihrem noch flachen Bauch.

Die Wohnung fühlte sich bereits anders an – leerer.

Als sie ins Schlafzimmer ging, bemerkte sie ihr Spiegelbild. Die Schatten unter ihren Augen waren jetzt tiefer, aber da war noch etwas anderes: eine Gewissheit, ein Wissen, das bis auf die Knochen ging.

Das Bett war noch zerwühlt von seiner Anwesenheit, die Kuhle in der Matratze noch nicht verschwunden. Sie ließ sich darauf nieder und fuhr mit den Fingern über die Falten der Bettdecke.

Vor drei Nächten war sie aus einem so lebhaften Traum erwacht, dass sie nach Luft schnappen musste – Jackson, etwas älter, wie er einem kleinen Mädchen mit dunklen Haaren in ihrem Garten beibrachte, einen Baseball zu werfen.

Die Freude in seinem Gesicht war strahlend gewesen, unbelastet von den Geistern, die ihn jetzt verfolgten.

»Er wird zurückkommen«, flüsterte sie dem leeren Raum zu, dem Leben, das in ihr heranwuchs. »Er muss nur erst seine Dämonen bezwingen.«

Ihre geistigen Führer hatten ihr auch andere Einblicke gewährt: die bevorstehenden Kämpfe, die Nächte voller Zweifel.

Sie hatten ihr auch das Danach gezeigt: wie seine Hände zittern würden, wenn er zum ersten Mal ihr Kind halten würde, die Tränen, die er zu verbergen versuchen würde, die Heilung, die für ihn endlich beginnen würde.

Ashley ging wieder zum Fenster.

»Lass dir Zeit«, flüsterte sie in die Nacht zu ihm. »Wir werden hier sein, wenn du bereit bist.«

Die Gewissheit ließ sich wie ein warmer Stein in ihrer Brust nieder, auch wenn die Tränen weiter fielen. Manchmal machte das Wissen um das Ende die Mitte schwerer zu ertragen, aber es gab ihr auch die Kraft, es durchzustehen.

Jackson würde seinen Weg zurückfinden – nicht weil ihre geistigen Führer es ihr gezeigt hatten, sondern weil sie sein Herz kannte, wusste, dass unter der Angst die Seele eines Mannes schlug, der leidenschaftlich und vollständig lieben konnte.

Bis dahin würde sie warten und Raum schaffen für ihren Schmerz und ihr Versprechen, für die Familie, die sie werden würden, sobald er seinen Weg nach Hause gefunden hätte.

KAPITEL 13

Das Erste, was Janessa wahrnahm, war der metallische Geschmack in ihrem Mund, wie Pfennigstücke und Angst. Ihr Kopf pochte bei jedem Herzschlag, während das Bewusstsein ungewollt zurückkehrte. Etwas Raues kratzte an ihrer Wange – eine muffige Wolldecke auf einer dünnen Matratze, die nach Schimmel und Alter roch.

Öffne nicht die Augen. Mach es nicht real.

Aber die Realität drang trotzdem ein. Die Kälte sickerte durch ihre Kleidung, das Gewicht von Metall fesselte ihren Knöchel, der Wind raschelte durch entfernte Kiefern. So anders als ihre letzte klare Erinnerung, als sie nach dem Unterricht nach ihren Autoschlüsseln kramte und an die Hausarbeit dachte, die nächste Woche fällig war, an den Test, den sie mit Bravour bestanden hatte.

Dann eine Bewegung hinter ihr, ein süßlicher chemischer Geruch, die Welt versank in Dunkelheit.

Sie zwang sich, die Augen zu öffnen, blinzelte gegen das spärliche Licht, das durch die schmutzigen Fenster fiel. Die Einrichtung der

Hütte nahm langsam Gestalt an: raue Holzwände, ein Tisch mit Dosen, die wie Soldaten aufgereiht waren, ein Eimer in der Ecke, dessen Zweck ihr mit einem Gefühl des Unbehagens klar wurde. Ein Bauchiger Ofen stand kalt und dunkel an der gegenüberliegenden Wand.

Die Kette rasselte, als sie sich zum Sitzen aufrichtete, was neue Schmerzwellen durch ihren Schädel jagte. Ihre Finger fuhren über die Metallfessel um ihren Knöchel und folgten der schweren Kette bis zu einem eisernen Ring, der an der Wand verschraubt war.

»Hilfe«, versuchte sie zu rufen, aber es kam nur als Flüstern heraus. Ihr Hals fühlte sich wund an. Hatte sie geschrien? Sie konnte sich nicht erinnern.

Tränen begannen zu fließen, als Erinnerungsfragmente auftauchten: Lelands Gesicht, zu etwas Unkenntlichem verzerrt, so anders als der höfliche Klient, den sie aus der Klinik kannte.

Seine Stimme, wie er sie eine Betrügerin nannte, während er sie aus ihrem Auto zerrte. Die verzweifelte Verwirrung, als sie versuchte zu verstehen, was er meinte.

Er wollte Lizzie, nicht sie.

Sie zog ihre Knie an die Brust und machte sich klein auf der schmutzigen Matratze. Die Kette klirrte bei jedem Zittern, das durch ihren Körper lief. Draußen rief ein Vogel, ein anderer antwortete. Ein so normales Geräusch in diesem Albtraum.

»Bitte«, flüsterte sie in die leere Hütte. »Jemand muss mich finden.«

Aber sie wusste es besser. Sie hatte die Fahrt durch drogen-vernebelte Augen gesehen – endlose Bäume, keine anderen Häuser, keine Anzeichen von Zivilisation. Nur Wildnis und Lelands leises Summen vom Fahrersitz, während er sie tiefer ins Nirgendwo brachte.

Ein Schluchzen entfuhr ihrer Kehle, dann noch eines, bis sie so heftig weinte, dass sie kaum atmen konnte. Sie verstand es nicht. Warum sie? Warum würde er so etwas tun?

Die Tränen verebbten schließlich und hinterließen sie leer und kalt. Auf dem Tisch fingen Dosen mit Suppe und Bohnen das schwache Licht ein. Sie würde das Essen erreichen können, aber sie brachte es nicht über sich, es anzurühren.

Noch nicht.

Nicht, solange die Hoffnung noch flüsterte, dass dies nicht real sei, dass sie in ihrem eigenen Bett aufwachen würde, mit ihrer Katze schnurrend neben ihr.

Aber die Kette war real. Die Kälte war real. Und irgendwo da draußen war auch Leland real. Was hatte er mit ihr vor?

Janessa kuschelte sich tiefer in die kratzige Decke und versuchte, unsichtbar zu werden.

Draußen flüsterte der Wind weiter durch die Kiefern und trug ihre Gebete um Rettung in einen gleichgültigen Himmel.

• • • ● ● • ● ● • •

»Hey, Herr Leland!« Tommys Stimme hallte durch den Flur, sein unverkennbarer Schlurschritt näherte sich Lelands Tür. Sein graues Haar und sein älteres Erscheinungsbild standen im Kontrast zu seiner fröhlichen Persönlichkeit und seinem kindlichen Wesen. »Hab Ihre Post für Sie!«

Leland öffnete die Tür und nahm den Stapel Werbeprospekte und Zeitungsbeilagen entgegen. »Danke, mein Freund. Kommen Sie rein.«

Tommy strahlte und wippte leicht auf den Füßen, als er die Wohnung betrat. »Mama lässt danken fürs Reparieren unseres Waschbeckens. Funktioniert jetzt richtig gut.«

»Das macht dann zweihundert Euro für die Ersatzteile«, sagte Leland und warf die Post auf die Küchentheke. »Plus Arbeitskosten.«

»Oh! Richtig!« Tommy kramte in seiner Tasche und zog eine abgenutzte Geldbörse hervor. »Mama hat mir Geld mitgegeben. Sie kann nicht mehr so gut sehen.« Er zählte die Scheine langsam, die Zunge zwischen den Zähnen vor Konzentration. »Eins... zwei... drei...«

»Wissen Sie was«, sagte Leland und nahm den ganzen Stapel. »Das sieht ungefähr richtig aus.«

Tommys Gesicht leuchtete auf. »Sie sind so nett, Herr Leland. Manche Leute werden böse, wenn ich langsam zähle.«

Leland ließ sich in seinen Sessel sinken und betrachtete Tommy. »Sagen Sie, ich könnte Ihre Hilfe bei etwas anderem gebrauchen. Ein besonderer Auftrag.«

»Wirklich?« Tommy klatschte in die Hände. »Ich bin richtig gut bei Aufträgen!«

»Ich weiß. Deshalb habe ich Sie ausgesucht.« Leland beugte sich vor. »Sie schauen doch gerne Fernsehen, oder?«

»Oh ja! Mama lässt mich jeden Abend Spielshows gucken!«

»Perfekt. Sehen Sie, ich muss für ein paar Tage weg. Aber ich möchte nicht, dass die Leute wissen, dass ich weg bin.« Leland deutete auf seinen Fernseher. »Könnten Sie ab und zu herkommen und fernsehen? Vielleicht ein paar Lichter ein- und ausschalten?«

Tommy nickte begeistert. »Wie eine Geheimmission?«

»Genau wie eine Geheimmission. Aber Sie dürfen es niemandem sagen. Nicht einmal Ihrer Mama.«

»Ich schwöre!« Tommy zeichnete ein X über seine Brust. »Wann fange ich an?«

Leland zog einen Ersatzschlüssel aus seiner Tasche. »Morgen Abend. Kommen Sie nach dem Abendessen vorbei. Schalten Sie einfach verschiedene Lichter ein, schauen Sie etwas fern. Sorgen Sie dafür, dass es aussieht, als wäre jemand zu Hause.«

»Das kann ich!« Tommy hielt den Schlüssel fest, als wäre er aus Gold. »Sie sind mein bester Freund, Herr Leland.«

»Und Sie sind meiner, Tommy.« Leland stand auf und führte ihn zur Tür. »Denken Sie daran – unser Geheimnis.«

»Geheimmission«, flüsterte Tommy und zwinkerte übertrieben, als er hinausschlurfte.

Leland schloss die Tür und zählte die Scheine, die Tommy ihm gegeben hatte. Eine Unterlegscheibe im Wert von zwei Euro hatte ihm über zweihundert eingebracht. Er fügte sie seinem Bargeldvorrat hinzu und dachte bereits an seine eigentliche Mission.

Leland legte Janessas Handy auf seinen Couchtisch. Der dunkle Bildschirm war ein befriedigender Anblick nach stundenlangen hartnäckigen Benachrichtigungen. Er hatte endlich herausgefunden, wie man es in der Hütte ausschaltet. Es hatte eine Weile gedauert, das ständige Summen und Klingeln hatte an seinen Nerven gezerrt.

Das Handy würde noch nützlich sein. Er würde es vorerst behalten. Genauso wie er seine Besitzerin behalten würde.

Vorerst.

Schließlich hatte sie die ganze Zeit so getan, als wäre sie sie. Sie wusste, wo sie war. Wie man sie erreichen konnte. Und Lizzie würde nicht wollen, dass ihrer Freundin etwas zustößt.

Seine Finger trommelten gegen seinen Oberschenkel, während er ins Leere starrte und sich an die Angst in ihren Augen erinnerte, als sie begriff, was geschehen war, als er sie entlarvte.

Nicht Lizzie.

Morgen würden sie die Stadt verlassen. Die Reise würde eigentlich einfach sein. Die Fahrt nach Süden würde einfach über die I-95 zur Route 1 führen, bis sie in Key West endete.

Er hatte sich mit Kleidung und Bargeld darauf vorbereitet. Eine Pistole war sorgfältig im Handschuhfach von Lizzies altem Auto verstaut, die er Janessa zeigte, als sie anfing, Widerstand zu leisten.

Sie wusste jetzt, dass sie kooperieren musste.

Die Wohnung fühlte sich anders an, erfüllt von Entschlossenheit. Die Wände schienen vor Energie zu pulsieren, mit der Hochzeitsein-ladung, die in der Mitte glänzte. Selbst die vertrauten Schatten hatten heute Nacht eine neue Bedeutung, als wären auch sie Mitwisser seines Plans.

Sogar die Luft schien vor Erwartung zu knistern, schwer von der Last der bevorstehenden Veränderung. Wie der Moment vor einem Gewitter, wenn sich Elektrizität in der Atmosphäre aufbaut und jede Nervenendung vor Warnung zum Leben erwacht. Seine Haut kribbelte davon, von diesem schrecklich wunderbaren Wissen, dass nach heute Nacht alles anders sein würde.

Er konnte fast hören, wie das Universum einrastete, all die ver-streuten Teile seines Lebens bildeten endlich das Bild, von dem er immer gewusst hatte, dass sie es bilden würden.

Das Bild mit Lizzie im Mittelpunkt.

Er erhob sich von seinem Stuhl und ging zum Küchenfenster. Straßenlaternen warfen gelbe Lichtpfützen auf den leeren Gehweg unten. Irgendwo da draußen suchten Menschen nach ihr. Der Gedanke sandte einen angenehmen Schauer durch seinen Körper, zu wissen, dass er es verursacht hatte. Die Pillen hatten ihn vergessen lassen.

Seine Macht.

Seine Macht, sie zu befreien, sie von ihrem Schmerz, ihrem Kampf zu erlösen. Das würde er für sie tun, für Lizzie.

Sie musste wissen, dass er kommen würde, um sie aus einer Ehe zu retten, die nicht ihre Idee war.

Sein Wegwerfhandy fühlte sich schwer in seiner Tasche an, gekauft im örtlichen Discounter. Er zog es heraus. Lizzies Nummer war wie ein Brandzeichen in sein Gedächtnis eingebrannt.

Der Klingelton summte in seinem Ohr – einmal, zweimal, dreimal. Jedes Klingeln baute die Spannung in seiner Brust auf, bis er kaum atmen konnte.

Als ihre Mailbox ansprang, schloss er die Augen und genoss ihre Stimme. Er hinterließ keine Nachricht. Musste er nicht. Sie würde den verpassten Anruf sehen und wissen, dass er es war.

Die Botschaft würde ankommen. Lizzie würde wissen, dass er unterwegs war.

Er starrte auf die Hochzeitseinladung an der Wand. Er unterdrückte die Wut, die bei diesem Anblick in ihm aufstieg.

Nachdem er sich wieder gefasst hatte, las er die Namen auf der Einladung. Inzwischen kannte er sie auswendig.

Es war eine so förmliche Art, den Anfang vom Ende anzukündigen.

»Bald«, flüsterte er der Einladung zu und fuhr mit dem Finger die Buchstaben ihres Namens nach. »Bald werden wir zusammen sein.«

Das Mädchen in der Hütte war nur ein Mittel zum Zweck. Eine grobe Kopie des Originals, aber nützlich. Sie würde ihn zu Lizzie führen, und dann... nun, er würde keine Kopien mehr brauchen, sobald er das Original hatte.

Er kehrte ins Wohnzimmer zurück und nahm ein letztes Mal Janessas Handy in die Hand. Der Bildschirm spiegelte sein Lächeln wider – ruhig, kontrolliert, geduldig.

Alles fügte sich zusammen.

Das Wegwerf-Handy wanderte zurück in seine Tasche. Er würde morgen wieder anrufen und am Tag danach. Die Spannung sollte steigen. Lizzie sollte wissen, dass er in der Nähe war.

»Nur noch ein bisschen länger«, murmelte er in den leeren Raum, zu der Vision von Lizzie, die jeden Winkel seines Verstandes heimsuchte. »Nur noch ein bisschen länger, und alles wird sein, wie es sein sollte.«

Er schaltete das Licht aus und ließ Janessas Handy in der Dunkelheit zurück.

Wie seine Besitzerin hatte es seinen Zweck erfüllt. Bald würde keines von beiden mehr von Bedeutung sein.

KAPITEL 14

Jackson parkte auf dem vertrauten Parkplatz vor dem Gebäude, in dem sich das Hauptbüro seiner Firma befand. Der Motor seines Mietwagens tickte leise beim Abkühlen. Der frühmorgendliche Nebel zog vom Hafen herein und hüllte Portlands Uferpromenade in Grau. Er lehnte seine Stirn gegen das Lenkrad, während ihn Ashleys tränenüberströmtes Gesicht hinter geschlossenen Augen verfolgte.

Ein Vater.

Das Wort lag wie Blei in seinem Magen.

Ein Klopfen an seiner Autoscheibe riss ihn zurück in die Gegenwart. Aiden, sein Bruder, stand neben seinem Auto, eine Kaffeetasse in der Hand und mit sichtbarer Überraschung im Gesicht. »Ich dachte, du wärst noch eine Woche in Florida?«

Jackson griff nach seinem Aktenkoffer, zwang seine Gesichtszüge in etwas, das annähernd normal aussah, und stieg aus dem Auto, um sich seinem kleinen Bruder anzuschließen. »Ein neuer Fall für die Wislers. Ich dachte, ich komme früher und sehe mir selbst einige Dinge an.«

Drinnen blickte Connor von seinem Schreibtisch auf, die Lesebrille auf seiner Nase. Der jüngste der Peters-Brüder war schon immer der aufmerksamste gewesen. »Du siehst aus wie der Tod, Jacks.«

»Danke für die Einschätzung«, murmelte Jackson und ließ sich in seinen Stuhl fallen. Seine Brüder tauschten einen Blick aus, den er vorgab nicht zu bemerken.

»Es geht um eine vermisste Frau aus Bar Harbor«, begann Jackson, öffnete seinen Aktenkoffer und fuhr seinen Laptop hoch. »Sie ist mit Lizzie Legard befreundet, bald Wisler.«

Jackson zeigte seinen Brüdern die Details des ›Geschenks‹, das Leland Gates für Lizzie hinterlassen hatte. Beide schüttelten den Kopf über den verunstalteten Zeitungsausschnitt der Verlobungsanzeige von Lizzie und Damen.

»Scheint ein toller Typ zu sein. Denkst du, das Verschwinden und diese... Situation... hängen zusammen?«, fragte Aiden und lehnte sich gegen den Türrahmen.

Jackson blickte auf und klickte auf den Polizeibericht, der ihm zugeschickt worden war. »Janessa Martinez. Sechsundzwanzig. Verschwand vor drei Tagen von der UMA Bangor.«

Connor trat näher und schaute auf den Bildschirm. »Haben die Kameras etwas aufgezeichnet? Haben die meisten Campusse nicht jede Menge Sicherheitsmaßnahmen?«

»Hatte noch keine Gelegenheit, das zu überprüfen. Wir haben erst gestern Abend erfahren, dass sie vermisst wird. Ich bin so schnell hergekommen, wie ich konnte.«

Jackson wählte die Nummer der Polizei von Bar Harbor und stellte auf Lautsprecher. Detective Morrisons Begrüßung erfüllte den Raum, müde und angespannt. »Ich wollte mich wegen der vermissten Frau melden, Janessa Martinez?«, sagte Jackson. »Meine Mandantin glaubt, dass es möglicherweise eine Verbindung zwischen ihr und dem Verfasser des Briefes gibt, den ich Ihnen vor ein paar Tagen gezeigt habe, Leland Gates.«

Ein deutliches Seufzen drang durch das Telefon. »Inwiefern?«, fragte sie.

»Lizzie Legard, die das Ziel des Briefes war, hat kürzlich ihr Haus an Janessa Martinez verkauft, sowie ihr Auto, und sie arbeitet in derselben Klinik, in der Lizzie gearbeitet hat.«

»Das ist ein bisschen weit hergeholt, finden Sie nicht?«, schnappte Detective Morrison.

»Nun, nein. Eigentlich nicht. Leland war jahrelang auf Lizzie fixiert«, antwortete Jackson mit professionell distanzierter Stimme. »Jetzt heiratet sie, zieht weiter. Das könnte ihn triggern. Wir wissen nicht, wozu er wirklich fähig ist. Was steckt in seiner Vergangenheit?«

Die Luft füllte sich mit Stille, während sie auf eine Antwort der Detektivin warteten. »Ich bin offen dafür, Möglichkeiten in Betracht zu ziehen, aber mit Vorsicht. Denn ehrlich gesagt haben wir im

Fall Martinez kaum etwas, womit wir arbeiten können. Die Polizei in Bangor berichtet dasselbe.«

»Könnte ich um einen Gefallen bitten und Sie Leland Gates überprüfen lassen?«

»Ich denke, das könnten wir. Ich bin allerdings etwas knapp besetzt und wäre dankbar für Hilfe, wenn Sie welche entbehren können.«

»Ich kann heute Nachmittag vorbeikommen und mit anpacken.«

Die Detektivin am Telefon kicherte. Es war ein tiefes weibliches Lachen, flirtend, vielversprechend. Alle drei Brüder tauschten einen Blick aus. Jackson legte einen Finger über seine Lippen und brachte seine Brüder damit effektiv zum Schweigen.

»Genau wie in alten Zeiten«, sagte Morrison. »Dann sehen wir uns heute Nachmittag. Vielleicht können wir uns auf den neuesten Stand bringen.«

Jackson beendete das Gespräch.

»Hmm Bruder, klingt, als ob sie immer noch auf dich steht. Ich bin sicher, Ashley würde das nicht gefallen«, kommentierte Aiden, als Jackson seinen Laptop zuklappte.

Jackson blickte ihn finster als Antwort an.

»Ich sollte mich besser auf den Weg machen, wenn ich es rechtzeitig schaffen will. Gibt es sonst noch was, das ich wissen sollte? Wie steht's mit dem Johnson-Fall?«

Seine Brüder tauschten einen Blick aus. »Letzte Woche abgeschlossen, wir haben darüber gesprochen.«

»Richtig, richtig«, antwortete Jackson auf dem Weg zur Tür.

»War diese Woche ziemlich ruhig«, erwiderte Conner, während er hinter Jacksons Rücken Aiden zuwinkte, in dem Glauben, Jackson würde es nicht sehen. Er entschied sich, nicht darauf zu reagieren.

»Richtig, richtig«, sagte Aiden, während er versuchte, die Handzeichen seines Bruders zu verstehen. »Oh, warum komme ich nicht mit dir? Ich brauche etwas Erfahrung in der Zusammenarbeit mit der örtlichen Polizei und könnte von dir lernen.«

Connor zeigte ihm einen großen Daumen hoch, nicht ganz außerhalb von Jacksons Blickfeld. »Wenn überhaupt, könnte er einen Teil der Fahrerei übernehmen, Jackson. Du siehst beschissen aus. Und ich versuche nett zu sein.«

Jackson runzelte die Stirn und versuchte zu entscheiden, was er mit beiden tun sollte. »Ja, ja natürlich, Aiden. Das klingt eigentlich nach einer guten Idee. Ich könnte ein Nickerchen gebrauchen. Obwohl ich nicht sicher bin, wie lange ich bleiben werde. Hast du eine Tasche gepackt? Ich will keine Zeit damit verschwenden, bei dir zu Hause anzuhalten, um Kleidung zu wechseln.«

Aiden folgte Jackson zur Tür hinaus, schnappte sich seine Jacke und stopfte seinen Laptop in einen Rucksack. »Ja, alles bereit. Im Kofferraum meines Autos, wir holen sie auf dem Weg. Das und meine Waffe.«

Jackson nickte und verstand, was sein Bruder meinte. »Oh ja, diesmal hab ich meine nicht dabei. Also nehme ich die Ersatzwaffe.«

Sie warteten, während Jackson eine Waffe aus dem Safe im Büro holte.

Draußen hatte sich der Nebel verdichtet und die Welt in formlose Schatten verwandelt. Jackson übergab dankbar seine Schlüssel an Aiden und merkte jetzt, wie müde er wirklich war. Er hatte letzte Nacht kaum geschlafen, und dann hatte ihn die Reise hierher ziemlich mitgenommen.

Als er sich auf den Beifahrersitz sinken ließ, starrte er aus dem Fenster.

Irgendwo da draußen, spürte er, wartete Gates und plante. Er musste ihn finden, Janessa finden, vor der Hochzeit. Damen und Lizzie verdienten Besseres.

Ashley verdiente Besseres als das, was er ihr letzte Nacht geboten hatte.

Jackson zwang seine Aufmerksamkeit zurück auf die Straße.

Eine Krise nach der anderen. Janessa finden. Leland stoppen. Dann könnte er vielleicht herausfinden, wie er der Mann sein konnte, den Ashley verdiente, der Vater, den sein Kind brauchen würde.

Wenn es nicht schon zu spät war.

Die späte Nachmittagssonne warf lange Schatten über Bar Harbors touristenreiche Straßen, als Jackson und Aiden vor der Polizeistation anhielten. Jackson fühlte sich nach seinem Nickerchen etwas besser, aber der Psychic Shop, an dem sie vorbeigingen, ließ ihn wieder an Ashley denken.

Detective Morrison empfing sie in der Lobby, ihr rotbraunes Haar kürzer, als Jackson es in Erinnerung hatte. Sie lächelte ihn herzlich an, zu herzlich. »Jackson Peters. Ist schon eine Weile her.«

»Sarah«, er nickte, professionell aber distanziert. »Das ist mein Bruder, Aiden.«

»Schön, die Unterstützung zu haben«, sagte sie und führte sie zu ihrem Schreibtisch. »Hören Sie, nachdem wir heute fertig sind, könnten wir vielleicht endlich den Drink holen, zu dem wir nie gekommen sind?«

Jackson tat so, als würde er sein Handy überprüfen. »Vielleicht finden wir Zeit für einen Happen, bevor wir zurückfahren. Aiden hat nicht viel Zeit hier auf der Insel verbracht.«

Sarahs Lächeln verblasste leicht. »Klingt nach einem Plan. Hier ist der Bericht vom Bangor PD. Überwachungskameras haben sie um 21.15 Uhr beim Betreten des Campusparkplatzes erfasst. Keine Aufnahmen von jemandem, der früher in ihr Auto oder den Parkplatz eingestiegen ist; die Kamera in diesem Bereich war ausgefallen. Aber sie fuhr ihr Auto, als sie den Parkplatz verließ. Zumindest wurde das von den Kameras am Tor aufgezeichnet. Wir können davon ausgehen, dass alles, was passiert ist, nach dem Verlassen der Schule und vor ihrer Ankunft zu Hause geschah.«

»Wie lange dauert diese Fahrt, eine Stunde? Fünfundvierzig Minuten?«, fragte Aiden. »Ziemlich ländlich zwischen hier und dort.«

Detective Morrison nickte. »Keine Mautgebühren. Keine Kameras, die erfassen würden, ob sie zuerst nach Hause kam oder nicht. Der Nachbar erinnert sich nicht, sie in dieser Nacht nach Hause kommen gehört zu haben, aber es wäre sowieso spät gewesen, zwischen 22.15 und 23 Uhr.«

»Können wir das Haus sehen?«

»Sicher, ich schicke euch mit meiner Assistentin rüber. Der Nachbar hat die Katze zu sich genommen. Britni?«

Eine junge Frau gesellte sich zu ihnen und errötete von Kopf bis Fuß, als die Detektivin sie Aiden und Jackson vorstellte.

Sie verabschiedeten sich und versprachen, sich wegen der Abendplanung zu melden, dann folgten sie Britni zu Janessas Haus, obwohl Jackson den Weg gut kannte, da er Lizzie ursprünglich kennengelernt hatte, als sie ihn angeheuert hatte, um herauszufinden, was mit ihrer vermissten Schwester passiert war.

Es scheint jetzt wie eine Ewigkeit her, seit diesem ersten Treffen.

In Janessas Haus ließ Jacksons geübter Blick das kleine Wohnzimmer schweifen. Eine Pinnwand nahe der Küche hielt verschiedene Karten und Notizen – Arzttermine, Geburtstagskarten, eine Save-the-Date für die Abschlussfeier einer Cousine. Aber es gab einen deutlich leeren Fleck, wo etwas fehlte. Eine Reißzwecke in der Mitte dieses leeren Bereichs hielt einen Papierfetzen, als ob das, was dort befestigt war, von seinem Platz an der Pinnwand gerissen worden wäre.

Jackson entfernte vorsichtig die Reißzwecke von der Wand und ließ das winzige Papierstück in seine Hand fallen. »Heliotrop«, sagte er laut und erkannte die einzigartige Farbe. Ashley hatte Lizzie bei der Auswahl von Hochzeitseinladungen geholfen, und Jackson hatte bemerkt, dass es ein schönes, helles Lila war. Ashley hatte ihn korrigiert.

»Hast du was gesagt?«, fragte Aiden, als er zurück in die Küche trat, nachdem er der hübschen Britni glücklich durch die Räume gefolgt war.

»Hat jemand eine Hochzeitseinladung gefunden?«, fragte er und untersuchte die Tafel genauer. »Für Lizzie Legard und Damen Wisler? Sie hätte diese Farbe gehabt.«

Britni runzelte die Stirn über dem Papierfetzen, den er vorsichtig zwischen seinen Fingern hielt. »Es gibt nichts in den Beweismitteln für diesen Fall. Warum?«

»Weil sie eine haben sollte.« Jackson zeigte auf die leere Stelle an der Pinnwand. »Etwas wurde von dieser Reißzwecke abgerissen und ist dabei eingerissen.«

Aiden fotografierte bereits die Tafel. »Sieht so aus, als müssten wir bei Gates' Wohnung vorbeischauen.«

Nachdem sie Britni für ihre Hilfe gedankt hatten, fuhren die Männer weg. Es überraschte sie nicht, dass es in Janessas Haus nicht viel zu sehen gab, und es bestätigte, dass sie am Freitagabend nie zurückgekommen war.

150

Sie war jetzt seit fast einer Woche vermisst. Die besten Chancen, sie lebend zu finden, schwanden schnell. Die Erinnerungen von Zeugen, falls es welche gab, begannen in den ersten achtundvierzig bis zweiundsiebzig Stunden zu verblassen. Die Tatsachen, dass sie spät in der Nacht verschwand, in einer ländlichen, ruhigen Gegend, spielten alle gegen sie. Das und die Tatsache, dass sich niemand Sorgen machte, bis fast vier Tage nach ihrem Verschwinden.

Jackson hatte einen privaten Wachmann beauftragt, Gates für ihn im Auge zu behalten. Er rief ihn aus dem Auto an. Er klang gelangweilt. »Nicht viel los. Er ist ein paar Mal rein und raus gegangen. Läuft die Straße runter zu diesem Lebensmittelgeschäft und wieder zurück. Hab ihn am Samstag, Sonntag, Montag und Dienstag gesehen. Abgesehen davon war der Typ den ganzen Tag drinnen und hat ferngesehen. Man kann ihn durchs Fenster sehen.«

»Wie war sein Verhalten am Samstag? Ist dir irgendetwas Ungewöhnliches aufgefallen? Irgendetwas an seinem Aussehen, das sich verändert haben könnte?«

»Nein, nichts dergleichen. Nur ein ruhiger Typ, der für sich bleibt, das ist alles.«

Aiden und Jackson betraten das Apartmentgebäude. Es war ein dreistöckiges Modell, das wahrscheinlich Ende der siebziger Jahre als Unterkunft für ältere und behinderte Menschen gebaut worden war. Nach der Anzahl der motorisierten Mobilitätsgeräte vor den Wohnungstüren zu urteilen, lebten einige Menschen mit Behinderungen in dem Gebäude.

Gates' Wohnung befand sich im dritten Stock, der mit einem Aufzug ausgestattet war. Jackson und Aiden entschieden sich für die Treppe. Es war offensichtlich, dass diese nicht allzu oft benutzt wurden.

Als sie an der Wohnungstür klopften, war der Mann, der die Tür öffnete, nicht Leland. Er war jünger, mit dicken Brillengläsern und einem eifrigen Lächeln.

»Wir suchen Leland Gates, ist das seine Wohnung?«, fragte Jackson, der die Behinderung des jüngeren Mannes erkannte.

»Sind Sie Detektive? Wie im Fernsehen?«, fragte er eifrig. »Ich liebe Polizeiserien, aber meine Mutter mag sie nicht. Ich komme gerne hierher, hier kann ich schauen, was ich will.«

Jackson tauschte einen Blick mit Aiden. »Wie heißen Sie, mein Herr?«

»Tommy. Ich wohne nebenan. Herr Leland bezahlt mich dafür, dass ich seinen Fernseher schaue, wenn er weg ist. Er sagt, es sieht dann aus, als wäre jemand zu Hause. Man kann nicht vorsichtig genug sein.«

»Wissen Sie, wann er zurück sein wird? Hat er Ihnen gesagt, wohin er gegangen ist?«, fragte Aiden sanft.

»Warum kommen Sie nicht rein, dann kann ich Ihre Fragen beantworten. Ich möchte das Ende meiner Sendung nicht verpassen.«

Tommy bugsierte sie hinein und nahm seinen Platz vor dem Fernseher ein.

Die Wohnung hinter Tommy war ein Schrein der Besessen-heit. Zeitungsausschnitte bedeckten eine Wand. Fotos von Lizzie, einige offensichtlich ohne ihr Wissen aufgenommen, füllten eine andere. Und dort, zentral angeheftet wie ein Preis, war die ver-misste Hochzeitseinladung. Ihre Ecke war abgerissen, als ob sie von der Stelle, an der sie befestigt war, abgerissen worden wäre.

»Heilige...«, murmelte Aiden.

»Tommy«, Jackson hielt seine Stimme ruhig trotz der Wut, die in seiner Brust aufstieg. »Wann ist Leland weggegangen?«

»Gestern Morgen. Er hatte einen schlimmen Kratzer am Arm. Er sagte, er wäre in einer Woche oder so zurück«, strahlte Tommy. »Ich bin wirklich gut im Helfen. Genau wie in den Polizeiserien.«

»Danke Tommy, du bist wirklich gut im Helfen«, sagte Jack-son und setzte sich auf die Couch am nächsten zu Tommy. Er versuchte zu lächeln, aber sein Herz raste. Er wusste, dass sie zu spät waren.

Leland hatte einen Vorsprung, und irgendwo in den Weiten von Maine hatte er Janessa.

»Erzähl mir von dem Kratzer. War er schlimm?«

Tommy runzelte die Stirn. »Ja, Herr Leland hat am Samstag einige böse Wörter gesagt. Aber er hat ihn gut verbunden. Nie-mand würde es bemerken, sagte er, wie neu.«

Aiden setzte sich neben Jackson, nachdem er mit seinem Handy Fotos von der Wand hinter ihnen gemacht hatte. »Hatte Herr Leland ein Auto?«

Ein Geräusch im Fernsehen zog Tommys Aufmerksamkeit für einen Moment auf sich. Nach einer kurzen Pause wandte er sich wieder den beiden Männern zu. »Ich bin sehr hilfsbereit«, strahlte er sie an. »Ich mag die Garage nicht, es ist dunkel dort drin. Und es riecht schlecht.«

»Ist das der Ort, wo Herr Leland sein Auto parkt?«

Tommy schüttelte seinen Kopf und sah die beiden an, als ob sie es wissen sollten. »Nein, Herr Leland hat kein Auto. Die Dame hat eins.«

Eine Gänsehaut überlief seine Haut, während er versuchte, seine Frage für Tommy zu formulieren. »Welche Dame, Tommy? Hat Herr Leland eine Freundin? Hast du sie gesehen?«

»Nein. Die Dame, die ihn gekratzt hat, Dummerchen. Ihr seid irgendwie blöd. Ich glaube, ich muss jetzt nach Hause gehen.« Tommy stand auf. »Habe ich euch gut geholfen?«

»Du hast es gut gemacht, Tommy. Ich denke, du bist hier fertig. Du hast gute Arbeit geleistet. Wir werden Herrn Leland sicher davon erzählen.« sagte Aiden sanft.

»Okay«, sagte er und verließ sie im Flur, während er in die Wohnung nebenan schlüpfte.

»Nun, das war interessant«, murmelte Aiden. Jackson trat zurück in Gates' Wohnung. »Wir haben keinen Durchsuchungsbefehl.«

Jackson blickte ihn finster an. »Wir sind keine Polizisten«, erwiderte er. Aiden nickte, seine Augenbrauen zur Bestätigung hochgezogen.

Sie durchsuchten schnell die winzige Wohnung, achteten darauf, nichts zu berühren oder zu verschieben. Im engen Badezimmer fanden sie eine neue Packung großer Pflaster mit mehreren gebrauchten im Mülleimer.

Da sie nichts Interessanteres fanden, verließen sie die Wohnung und verschlossen sorgfältig die Tür hinter sich. Sie würden Detektivin Morrison von ihren Entdeckungen berichten.

Sie nahmen wieder die Treppe, und Jackson führte Aiden am ersten Stock, wo sie hereingekommen waren, vorbei zu dem, was wie eine Tiefgarage aussah.

Es war muffig und schlecht beleuchtet. »Junge, ich verstehe, was Tommy meint, es riecht wirklich schlecht hier drin.«

Mehrere Fahrzeuge waren in dem engen Raum geparkt. Die meisten standen offensichtlich unbenutzt da, mit Staub auf ihren Windschutzscheiben. Da der Supermarkt so nah war, schienen die meisten Bewohner es vorzuziehen, zum Markt zu laufen anstatt zu fahren.

Die Garage war über eine Seitentür zu einer engen Gasse zugänglich. Es wäre schwierig, sich regelmäßig hindurchzubewegen, und die Tür schien größtenteils unbenutzt. Von der Straße aus war die Garageneinfahrt nicht zu sehen, und die Eingangstür wäre geschlossen, wie sie es jetzt war.

Ein perfekter Ort, um ein Auto zu verstecken, das nicht deins war. Besonders wenn nicht danach gesucht wurde, bis vor zwei Tagen.

Jackson ging zu einem freien Platz, von dem laut den Reifenspuren in der leichten Schmutzschicht auf dem Boden kürzlich ein Auto weggefahren war.

Neben dem leeren Platz stand ein alter Buick. Sein Kennzeichen fehlte.

Er holte sein Handy heraus und wählte Detektivin Morrisons Nummer. »Sarah? Wir haben ein Problem.«

• • • • ● • ● • • • ●

Nachdem sie den Tatort in der Garage dokumentiert und sich mit den örtlichen Strafverfolgungsbehörden abgestimmt hatten, bestand Sarah darauf, dass sie sich zum Abendessen in einer lokalen Bar treffen sollten.

Dank ihrer Maßnahmen suchten nun mehrere Strafverfolgungsbehörden nach Janessas Auto, das wahrscheinlich die gestohlenen Kennzeichen des alten Buicks trug. Jede Abteilung zwischen Bangor und Portsmouth war alarmiert.

»Ich glaube, du solltest andere Behörden benachrichtigen und das Kennzeichen über die Mautstellen verfolgen. Ich bin wirklich der Meinung, dass er nach Süden fährt. Die I-95 wäre die wahrscheinlichste Route.« sagte Jackson, während er eine Karte auf seinem Handy studierte.

»Ich werde Britni bitten, eine Verfolgung des Kennzeichens zu beantragen.« Sarah schrieb ihrer Assistentin. »So«, sagte sie und lehnte sich in der Restaurantbox näher zu Jackson. Ihr Parfüm vermischte sich mit dem Duft ihres zweiten Martinis. »Wo waren wir?« Sarahs Hand streifte Jacksons Arm. »Heute Abend könnten wir vielleicht-«

»Wir sollten die Grundbucheinträge überprüfen«, sagte Aiden nachdrücklich und versuchte, die Aufmerksamkeit der beiden zu gewinnen. »Wenn er sie hat, oder schlimmer noch, könnte es irgendwo in der Nähe sein.«

Keiner von ihnen schenkte ihm viel Beachtung, während Sarah an ihrem Martini nippte und näher an Jackson heranrückte.

Jackson wusste, dass Aiden ihn mit wachsender Besorgnis beobachtete, und es war ihm egal. Er wusste, dass er nicht er selbst war – die Ablenkung, die Leichtsinnigkeit in seinen Entscheidungen, wie er Sarahs offensichtliches Flirten zuließ. Als sie sich entschuldigte, um einen Anruf entgegenzunehmen, nutzte Aiden seine Chance.

»Was ist los mit dir?«

»Ich arbeite«, murmelte Jackson und studierte weiter sein Handy.

»Nein, du bist nicht du selbst. Ist etwas mit Ashley passiert?« Jacksons Kiefer spannte sich an. »Lass es, Aiden.«

»Einen Teufel werde ich. Rede mit mir, Jacks.«

Bevor Jackson antworten konnte, kam Sarah zurück und rutschte unnötig nah an ihn heran in der Sitzecke. »Haben eine Spur zu unserem Kennzeichen, es wurde heute früh auf dem Jersey Turnpike geortet und heute Nachmittag auf der Umgehungsstraße außerhalb von DC. Du hattest Recht, er fährt nach Süden.«

»Wahrscheinlich wird er bald anhalten, falls er es nicht schon getan hat. Diese ganze Strecke zu fahren, selbst mit einer solchen Besessenheit, ist erschöpfend. Er weiß, dass er jedem, der hier nach ihm sucht, einen Vorsprung hat«, erklärte Aiden und warf seinem Bruder einen finsteren Blick zu.

»Immer noch keine Spur von den alten Akten? Wir können seinen Geisteszustand nicht einschätzen, wenn wir nicht wissen, warum er überhaupt eingewiesen wurde«, fragte Jackson, während Sarah ihren Arm um seinen schlang.

Er bewegte sich nicht.

Sie schüttelte den Kopf. »Nein. Es ist ein langer Prozess und wahrscheinlich wurden sie nach all der Zeit vernichtet. Mein Kontakt kommt erst in achtundvierzig Stunden von seiner Kreuzfahrt zurück.« Seufzend nahm sie einen langen Schluck von ihrem Drink. »Und außerdem. Es liegt nicht mehr in meiner Zuständigkeit. Die Staatspolizei hat die Vermisstensuche übernommen.«

»Moment, wann hat der Staat den Fall übernommen?« fragte Aiden.

Sarah rutschte unbehaglich auf ihrem Sitz hin und her. »Heute Nachmittag.«

»Wir sollten aufbrechen«, sagte Jackson abrupt und stand auf. »Morgen früh geht es zeitig los.«

Sarahs Enttäuschung war offensichtlich. »Natürlich. Aber Jackson«, sie fasste seinen Arm, »es ist wirklich schön, dich wiederzusehen.«

Mit einem knappen Nicken verließ Jackson das Restaurant, Aiden folgte ihm.

»Hat sie dir gesagt, dass sie den Fall an die Staatspolizei abgegeben hat? Schöne Zeitverschwendung, mit ihr zu reden«, knurrte Aiden, als er auf der Beifahrerseite einstieg.

»Gib Ruhe, wir wären nie in die Nähe von Janessas Haus gekommen, wenn wir über die Staatspolizei gegangen wären. Sie haben den Fall noch nicht einmal geprüft«, antwortete Jackson und startete den SUV. »Ich habe sie heute Nachmittag nach unserem Besuch in Gates' Wohnung angerufen. Sie prüfen jetzt Grundbesitzunterlagen und versuchen, Janessas Aufenthaltsort zu ermitteln. Vermutlich hat er sie irgendwohin in der Nähe gebracht, da er bis gestern noch in seiner Wohnung war. Ich nehme an, wir werden heute Abend oder morgen früh etwas hören.«

Aiden schüttelte wütend den Kopf. »Warum hast du mir diese Details nicht mitgeteilt? Und was zum Teufel war das da drin, dass du sie über dich sabbern lässt, als hätte sie eine Chance?«

Jackson schwieg, während er das Lenkrad umklammerte und durch die Windschutzscheibe auf die dunkle Straße starrte. Die Muskeln in seinem Kiefer spannten sich an, als er mit den Zähnen knirschte.

»Hör mal, Mann, du musst mir sagen, was mit dir los ist. Es ist definitiv etwas zwischen dir und Ashley, wenn du diese Cougar so an dir hängen lässt.«

Seine Antwort war das Aufheulen des Motors, als Jackson auf der größtenteils verlassenen Landstraße beschleunigte und ihre Fahrt schließlich beendete, indem er auf den Parkplatz eines Motels am Straßenrand einbog. »Ich bin erledigt, lass uns morgen früh darüber reden.«

Sie stiegen aus dem Fahrzeug, um ihre Taschen aus dem Kofferraum zu holen. Aiden legte seine Hand auf die Schulter seines älteren Bruders und sah ihm in die Augen. »Hör zu, ich bin für dich da. Wir alle. Du hast uns durch die schlimmsten Zeiten unseres Lebens gebracht, wir können dich durch das hier bringen. Was auch immer es ist.«

Jackson trat zurück und ließ Aidens Hand an dessen Seite fallen.

Nicht heute Abend, er konnte nicht darüber sprechen.

Noch nicht.

KAPITEL 15

*M*ondlose Nacht. Perfekte Bedingungen. Jackson bewegte sich wie ein Schatten durch den Umkreis des Gebäudekomplexes, seine Muskeln erinnerten sich an jede Trainingsstunde, jede Mission. Sein Atem kam langsam und kontrolliert, sein Herzschlag war gleichmäßig. Drei Wachen voraus. Er konnte ihre Wärmesignaturen durch sein Zielfernrohr sehen.

Schnell. Sauber. Lautlos. Der erste Wachmann ging zu Boden, bevor er wusste, was ihn traf. Der zweite griff nach seinem Funkgerät – zu langsam. Der dritte schaffte eine halbe Drehung, bevor Jackson ihn ausschaltete. Professionell. Effizient. Dafür war er gemacht.

Das Zielgebäude ragte vor ihm auf. Laut Informationen befand sich das Paket im Inneren. Zwei weitere Feinde an der Tür. Seine Hände bewegten sich mit geübter Präzision, jede Bewegung exakt, tödlich...

Aber als er nach unten blickte, lag dort kein Soldat zu seinen Füßen. Ashley lag da, ihre Augen weit vor Angst. Der Flur verwandelte sich in ihr Schlafzimmer, seine taktische Ausrüstung verwandelte sich in das *alte Flanellhemd seines Vaters. Der metallische Geschmack von Blut füllte seinen Mund.*

»Papa, nein!« Eine Kinderstimme von einer kleinen Gestalt, die sich in der Ecke duckte. Mehr Kinder tauchten aus den Schatten auf, alle trugen sein Gesicht, alle trugen blaue Flecken, wie er und seine Brüder in seiner Kindheit.

»Du bist genau wie ich«, krächzte die Stimme seines Vaters aus seiner eigenen Kehle. Seine Hände, die Hände eines ausgebildeten Killers, griffen wieder nach Ashley-

Jackson schoss im Bett hoch, die Laken um seine Beine verwickelt, der Schweiß kalt auf seiner Haut. Sein Herz hämmerte gegen seine Rippen – nicht der gleichmäßige Kriegerhythmus aus dem Traum, sondern panische, schuldbeladene Schläge. Er konnte immer noch das Phantomgewicht von seines Vaters Flanellhemd spüren, die schreckliche Leichtigkeit, mit der Gewalt in seine Hände kam.

Jackson tappte ins Badezimmer und spritzte sich kaltes Wasser ins Gesicht. Im Spiegel hatten seine Augen denselben gequälten Blick, den er sich erinnerte, in denen seines Vaters gesehen zu haben. Dieselbe Fähigkeit zur Gewalt lebte in seinen Knochen, weitergegeben wie ein schreckliches Erbe.

Die uralte Klimaanlage des Motelzimmers ratterte, als Jacksons Handy auf dem Nachttisch vibrierte. 5:47 Uhr morgens. Der Name des Hauptmanns der Staatspolizei von Maine leuchtete auf dem Bildschirm auf.

»Peters«, antwortete er, seine Stimme rau von seinen Träumen.

162

»Wir haben etwas gefunden.« Hauptmann Martins kiesige Stimme trug die Last schlechter Nachrichten. »Grundbucheinträge zeigen ein altes Gates-Familienanwesen etwa vierzig Meilen landeinwärts. Verlassene Hütte, ziemlich abgelegen. Lokale Einheiten haben sie gerade durchsucht.«

»Wo? Ich würde es gerne sehen.«

Jackson ging zurück zum Bett und griff nach seinem Notizblock, um die Wegbeschreibung aufzuschreiben. Neben ihm regte sich Aiden.

»Steh auf, Bruder. Sie haben eine verlassene Hütte auf dem Gates-Grundstück gefunden.«

Beide Männer zogen sich schnell an und trafen innerhalb von dreißig Minuten am Tatort ein. Der Wald wimmelte von Polizeibeamten, zahlreich wie Ameisen. Jackson fand Hauptmann Martin für weitere Informationen.

»Es gibt ziemlich klare Beweise, dass hier kürzlich jemand festgehalten wurde. Seht euch um, ich bin mir sicher, dass ihr Jungs wisst, wie man sich an einem aktiven Tatort verhält.«

Jackson und Aiden betraten die heruntergekommene Hütte. Der Gestank traf Jackson zuerst – abgestandene Luft, menschliche Exkremente, Angst. Jahre investigativer Arbeit hatten ihn gelehrt, dass Angst ihre eigene unverwechselbare Signatur hinterließ. Seine Augen gewöhnten sich an das schummrige Innere, während er und Aiden den Raum durchquerten und jedes Detail dokumentierten.

Die an die Wand geschraubte Kette war keine Amateurarbeit. Jemand, der wusste, was er tat, hatte sie installiert, sich Zeit genommen, um sicherzustellen, dass sie halten würde. Die Matratze darunter erzählte ihre eigene Geschichte – Kompressionsmuster zeigten, wo jemand gelegen hatte, nachdem er wahrscheinlich aufgegeben hatte, sich zu befreien. Dunkle Haarsträhnen, die im abgenutzten Stoff hängen geblieben waren, bestätigten, was er bereits wusste.

Jackson kauerte sich hin und untersuchte den Boden um die Matratze. Wasserflaschen, Essensverpackungen, entsorgt in einer Ecke. Das war nicht das Werk von jemandem, der durchgedreht war. Die Kette, die Vorräte, der abgelegene Ort – Leland hatte das geplant. Das war kein Ausraster, kein Moment des Wahnsinns. Das war methodisch, kalkuliert.

»Vier Tage«, murmelte Aiden und untersuchte den Eimer in der Ecke. »Vielleicht fünf.«

Jackson nickte, sein Kiefer angespannt. Selbst nach all diesen Jahren hatten Tatorte noch immer die Macht, sein Blut gefrieren zu lassen.

»Kein Blut«, stellte er fest und untersuchte die Wände und den Boden. Jahre in der Aufklärung von Gewaltverbrechen hatten ihn gelehrt, auf die Geschichten zu achten, die Blut erzählen konnte. Seine Abwesenheit hier war bedeutsam. Er hält sie am Leben. Er will sie für irgendetwas.

Die Hütte war vorbereitet worden, wartend. Die Kette, die Vorräte, der abgelegene Ort – Leland hatte das geplant. Dies war kein

Ausrutscher, kein Moment des Wahnsinns. Es war methodisch, kalkuliert.

In diesem Raum stehend konnte Jackson es fast ablaufen sehen – Janessa eingesperrt, allein, verängstigt. Jedes Beweisstück fügte der Zeitlinie ihrer Gefangenschaft etwas hinzu.

Kette an der Wand befestigt, Matratze auf dem Boden. Eimer als Toilette benutzt. Essensverpackungen, Wasserflaschen.

Jacksons Kiefer verkrampfte sich. »Irgendwelche anderen Anzeichen von Gewalt?«

»Keine Anzeichen eines Kampfes.« Reynolds räusperte sich. »Sie haben lange dunkle Haare auf der Matratze gefunden und einen Rucksack, der der vermissten Frau gehört. Das Labor wird die Haare bestätigen, aber das reicht für eine Bestätigung.«

»Janessa«, ergänzte Jackson leise.

»Ja. Das ist jetzt eine bestätigte Entführung. Wir koordinieren uns mit Behörden entlang der gesamten Ostküste. Der letzte Kennzeichenping kam gestern Nachmittag von einer Mautkamera in Richmond.«

»Er bringt sie nach Florida.« Die Gewissheit legte sich wie Blei in Jacksons Magen.

»Das ist unsere Arbeitstheorie. Hör zu, ich muss die Task Force briefen. Wollte nur, dass du es zuerst von mir hörst.«

Er musste Damen anrufen, aber zuerst musste er verarbeiten, was das bedeutete.

Er hatte einen Plan.

Dass Janessa am Leben war, bedeutete wahrscheinlich, dass sie ein Mittel zum Zweck war. Sie war kein Ersatz für Lizzie, wie sie vielleicht gedacht hatten; sie war sein Weg, um an Lizzie heranzukommen. Mit einer Schwere, die seine Finger belastete, wählte Jackson Damens Nummer.

»Sie haben Gates' Familienhütte gefunden«, sagte er, als Damen antwortete. »Beweise, dass Janessa dort festgehalten wurde. Sie lebt, oder lebte bis vor kurzem.« Er holte scharf Luft. »Er bringt sie nach Süden und wird sie wahrscheinlich als Druckmittel benutzen, um an Lizzie heranzukommen.«

Das Schweigen am anderen Ende sprach Bände.

»Hast du Kontakt mit dem FBI aufgenommen?«, fragte Damen schließlich mit angespannter Stimme.

»Noch nicht. Die Staatspolizei koordiniert sich jetzt mit den Bundesbehörden. Das war kein plötzlicher Nervenzusammenbruch. Die Hütte war vorbereitet. Er hat das geplant.«

»Er will verhindern, dass die Hochzeit stattfindet. Lizzie zu sich locken.«

»Ja. Das ist definitiv sein Endziel.« Jackson rieb sich die Schläfen.

»Komm so schnell wie möglich zurück. Und lass mich über alle Entwicklungen auf dem Laufenden«, sagte Damen nach einer schweren Pause. »Ich muss Lizzie Bescheid geben. Es gibt keinen Zweifel, dass das sehr belastend für sie sein wird. Sie wird sich selbst die Schuld geben.«

»Es ist nicht ihre Schuld«, stellte Jackson fest. »Es gibt noch mehr Details, aber ich werde dich informieren, wenn ich da bin.«

Nach dem Auflegen starrte Jackson auf sein Telefon. Er war froh, dass er nicht dabei sein musste, wenn Damen es Lizzie erzählte; es war schon schlimm genug. Lizzie würde am Boden zerstört sein.

Irgendwo zwischen Maine und Florida fuhr Leland Gates auf seine verdrehte Version des Schicksals zu.

Sie müssen ihn erwischen, bevor er Lizzie erreicht.

· · · ● ● · ● ● · · ·

Die Morgendämmerung hatte kaum begonnen, den Horizont zu färben, als Damen in ihr Schlafzimmer schlüpfte. Die ersten Lichtschimmer filterten durch die durchscheinenden Vorhänge und warfen sanfte Schatten auf ihr zerwühltes Bett, wo Lizzie auf ihrer Seite zusammengerollt lag. Ihr dunkles Haar breitete sich auf dem Kissen aus, eine Hand unter ihre Wange geschmiegt.

Ihr Anblick schnürte ihm das Herz zusammen. Wie viele Morgen hatte er sie schon so beim Schlafen beobachtet? Wie oft hatte er dem Schicksal gedankt, das sie zusammengeführt hatte?

Vorsichtig ließ er sich auf die Matratze sinken. Die vertraute Wärme ihres Körpers zog ihn näher, als er sich an ihre Kurven schmiegte. Sie bewegte sich leicht und gab diesen sanften, summenden Laut von sich, den er so liebte, wachte aber nicht auf. Ihre

Haut trug noch den verbleibenden Duft ihrer Jasminlotion, vermischt mit etwas, das unverkennbar Lizzie war.

Sein Arm legte sich um ihre Taille und zog sie näher. Durch den dünnen Stoff ihres Nachthemds konnte er ihren gleichmäßigen Herzschlag spüren. So anders als sein eigener, der immer noch von Jacksons Anruf raste.

Bald würde er sie wecken müssen, würde zusehen müssen, wie ihr Gesicht zusammensackte, wenn er ihr die Neuigkeiten über Janessa mitteilte. Würde sie halten müssen, während sie sich selbst die Schuld gab.

Aber für den Moment gönnte er sich diesen Augenblick. Diese Ruhe vor dem Sturm.

Durch ihre nur angelehnte Tür konnte er die ersten Regungen ihres Haushalts hören: Maria, die unten in der Küche ankam, das entfernte Gurren von Ethan, der langsam aufwachte. Bald würde Dani hereinspringen, voller Morgenenergie und Fragen.

Ihre Familie. Ihr gemeinsames Leben.

Lizzie bewegte sich in seinen Armen und drückte sich an seine Brust, als würde sie selbst im Schlaf seine Wärme suchen. Sein Hals schnürte sich zu, als er an ihre Hochzeitspläne dachte.

Jetzt versuchte ein Wahnsinniger, diese Freude zu zerstören, und benutzte eine unschuldige Frau als Bauern in seinem wahnhaften Spiel.

Damen drückte seine Lippen auf Lizzies Schulter und atmete ihren Duft ein. Er würde eher sterben, als zuzulassen, dass Leland

Gates ihr oder ihrer Familie etwas zuleide täte. Aber zuerst musste er ihr helfen zu verstehen, dass nichts davon ihre Schuld war. Dass Freundlichkeit gegenüber einer gequälten Seele sie nicht für seine verdrehte Besessenheit verantwortlich machte.

»Mmm«, murmelte Lizzie, die langsam erwachte. »Du denkst zu laut.«

Seine Arme zogen sie instinktiv fester an sich. »Tut mir leid, Liebling. Wollte dich nicht wecken.«

Sie drehte sich in seiner Umarmung, ihre braunen Augen noch weich vom Schlaf. Aber während sie sein Gesicht studierte, schlich sich Bewusstsein ein. »Was ist los?«

Damen strich mit seinem Daumen über ihr Wangenbein und prägte sich die geliebten Konturen ihres Gesichts ein. »Jackson hat angerufen. Sie haben Beweise gefunden, dass Leland Janessa hat und sie fahren nach Süden.«

Er spürte, wie ihr ganzer Körper sich anspannte und beobachtete, wie sich das Entsetzen in ihren Augen ausbreitete.

· · · ● · ● · ● · ·

Lizzies Magen krampfte sich zusammen, als sie sich aus seiner Umarmung löste und taumelnd aus dem Bett stieg. Der Holzboden fühlte sich kalt unter ihren nackten Füßen an, während sie begann, auf und ab zu gehen.

»Welche Beweise?« Ihre Stimme klang seltsam in ihren eigenen Ohren, fern und hohl. »Was haben sie gefunden?«

Damen setzte sich auf, die Laken sammelten sich um seine Taille. »Eine Hütte. Sie haben...« Er zögerte, wägte offensichtlich seine Worte ab. »Hinweise gefunden, dass dort jemand gefangen gehalten wurde.«

Der Raum neigte sich leicht. Lizzie drückte ihre Hand gegen die Wand, um sich zu stützen. »Gefangen gehalten? Du meinst...« Die Vorstellung einer irgendwo gefesselten Janessa ließ Galle in ihrer Kehle aufsteigen.

»Sie lebt, Lizzie.«

Sie hörte seine unausgesprochenen Worte, als hätte er sie laut gesagt. *Sie lebt, vorerst.*

Erinnerungen an Leland strömten zurück. Wie hatte sie die Dunkelheit übersehen, die unter dieser ruhigen Fassade lauerte?

Ihre Stimme brach. »Gott, was hat er ihr angetan?«

»Das ist nicht deine Schuld.« Damens Stimme war entschlossen, als er sich vom Bett erhob.

»Aber ich wusste, dass mit ihm etwas nicht stimmte. Alle anderen haben es gespürt. Ich dachte nur...« Sie fuhr mit den Fingern durch ihr zerzaustes Haar. »Ich dachte, sie wären voreingenommen, dass er einfach jemanden auf seiner Seite bräuchte.«

Durch ihr offenes Fenster begannen die Vögel ihren morgendlichen Chor. Ein so normales Geräusch an diesem Albtraum von einem Morgen.

»Was passiert jetzt?«, fragte sie und drehte sich zu Damen um. »Wo sind sie?«

»Letzter bekannter Aufenthaltsort war Richmond. Jackson arbeitet mit den Bundesbehörden zusammen, um sie zu finden.« Er kam näher, berührte sie aber nicht. »Sie glauben, er ist auf dem Weg hierher.«

Die Bedeutung seiner Worte durchfuhr sie wie ein Messer. »Hierher? Warum?«

Aber sie wusste es.

Die verunstaltete Hochzeitsankündigung, das Timing – jetzt ergab alles einen schrecklichen Sinn.

Ihretwegen.

»Ich kann nicht glauben, dass das passiert«, flüsterte sie. »Janessa muss solche Angst haben.« Sie presste ihre Hand auf den Mund, unfähig weiterzusprechen.

»Lizzie.« Damens Stimme war sanft, aber bestimmt. »Ich muss dich um etwas bitten.«

Sie wusste, was kommen würde.

»Versprich mir, dass du nicht versuchst, das selbst zu regeln. Dass du Jackson und die Behörden ihre Arbeit machen lässt.« Er suchte in ihrem Gesicht. »Egal was passiert. Einverstanden?«

Lizzie begegnete seinem Blick und sah all die Liebe und Sorge darin. »Ich verspreche es«, sagte sie leise.

Aber selbst als die Worte ihren Mund verließen, wusste sie, dass es eine Lüge war. Wenn es irgendeine Chance gab, Janessa zu helfen...

Sie würde alles tun, um wiedergutzumachen, was ihr fehlgeleitetes Vertrauen zerstört hatte.

Das Weinen von Ethan drang durch das Babyfon, gefolgt von Danis Stimme, die nach Frühstück rief. Ihre normale Morgenroutine wartete, unbekümmert davon, dass ihre Welt gerade zerbrochen war.

»Ich sollte nach den Kindern sehen«, sagte sie und bewegte sich zur Tür. Aber Damen fing ihren Arm und zog sie in eine heftige Umarmung.

Lizzie drückte ihr Gesicht an seine Brust, atmete seinen vertrauten Duft ein und versuchte, Kraft aus seiner soliden Präsenz zu schöpfen.

Sie würde nicht zulassen, dass ein weiterer Mensch unter ihren Fehlern litt. Nie wieder. Niemals.

KAPITEL 16

Die Kette klirrte gegen die Wand, als Janessa sich auf der schmutzigen Matratze bewegte und versuchte, eine Position zu finden, bei der ihre Muskeln nicht schmerzten. Ihr Hals war rau vor Durst – die Wasserflaschen waren jetzt leer, und sie hatte den Überblick verloren, wie lange sie schon hier war. Die muffige Luft der Hütte drückte wie ein lebendiges Wesen gegen ihre Haut.

Sonnenlicht kroch in vertrauten Mustern über den Boden. Drei Tage? Vier? Die Stunden verschwammen in einem Nebel aus Angst und Unbehagen.

Der Geruch aus dem Eimer in der Ecke ließ sie würgen. Am ersten Tag hatte sie versucht, es so lange wie möglich auszuhalten, aber schließlich hatten die Bedürfnisse ihres Körpers gesiegt. Jetzt versuchte sie, nicht hinzusehen und die wenige verbliebene Würde zu bewahren.

Eine Dose kalter Bohnen stand in Reichweite, aber ihr Magen sträubte sich bei dem Gedanken. Sie hatte genug gegessen, um am Leben zu bleiben, und mechanisch Nahrung in ihren Mund gelöffelt, während sie versuchte, nicht darüber nachzudenken, was als Nächstes kommen würde.

Was wollte er von ihr?

Ihre Finger tasteten zum hundertsten Mal die Kette um ihren Knöchel ab, suchten nach schwachen Stellen, suchten nach Hoffnung. Das Metall war solide, unnachgiebig. Aber das Rohr, an dem es befestigt war... vielleicht, wenn sie es von der Wand lösen könnte...

Doch dann brummte draußen ein Automotor und verstummte. Janessas Herz hämmerte gegen ihre Rippen, als Schritte sich näherten. Die Tür knarrte auf und flutete die Hütte mit hartem Tageslicht.

Lelands massige Gestalt füllte den Türrahmen, sein Gesicht im Schatten. »Zeit zu gehen.«

Sie drückte sich gegen die Wand, die Hände zu Fäusten geballt. Wenn er nah genug käme, vielleicht könnte sie...

Aber er hatte eine Waffe. Das Metall blitzte auf, als er sie hob und sie nach vorne winkte. »Versuchen Sie nichts Dummes.«

Der Schlüssel drehte sich in der Knöchelfessel. Blut strömte schmerzhaft in ihren Fuß zurück, als das Metall abfiel. Ihre Beine zitterten, als sie aufstand, und Nadelstiche schossen durch ihre verkrampften Muskeln.

»Bewegen Sie sich.« Er drückte ihr die Waffe in den Rücken und lenkte sie zu ihrem eigenen Auto, das draußen geparkt war.

»Sie fahren«, sagte er und drückte sie auf den Fahrersitz. Er band ihr rechtes Handgelenk mit einem Kabelbinder am Lenkrad fest, so fest, dass er in ihre Haut schnitt.

Zitternd fuhr sie auf seine Anweisung hin das Auto über Land-straßen, bis sie die Autobahn erreichten.

Stunden verschwammen auf der I-95. Bäume wurden zu Schildern, wurden zu Leitplanken, während Janessa sich darauf konzentrierte, das Auto trotz ihrer zitternden Hände stabil zu halten. Leland döste neben ihr, aber die Waffe wich nie von ihrer Seite.

Toilettenpausen bedeuteten, am Straßenrand zu hocken, während er zusah, und der Kabelbinder schnitt in ihr Handgelenk, während sie versuchte, das Gleichgewicht zu halten. Jedes Mal suchte sie verzweifelt nach vorbeifahrenden Autos, nach irgendeiner Chance, um Hilfe zu signalisieren.

Südlich von Richmond, als die Tankanzeige zu niedrig wurde, um sie zu ignorieren, dirigierte Leland sie zu einer Tankstelle, seine Augen ständig wachsam. Sie tankten das Auto gemeinsam, und dann führte er sie in den angeschlossenen Laden.

Er kaufte etwas zu essen mit dem Bargeld, das er in den verschiede-nen Taschen seiner Hose und Jacke verstaut hatte. Sie waren nicht bei einer Bank angehalten; er war mit diesem Geld vorbereitet gekom-men. Er führte sie zur Tür, hielt aber inne, bevor er nach draußen trat.

Sie sah es auch – der Polizeiwagen, der hinter Janessas Auto geparkt hatte.

»Nach drinnen.« Lelands Griff um ihren Arm würde blaue Fleck-
en hinterlassen, als er sie zum anderen Eingang des Supermarktes
führte. Ihr Herz raste. Vielleicht, wenn sie schreien würde...

Aber das Messer drückte gegen ihre Rippen, verborgen unter seiner Jacke. »Ein Laut und ich fange an zu schneiden.«

Sie verließen den Laden durch eine Seitentür und traten in die
wachsende Dämmerung hinaus. Auf dem Parkplatz lud eine Frau
eine Tüte mit Lebensmitteln in eine silberne Limousine. Allein.

Es geschah so schnell.

Leland stieß die Fremde gegen ihr Auto, packte ihren Arm und
drehte ihn hinter ihren Rücken. Er hielt der Frau die Pistole an den
Kopf und zwang sie ins Fahrzeug.

Die Frau – blond, vielleicht vierzig – schluchzte leise, während er
sie zum Fahren zwang.

Stunden vergingen in angespannter Stille. Das Weinen der Frau
hatte aufgehört, ersetzt durch flaches, verängstigtes Atmen. Janessas
mit Kabelbindern gefesselte Hände waren taub geworden.

Als Leland sie auf eine Ausfahrt dirigierte, die zu einer dunklen
Landstraße führte, wurde Janessas Mund vor Angst trocken. Das
Auto hielt an. Er zerrte die Frau hinaus in die Dunkelheit.

Leland kehrte allein zurück und setzte sich hinters Steuer. Blut
verdunkelte seinen Ärmel.

Janessa unterdrückte einen Schrei und schmeckte Kupfer, wo sie
sich auf die Lippe gebissen hatte. Während sie davonfuhren, zitterte
ihr ganzer Körper, Tränen rannen still über ihr Gesicht.

Sie war die Nächste. Sie wusste es mit tiefer Gewissheit.

Es sei denn, sie fände einen Weg, ihn zuerst zu stoppen.

KAPITEL 17

Jackson wusste, dass etwas nicht stimmte, als er ihr Büro in Portland betrat. Connors Schreibtisch war leer, Aiden war verschwunden, und in der Luft lag diese eigenartige Spannung, die Stürmen und Konfrontationen vorausging.

»Konferenzraum.« Connor tauchte hinter ihm auf und lenkte ihn sanft, aber bestimmt zu dem Raum mit den Glaswänden. Drinnen saß Aiden bereits am langen Tisch, und Morgans Gesicht füllte den Bildschirm an der Wand.

»Worum geht es hier?«, fragte Jackson, obwohl sein Bauchgefühl es bereits wusste.

»Setz dich, Jackson.« Connors Stimme hatte diesen vorsichtigen Ton, den er normalerweise für nervöse Klienten verwendete.

»Wir müssen darüber reden, was mit dir los ist«, sagte Morgan durch den Bildschirm, sein Gesichtsausdruck ungewöhnlich ernst.

Jacksons Kiefer spannte sich an. »Haben wir nicht Wichtigeres zu erledigen?«

»Morgan sagt, du bist ausgezogen?«, fragte Aiden und lehnte sich vor. »Deine Koffer sind in der Wohnung.«

Wie hat Morgan das so schnell herausgefunden?

»Es ist kompliziert.« Jackson biss die Zähne zusammen. Er wollte dieses Gespräch nicht führen.

»Dann mach es unkompliziert«, antwortete Connor und ließ sich auf den Stuhl neben ihm sinken. »Denn von unserem Standpunkt aus wirfst du gerade das Beste weg, was dir je passiert ist.«

Jackson starrte auf seine Hände, die auf der polierten Tischplatte lagen, und erinnerte sich daran, wie sie gezittert hatten, als er seine Taschen packte.

Wussten sie von dem Baby? Er schüttelte den Kopf, unwahrscheinlich. Wenn sie es wüssten, würden sie kein Gespräch führen. Sie würden ihm den Hintern versohlen. Und er hätte es verdient.

»Du glaubst, du beschützt sie?«, sagte Morgan leise. »Genau wie du uns beschützt hast.«

Die Worte trafen ihn wie ein Schlag in die Magengrube und ließen ihn nach Luft schnappen. Erinnerungen überfluteten ihn. Ihre kleinen Jungengesichter, voller Angst, während ihr Vater tobte. Wie er die Schläge einsteckte, statt sie. Die gehärteten Fäuste taten weh, aber es wäre schlimmer für ihn gewesen, wenn seine Brüder die Schläge abbekommen hätten. Er konnte es nicht ertragen, sie leiden zu sehen. Zu sehen, wie ihnen ihre Unschuld durch den eigenen Vater genommen wurde.

Er hatte diese Erinnerungen verdrängt, versucht zu vergessen.

»Das ist etwas anderes«, murmelte Jackson, sein Hals fühlte sich eng an. Es war unfair von ihnen, sich gegen ihn zu verbünden, besonders wenn er verletzlich war. Aber er sah jetzt, dass sie diese Schwäche ausnutzen wollten, um ihren Standpunkt klar zu machen.

»Inwiefern?«, forderte Connor. »Für uns ist klar, was hier los ist. Du hast dein ganzes Leben damit verbracht, sicherzustellen, dass aus uns etwas wird. Dass Papas Schaden uns nicht zerstört.«

»Und aus uns ist etwas geworden«, sagte Aiden. »Wegen dir. Weil du uns gezeigt hast, dass es einen besseren Weg gibt.«

»Du bist nicht wie er, Jacks.« Morgans Stimme war sanft, aber bestimmt. »Du warst es nie und du wirst es nie sein.«

Jacksons Hände waren auf dem Tisch zu Fäusten geballt. »Ihr versteht das nicht. Bei Ashley... ich kann nicht riskieren...«

»Was riskieren?«, unterbrach Connor. »Glücklich zu sein? Eine eigene Familie zu haben?«

»Ihr wehzutun!« Die Worte brachen aus ihm heraus, bevor Jackson sie zurückhalten konnte. »Ich habe Menschen getötet, einen nach dem anderen. Als Sohn unseres Vaters, wozu wäre ich fähig?«

Stille erfüllte den Raum. Durch die Fenster floss der Nachmittagsverkehr Portlands vorbei, ahnungslos gegenüber dem Drama, das sich im Inneren abspielte.

»Ich weiß, du erinnerst dich an das, was er uns immer gesagt hat«, sagte Morgan leise. »›Ihr werdet genau wie ich enden.‹ Aber schau uns an. Schau, was wir aufgebaut haben. Du hast uns beigebracht, gute Männer zu sein. Wie kannst du das nicht in dir selbst sehen?«

»Ashley liebt dich«, sagte Aiden. »Und du liebst sie. Hör auf, dich für Verbrechen zu bestrafen, die du nicht begangen hast und nie begehen wirst. Du bist ihrer würdig.«

Jacksons Sicht verschwamm leicht. Er senkte den Kopf und seine Hände zitterten.

»Du hast Angst. Gut«, sagte Connor bestimmt. »Das bedeutet, dass es dir wichtig ist.«

»Papa hat sich nie Sorgen gemacht, uns zu verletzen«, fügte Morgan hinzu. »Hat nie eine Minute Schlaf wegen dem verloren, was er getan hat. Aber du? Du hast dein ganzes Leben damit verbracht, Menschen zu beschützen.«

Jackson sah seine Brüder an – die Männer, die sie trotz allem geworden waren. Männer, die er mitgeprägt hatte.

»Geh nach Hause, Jacks«, sagte Morgan sanft. »Geh heim zu Ashley.«

Der Knoten in seiner Brust begann sich leicht zu lösen. Sie glaubten an ihn, warum konnte er das nicht? War er dazu bestimmt, den Kampf mit dem Schicksal zu verlieren? Vielleicht musste er sich erlauben, über einen Sieg nachzudenken.

»Außerdem«, fügte Connor mit einem leichten Lächeln hinzu, »wenn du das nicht in Ordnung bringst, müssen wir dir vielleicht in den Arsch treten. Und das wäre einfach für alle peinlich.«

Zum ersten Mal seit Tagen spürte Jackson, wie sich ein Hauch eines Lächelns auf seinen Lippen abzeichnete. »Das möchte ich sehen, wie ihr das versucht.«

»Das ist unser Bruder«, grinste Aiden. »Und jetzt verschwinde. Du hast einen Flug zu erwischen.«

Jackson nickte, unfähig, wegen des Kloßes in seinem Hals zu sprechen.

• • • • ● • ● • • •

Ashley bewegte sich in der morgendlichen Stille durch ihren Laden, richtete Kristalle, die kein Ausrichten brauchten, und justierte Tarotkarten, die bereits perfekt aufgereiht waren. Die vertrauten Düfte von Salbei und Lavendel brachten normalerweise Trost, aber heute machten sie sie leicht übel.

Morgendliche Übelkeit. Was für ein irreführender Name für etwas, das den ganzen Tag anhielt.

Sie hielt am Fenster inne, demselben Fenster, durch das Jackson ihr in die Augen schaute, wenn er nach dem Verlassen zur Arbeit vorbeilief, mit diesem kleinen halben Lächeln, das er nur für sie aufbewahrte.

Morgans Besuch gestern hatte ihre sorgfältige Fassung angeknackst. Die Sorge in seinen Augen, als er nach seinem Bruder fragte, die Art, wie er versuchte, seine Besorgnis zu verbergen, als sie zugab, dass Jackson gegangen war.

»Seine Sachen sind alle zurück in der alten Wohnung«, hatte Morgan gesagt und sich den Nacken gerieben – eine Geste, die Jacksons so ähnlich war, dass es ihr Herz schmerzte.

Jetzt drückte sie ihre Hand gegen die leichte Wölbung ihres Bauches, versteckt unter ihrem fließenden Kleid. Dort wuchs ihr Kind, ahnungslos gegenüber dem umgebenden Drama. Heute Morgen wachte sie auf und griff nach Jackson. Der Platz neben ihr war eine leere Leere.

Die Kristalle des Ladens fingen das frühe Licht ein und sandten Regenbogenprismen, die über die Wände tanzten. Normalerweise konnte sie ihre Energie deutlich lesen, konnte die Wege und Möglichkeiten spüren, die sie offenbarten. Aber in letzter Zeit... in letzter Zeit fühlte sich alles verworren an, wie durch Nebel zu sehen.

Waren es die Schwangerschaftshormone, die ihre Gaben beeinflussten? Oder war es ihr eigenes emotionales Durcheinander, das ihre Sicht trübte?

Ihr Handy vibrierte – Lizzie bestätigte, dass sie vorbeikommen würde. Irgendwas über neue Informationen über Leland Gates. Ashleys Magen verkrampfte sich, aber ob aus morgendlicher Übelkeit oder Furcht, konnte sie nicht sagen.

Die Glocke über der Tür läutete, als ihr erster Kunde des Tages eintrat. Ashley richtete sich auf und schob ihre Gedanken beiseite.

»Willkommen«, sagte sie und zwang sich zu einem Lächeln, das sie nicht fühlte. Ihre Hand fiel von ihrem Bauch, als sie sich umdrehte, um dem Tag entgegenzutreten.

• • • • ● • ● • ● • •

Ein paar Stunden später tanzten die Windspiele, als Lizzie hereingestürmt kam, während die Golfbrise ihr dunkles Haar zerzauste. Sie schaute sich im Laden um und vergewisserte sich, dass sie allein waren. »Hast du von Janessa gehört? Hat Jackson es dir erzählt?«

Ashley hob ihre traurigen Augen zu ihrer Freundin und schüttelte den Kopf. »Jackson ist ausgezogen. Er ist vor drei Tagen gegangen. Er hat...« Sie blinzelte plötzliche Tränen zurück. »Er hat Angst, Lizzie. Davor, wie sein Vater zu werden, uns wehzutun.«

Ohne ein Wort umarmte Lizzie Ashley fest.

»Ich kann nicht glauben, dass das passiert«, flüsterte Lizzie und zog sich zurück. Ihr Blick fiel auf Ashleys Bauch, und die Sorge vertiefte die Falten um ihren Mund. »Wie hältst du durch? Ihr beide?«

Ashleys Hand wanderte instinktiv zu ihrem Bauch. »Wir kommen zurecht. Die Morgenübelkeit ist...« Sie zwang sich zu einem schwachen Lächeln. »Nun, sie sollten es wirklich Ganztagesübelkeit nennen.«

»Ach, Schätzchen.« Lizzie drückte ihre Hand. »Er wird zurückkommen. Er liebt dich zu sehr, um das nicht zu tun.«

»Ich weiß.« Ashley wischte sich die Augen. »Mit der Zeit wird er zurückkommen. Aber das macht es nicht weniger schmerzhaft.«

Sie gingen ins Lesezimmer, wo lila Vorhänge das Morgenlicht dämpften. Lizzie sank in den Sessel, die Erschöpfung war in jeder Bewegung sichtbar. Sie wirkte nicht wie eine Frau, die bald Braut sein würde.

»Was ist mit Janessa passiert?«

Die Geschichte sprudelte aus Lizzie heraus: Janessa, die bei der Arbeit fehlte, die Beweise in der Hütte und jetzt Lelands Bewegung Richtung Süden. Mit jedem Wort schien mehr Farbe aus Lizzies Gesicht zu weichen. »Ich sehe immer wieder ihr Gesicht vor mir, Ashley. Das letzte Mal habe ich sie gesehen, als sie mein altes Haus gekauft hat. Sie hatte ihr Leben wirklich in den Griff bekommen und ging abends und an Wochenenden zur Schule. Ich weiß nicht, was ich tun werde, wenn ihr etwas Schlimmeres zustoßen sollte.«

»Lass mich versuchen, etwas zu sehen.« Ashley griff nach ihren Tarotkarten, aber als sie das Deck berührte, fühlte sich die vertraute Verbindung gedämpft und entfernt an. Sie begann sie trotzdem auszulegen und kämpfte gegen den seltsamen Nebel in ihrem Kopf.

Die Karten verschwammen vor ihren Augen. Sie blinzelte heftig und versuchte, sich zu konzentrieren.

»Nichts ist klar«, gab sie zu, und Frustration schlich sich in ihre Stimme. »Es ist, als würde man versuchen, ein Radio durch statisches Rauschen einzustellen.«

»Liegt es an der Schwangerschaft?«, fragte Lizzie leise.

»Vielleicht. Oder vielleicht an allem anderen.« Ashley legte die Karten beiseite und fühlte sich erschöpft. »Ich bin einfach völlig durcheinander. Ich kann nicht sagen, ob es die Hormone oder der Liebeskummer ist. Aber ich kann nichts klar erkennen. Es tut mir leid, Lizzie.«

Sie saßen einen Moment schweigend da, jede in ihre eigenen Gedanken versunken. Draußen auf der Veranda konnte Ashley hören, wie die Windspiele des Ladens ihre melancholische Melodie sangen.

»Ich sollte gehen«, sagte Lizzie schließlich und stand auf. »Damen wird sich Sorgen machen. Aber Ashley...« Sie hielt am Vorhang inne. »Ruf mich an, wenn du etwas brauchst. Jackson wird zur Vernunft kommen.«

»Ich weiß.« Ashley brachte ein kleines Lächeln zustande. »Es ist das Warten, das mir am meisten zu schaffen macht. Und sei vorsichtig, Lizzie.«

Etwas flackerte in Lizzies Augen auf, verschwand aber, bevor sie erkennen konnte, was es war. Sie huschte davon und ließ Ashley allein mit ihren verworrenen Visionen und der wachsenden Gewissheit, dass etwas Dunkles an ihrem Horizont wartete.

Wenn sie nur klar genug sehen könnte, um zu wissen, was es war.

KAPITEL 18

Jackson trat in die schwüle Luft von Key West, seine Handgepäck-tasche schwer auf seiner Schulter, als sein Handy vibrierte. Captain Martins Name leuchtete auf dem Bildschirm auf.

»Sagen Sie mir, dass Sie etwas haben«, antwortete Jackson und bewegte sich von den Schiebetüren des Flughafens weg.

»Haben einen weiteren Treffer mit dem Auto.« Martins Stimme knisterte durch die Verbindung. »Tankstelle an der I-95 in North Carolina, direkt außerhalb von Rocky Mount. Die Streife hat das Auto an der Zapfsäule identifiziert, aber es war verlassen.«

Jacksons Puls beschleunigte sich. »Er muss den Polizeiwagen gesehen haben. Gibt es Überwachungsaufnahmen?«

»Ja. Haben Aufnahmen aus dem Laden – er hält sie eng an sich, eine Hand hinter ihrem Rücken. Man kann auf der Kamera keine Waffe sehen, aber an ihrer Art sich zu bewegen merkt man, dass sie in Todesangst ist. Ihre Augen suchen immer wieder die Überwachungskameras, aber sie macht keine plötzlichen Bewegungen.«

»Schicken Sie mir alles, was Sie haben.« Jackson winkte ein Taxi heran. »Irgendwelche Zeugen?«

»Da wird es noch schlimmer. Die örtliche Polizei erhielt gestern Nachmittag eine Vermisstenanzeige, eine Frau namens Karen Reeves, zweiundvierzig. Ging zur selben Zeit in dieselbe Tankstelle für Zigaretten. Kam nie nach Hause.«

»Scheiße.« Jackson fuhr sich mit der Hand durch die Haare. »Ihr Auto?«

»Vermisst. Toyota Camry von 2019, dunkelblau. Die Autobahn-polizei hat das Kennzeichen, aber noch keine Treffer.«

»Er weiß jetzt, dass wir hinter ihm her sind. Wahrscheinlich wird er die Autobahn meiden«, murmelte Jackson, während er ins Taxi stieg. Er gab dem Fahrer Lizzies und Damens Adresse.

»Genau das denken wir auch. Es ist unwahrscheinlich, dass wir ihn orten, bevor er die Seven Mile Bridge erreicht. Glücklicherweise gibt es nur eine Straße in die Keys hinein und hinaus. Ich halte dich auf dem Laufenden.«

Jackson öffnete die Aufnahmen, die Mike geschickt hatte. Der Zeitstempel zeigte 6:47 Uhr. Leland, der lässig in Jeans und Poloshirt aussah, hielt Janessa dicht an sich, während sie durch den Snack-Gang gingen. Ihre Bewegungen waren steif, kontrolliert. Ihre Augen wanderten zwischen den Kameras hin und her, aber sie blieb völlig ruhig, wann immer er sich näherte, um ihr etwas zuzuflüstern.

Der Terror in ihrem Gesicht war subtil, aber deutlich, ebenso wie die steife Art, wie sie sich hielt.

Das Taxi hielt vor Lizzies und Damens Haus. Das Wisler-Anwesen war der sicherste Ort in den Keys; sie wussten, dass er angekommen war.

Es war schwierig, seinen Freunden zu sagen, was mit Janessa passiert war. Aber sie mussten es wissen. Mussten verstehen, womit sie es zu tun hatten.

Ihre Hochzeit war jetzt nur noch Tage entfernt. Was ein freudiges Ereignis sein sollte, wurde von diesem ungebetenen Gast überschattet.

Bevor er klopfen konnte, schwang die Tür auf. Damen stand da und sah aus, als hätte er seit Tagen nicht mehr richtig geschlafen.

»Du hast etwas gefunden«, sagte Damen. Keine Frage.

Jackson nickte grimmig. »Ist Lizzie zu Hause?«

»Wohnzimmer.« Damen trat zurück, um ihn hereinzulassen.

»Willst du, dass sie alles hört?«, fragte Jackson.

Damen nickte und seufzte schwer. »Sie hat es verdient zu wissen, was passiert. Keine Geheimnisse.«

Jackson folgte ihm nach drinnen.

Jackson ließ sich in den Sessel gegenüber von Lizzie sinken, die steif am Rand des Sofas saß. Damen stand hinter ihr, eine Hand beschützend auf ihrer Schulter.

»Fang von vorne an«, sagte Damen leise.

Jackson holte sein Handy heraus und scrollte zu den Fotos. »Wir konnten Janessas Haus durchsuchen und fanden Beweise, dass er dort gewesen war, bevor er sie mitnahm.«

»In ihrem Haus?«, Lizzies Stimme brach.

»Höchstwahrscheinlich kannte er ihren Zeitplan, ihre Gewohnheiten. Zu welcher Zeit sie zur Arbeit ging und wann sie nach Hause kam, sowie ihren Stundenplan an der Uni.« Er zögerte einen Moment, bevor er Damen sein Handy reichte. »Diese Bilder sind aus Lelands Wohnung.

Damen beugte sich vor. »Unsere Hochzeitseinladung.«

»Ja. Er hat sie aus Janessas Wohnung genommen, und sie scheint sein Mittelpunkt gewesen zu sein.« Jackson wischte zum nächsten Foto, das zeigte, wie Lelands Wohnungswände mit Fotos von Lizzie und Dani bedeckt waren, aufgenommen vor einigen Jahren, als Dani noch klein war. Es gab Zeitungsausschnitte und Karten. Aber der Brennpunkt war die Hochzeitseinladung, die immer wieder mit schwarzem Filzstift eingekreist war, in einem Strom von Pfeilen und Blitzen.

»Das ist, was wir in seiner Wohnung gefunden haben.«

Lizzies Hand flog zu ihrem Mund. »Das sind... das sind Bilder von mir.«

Damens Kiefer spannte sich an. »Die Polizei. Haben sie das gesehen?«

Jackson nickte. »Wir vermuten, er hat sie vom Hochschulparkplatz nach ihrem Abendkurs entführt. Die Überwachungskameras funktionierten nicht dort, wo sie parkte, also sind wir nicht zu hundert Prozent sicher, aber sie ist nie zu Hause angekommen. Ich glaube, er hat in ihrem Auto auf sie gewartet und sie gezwungen zu fahren.« Jackson fuhr fort. »Er brachte sie zu einem verlassenen Haus, etwa fünfzig Kilometer entfernt. Hielt sie dort über das Wochenende und bis in die folgende Woche fest. Ungefähr vier Tage.«

»Vier Tage?« flüsterte Lizzie. »Aber warum hat er so lange gewartet, bevor er nach Süden fuhr?«

»Um die anfängliche Suche abklingen zu lassen,« antwortete Damen grimmig. »Keine Spuren, keine Zeugen, nur ein weiterer Vermisstenfall, der im Sande verläuft.«

Jackson nickte erneut. »Er parkte ihr Auto in einer kaum genutzten Garage, wechselte die Nummernschilder vor der Abfahrt. Plante alles... außer an dieser Tankstelle in North Carolina gesehen zu werden.«

Er zeigte ihnen die Aufnahmen der Überwachungskamera. Lizzies Gesicht wurde blass, als sie Janessas Angst sahen, die Art und Weise, wie Leland ihre Bewegungen kontrollierte.

»Ich verstehe das einfach nicht, ich hätte ihn nie für fähig gehalten, so etwas zu tun. Aber warum entführt er Janessa? Was denkt er sich dabei?« Lizzies Stimme war kaum hörbar.

Damen und Jackson tauschten einen bedeutungsvollen Blick aus. »Nun, wahrscheinlich glaubt er, dass er sie benutzen kann, um dich zurückzubekommen. Sie war zu deiner Hochzeit eingeladen, ist deine Freundin, und er weiß, dass du nicht wollen würdest, dass sie verletzt wird. Er kennt dich, Lizzie, wie du dich um Menschen sorgst. Er hat es selbst erlebt. Jetzt benutzt er das, um an dich heranzukommen.«

Lizzies Augen füllten sich mit Tränen und begannen über ihr Gesicht zu strömen. »Die Hochzeit,« sagte sie und versuchte, ihre Fassung wiederzugewinnen. »Er will verhindern, dass sie stattfindet, indem er Janessa gegen mich austauscht.«

»Das denken wir.« Jackson lehnte sich nach vorne. »Aber er wird nicht in deine Nähe kommen. Wir haben jede Brücke, jeden Yachthafen unter Beobachtung. In dem Moment, in dem er versucht, die Keys zu betreten-«

»Falls er ihr nicht schon etwas angetan hat,« unterbrach Lizzie, Tränen rannen über ihre Wangen. »Falls er nicht...«

»Das wird er nicht.« Damen warf ein. »Er braucht sie lebendig, um sein krankes Spiel durchzuführen.«

Jackson beobachtete, wie seine Freunde das ganze Grauen aufnahmen. Lizzie hatte sich zusammengerollt, und Damens Gesicht war dunkel vor Wut.

Ihre Hochzeit war in weniger als einer Woche. Was eine Zeit der Freude hätte sein sollen, war zu einem Albtraum geworden.

»Da ist noch etwas«, sagte Jackson langsam. »Sie haben ein Auto von der Tankstelle in North Carolina gestohlen. Die Besitzerin des Autos, eine Frau namens Karen Reeves, die zur Tankstelle ging, um Zigaretten zu kaufen, wird vermisst.«

Lizzie senkte den Kopf. »Ich kann das nicht glauben, all diese Menschen, die verletzt werden...«

»Offensichtlich ist er schlauer, als wir uns vorgestellt haben. Ich hätte gerne eine Vorstellung davon, womit wir es sonst noch zu tun haben könnten, wozu er fähig ist, seine Vergangenheit. Irgendwelche Hinweise von dieser Seite, Jackson? Haben wir gehört, warum er als Kind eingewiesen wurde?«

»Nichts von meinen Quellen jedenfalls. Die einzige Spur, die ich habe, wird morgen von seiner Reise zurück sein.«

Der Raum verstummte, als Lizzie aus dem Zimmer stürmte. »Nicht«, hielt sie Damen davon ab, ihr zu folgen. »Ich brauche einen Moment für mich allein.«

• • • • ● • ● ● • • •

Draußen zogen sich Gewitterwolken über den Keys zusammen.

Lizzie ging am Wasserrand entlang, ihre nackten Füße versanken im warmen Sand. Die Sonne warf lange Schatten über ihre private Bucht, während das Wasser sanft ans Ufer schwappte. In der Ferne kreisten Seevögel und stürzten sich ins Wasser auf der Suche nach ihrer nächsten Mahlzeit.

Ihr Handy vibrierte in ihrer Tasche – wieder eine unbekannte Nummer.

Die unbekannten Anrufe hatten diese Woche zugenommen; wahrscheinlich hatte eine neue Marketingliste sie wegen all der Hochzeitseinkäufe erfasst. Aber hatte sie sich nicht für die Sperrliste angemeldet? Lizzie starrte auf den Bildschirm, bis er dunkel wurde, während sich ihr Magen zusammenzog, als ihr eine neue Möglichkeit in den Sinn kam. Was, wenn es nicht nur ein weiterer Werbeanruf war? Was, wenn Janessa versuchte, sie zu erreichen?

Oder was, wenn es Leland selbst war?

»Gott, Janessa«, flüsterte sie in den Wind, während sie die Arme um sich schlang. »Es tut mir so leid, dass du in all das verwickelt bist.«

Das Bild vom verängstigten Gesicht ihrer Freundin in der Überwachungsaufnahme verfolgte sie.

Janessa, die so hart gearbeitet hatte, um sich ein neues Leben aufzubauen. Die so stolz darauf gewesen war, dieses Haus zu kaufen, wieder zur Schule zu gehen. Jetzt wurde sie über Staatsgrenzen hinweg als eine Art verdrehtes Druckmittel von einem psychotischen Mann verschleppt, der von Lizzie besessen war.

Und jetzt Karen Reeves, eine Fremde, die nur für Zigaretten angehalten hatte. Die sie beschützte, während Lizzie hier an ihrem privaten Strand stand und ihre perfekte Hochzeit plante? Falscher Ort, falsche Zeit. Ein weiteres Leben, das möglicherweise wegen Lelands Besessenheit zerstört wurde.

Wegen ihr.

»Nein«, sagte Lizzie laut, als plötzlich Wut in ihrer Brust aufflammte. »Seine Besessenheit. Seine Krankheit.«

Ein Seevogel stieß tief über dem Wasser herab, sein Schrei hallte ihre aufsteigende Wut wider. Wer war er, dass er glaubte, irgendein Recht zu haben, ihr Leben zu kontrollieren? Menschen zu verletzen, die ihr wichtig waren? Ihre Familie in Angst leben zu lassen?

Sie war freundlich zu ihm gewesen, weil es das Richtige war. Es war ihr Job gewesen. Weil jeder Mitgefühl verdiente, eine Chance zu heilen. Aber das...

Ihr Handy vibrierte erneut. Dieselbe unbekannte Nummer.

Lizzies Hände zitterten, jetzt nicht mehr vor Angst, sondern vor Zorn. »Du darfst das nicht tun«, sagte sie durch zusammengebissene Zähne. »Du darfst nicht meine Hochzeit ruinieren, meine Familie bedrohen, meine Freunde verletzen.«

Der Gedanke, die Hochzeit zu verschieben, huschte wieder durch ihren Kopf. Es wäre sicherer, vernünftiger. Aber das würde bedeuten, dass sie ihn gewinnen ließe. Ihm erlauben würde, ihre Entscheidungen, ihr Glück zu diktieren.

Und das ging einfach nicht.

»Nein.« Das Wort kam dieses Mal stärker heraus. »Du hast diese Macht nicht.«

Das Handy vibrierte ein drittes Mal.

Lizzie starrte auf den Bildschirm, ihr Herz klopfte. Hinter ihr stand das Haus solide und sicher, gefüllt mit Menschen, die sie liebten. Die alles tun würden, um sie zu beschützen.

»Ich habe genug davon, Angst zu haben«, sagte sie zum dunkler werdenden Himmel. »Ich habe genug davon, dich diese Geschichte kontrollieren zu lassen.«

Die Wellen setzten ihren stetigen Rhythmus gegen das Ufer fort, während Lizzie sich wieder zum Haus umwandte. Ihre Wut brannte jetzt stetig, eine Flamme ersetzte die kalte Angst, die sie gepackt hatte, seit sie die Einzelheiten erfahren hatte.

Soll er doch kommen. Soll er versuchen, ihre Hochzeit zu stoppen, versuchen, zu beanspruchen, was nie seins war.

Sie war es leid, ein Opfer in seiner verdrehten Fantasie zu sein. Sie würde nicht untätig dasitzen und darauf warten, dass er hinter einer Festung und einem Sicherheitsdienst geschützt ankommt.

Sie musste handeln, und auf die eine oder andere Weise würde dieser Albtraum friedlich enden, mit Leland hinter Gittern.

· · · · ● · ● · ● · · ·

»Haben die Polizisten versucht, ihn anzurufen?« Lizzie lief im Wohnzimmer auf und ab, ihre frühere Erkenntnis am Strand befeuerte eine nervöse Energie in ihr. »Sein Handy, meine ich. Hat überhaupt jemand versucht, Kontakt aufzunehmen?«

Damen und Jackson tauschten Blicke aus, offensichtlich überrascht von ihrem Wandel von der verzweifelten Freundin zur entschlossenen Strategin.

»Ich bekomme die ganze Woche schon diese Anrufe«, fuhr sie fort und zog ihr Handy heraus. »Unbekannte Nummern. Was, wenn es kein Spam ist? Was, wenn er es ist?«

»Hast du rangegangen?«, fragte Jackson.

»Auf keinen Fall.« Damens Stimme hatte diesen scharfen Ton, den sie nur zu gut kannte. »Du wirst dich nicht mit ihm einlassen.«

»Warum nicht?« Lizzie drehte sich um, um ihnen ins Gesicht zu sehen. »Er will meine Aufmerksamkeit? Gut. Geben wir sie ihm. Sagen wir ihm, dass wir wissen, was er tut. Dass er Janessa gehen lassen muss.«

»Lizzie-«, begann Damen.

»Nein, hört zu. Wir könnten etwas arrangieren. Ihm vorgaukeln, dass ich mich irgendwo mit ihm treffe, mich gegen Janessa eintausche.« Der Plan formte sich, während sie sprach. »Ihn dazu bringen, sie an einen Ort zu bringen, den wir kontrollieren. Die Polizei könnte warten-«

»Hast du den Verstand verloren?« Damen stellte sich ihr in den Weg. »Du willst dich als Köder anbieten?«

»Es könnte funktionieren«, beharrte sie. »Er denkt nicht klar. Er ist verzweifelt, macht Fehler. Die Tankstelle, eine weitere Geisel nehmen...«

»Was ihn gefährlicher macht, nicht weniger.« Damen fuhr sich frustriert durch die Haare. »Ich werde dich nicht gefährden.«

»Er verletzt Menschen, die mir wichtig sind. Benutzt sie, um an mich heranzukommen. Ich kann nicht einfach hier sitzen und nichts tun.«

»Du tust nicht nichts«, argumentierte Damen. »Wir haben Sicherheitsleute, Überwachung-«

»Während Janessa leidet? Während diese arme Frau von der Tankstelle...« Lizzies Stimme brach. »Wir könnten es beenden. Ihn zu unseren Bedingungen herauslocken.«

»Sie könnte einen Punkt haben.« Jacksons leise Worte ließen beide herumfahren.

»Ermutige das nicht«, warnte Damen.

Aber Jackson zog bereits sein Notizbuch heraus. »Wenn wir die Situation kontrollieren könnten, einen sicheren Ort einrichten, würde uns das den Vorteil geben, zu wissen, wo und wann er auftauchen wird.«

»Das kann nicht dein Ernst sein.« Damens Gesicht verfinsterte sich.

»Denk darüber nach«, fuhr Jackson fort. »Im Moment bringt er uns zum Reagieren. Wir spielen Verteidigung. Das könnte uns wieder die Kontrolle geben.«

»Es gibt kein 'uns' in diesem Szenario«, fauchte Damen. »Du sprichst davon, meine Verlobte als Köder für einen gestörten Stalker zu benutzen?«

»Ich bin direkt hier«, unterbrach Lizzie. »Und ich kann meine eigenen Entscheidungen treffen.«

Der Raum knisterte vor Spannung, als sie sich gegenüberstanden. Draußen grollte der Donner – ein weiterer Nachmittagssturm zog vom Golf herein.

»Lizzie«, Damens Stimme wurde sanfter. »Bitte. Wir werden einen anderen Weg finden.«

»Und wenn nicht?« Sie trat näher und legte ihre Hand auf seine Brust. »Was, wenn er Karen Reeves tötet? Was, wenn Janessa nie nach Hause kommt? Könntest du damit leben? Ich könnte es nicht.«

Jackson räusperte sich. »Wir bräuchten eine große Koordination mit den örtlichen Strafverfolgungsbehörden. FBI-Beteiligung. Alles müsste perfekt sein.«

»Was genau der Grund ist, warum wir es nicht tun werden«, beharrte Damen.

»Wir könnten zumindest die Möglichkeit ausloten«, sagte Jackson vorsichtig. »Anfangen, Anrufe zu tätigen, sehen, welche Art von Ressourcen wir zusammenbringen könnten.«

Lizzie beobachtete, wie Damens Kiefer sich anspannte. Sie kannte diesen Blick – wusste, dass er sich jeden möglichen Weg ausmalte, wie dies schiefgehen könnte.

»Denk... einfach darüber nach«, sagte sie leise. »Wir könnten es beenden. Bevor noch jemand verletzt wird.«

Der Donner krachte jetzt näher, und Regen begann gegen die Fenster zu prasseln. Das Gewitter war angekommen, ganz ähnlich dem, das in ihrem Wohnzimmer braute.

»Ich brauche etwas Luft«, murmelte Damen und stapfte in Richtung seines Büros.

Lizzie sah ihm nach, mit schmerzender Brust. Aber als sie sich zu Jackson zurückwandte, war ihre Stimme fest. »Mach diese Anrufe.«

Jackson nickte langsam und holte bereits sein Handy heraus. »Es könnte funktionieren«, sagte er leise. »Aber Lizzie? In einem hat er Recht. Das wäre unglaublich gefährlich.«

»Ich weiß.« Sie ging zum Fenster und beobachtete, wie der Regen die Scheiben hinunterlief. »Aber nichts zu tun ist genauso gefährlich.«

Es war Zeit, die Kontrolle zurückzugewinnen.

KAPITEL 19

Jackson lehnte sich über die Kücheninsel und machte sich Notizen, während Damen auf und ab ging, das Telefon an sein Ohr gedrückt.

»Es ist mir egal, was es kostet«, fauchte Damen ins Telefon. »Mach einfach, worum ich dich bitte.« Er beendete den Anruf und warf das Handy auf die Arbeitsplatte. »Das ist doch irrsinnig. Wir erwägen tatsächlich, meine Verlobte als Köder zu benutzen.«

»Wir erwägen, Lizzie die Kontrolle über ihr Leben zurückzugeben«, korrigierte Jackson, ohne von den Karten aufzublicken. »Das ist ein Unterschied.«

»Von wegen.« Damen stützte seine Hände auf die Arbeitsplatte. »Du solltest sie beschützen, nicht sie zu dieser Selbstmordmission ermutigen.«

Jackson sah seinem Freund endlich in die Augen. »Denkst du wirklich, ich würde zulassen, dass ihr etwas passiert?«

»Du kannst ihre Sicherheit nicht garantieren. Nicht bei jemandem, der so unberechenbar ist.«

»Und du kannst sie nicht davon abhalten, das zu tun, was sie für richtig hält. Sie hat es schon einmal getan, vor nicht allzu langer Zeit.« Jacksons Stimme blieb ruhig.

Damen fuhr sich mit der Hand übers Gesicht, seine Finger spielten an seiner Augenklappe. »Danke für die Erinnerung. Damals wäre sie fast gestorben, als sie versuchte, ihre dämliche Cousine zu retten.«

Draußen zuckte ein Blitz, der ihre Schatten an die Wand warf. Damen ging zum Fenster und beobachtete, wie der Regen gegen die Scheibe prasselte. »Ich glaube nicht, dass ich es noch einmal überleben könnte.«

»Ich weiß.« Jackson markierte einen weiteren Punkt auf der Karte. »Aber denk mal darüber nach. Auf diese Weise kontrollieren wir die Variablen.«

»Variablen?« Damen drehte sich um.

»Verdammt, Damen, ich war dabei, als wir seine Wohnung gefunden haben. Dieser Typ ist durchgeknallt und auf sie fixiert. Wenn sie auf sein Spiel eingehen würde, wäre er Wachs in unseren Händen. Lizzie ist stärker, als du ihr zutraust.«

»Stark sein hält keine Kugeln auf.«

»Nein, aber eine ordentliche Planung schon.« Jackson zog ein anderes Dokument hervor. »Schau, ich habe bereits einen Kontakt bei der Verhaltensanalyseeinheit des FBI angesprochen.«

Damen fuhr sich mit der Hand übers Gesicht. »Ich wünschte, wir hätten mehr Informationen über seinen tatsächlichen Hintergrund. Es dauert ewig, irgendetwas über den Typen herauszufinden. Man sollte meinen, dass sie jetzt, nachdem er aktiv zwei Personen entführt hat, die Akten freigeben würden, zumindest an die Bundesbeamten, die an dem Fall arbeiten?«

»Nun, mein Kontakt meinte, dass er wahrscheinlich in einer Fantasiewelt lebt, in der Lizzie seine willige Partnerin ist. Er kommt, um sie zu retten, tauscht die Betrügerin ein, die ihr Leben übernommen hat, um sie zurückzubekommen. Direkter Kontakt von Lizzie könnte diese Fantasie entweder nähren oder völlig zerstören.«

»Und wenn sie völlig zerstört wird, wird er ihr auch wehtun. So vieles kann schiefgehen.« Der Donner krachte näher, und Damens Schultern sackten nach unten.

»Dann hilf uns, es richtig zu machen. Hilf uns, es so wasserdicht zu gestalten, dass nichts schiefgehen kann.«

Damen starrte Jackson lange an. »Glaubst du wirklich, dass das funktionieren könnte?«

»Mit genügend Vorbereitung? Ja. Aber ich brauche dich an Bord. Brauche dich mit klarem Kopf, nicht nur aus Angst heraus reagierend.«

»Angst?« Damens Lachen klang hohl. »Versuch's mit Terror.«

»Kanalisiere ihn«, sagte Jackson leise. »Nutze ihn, um an jede mögliche Sache zu denken, die schiefgehen könnte, damit wir es verhindern können.«

Ein weiterer Blitz erhellte den Raum, als Damen sich endlich einen Stuhl heranzog. »Das heißt nicht, dass ich damit einverstanden bin«, sagte er schließlich.

»Ich weiß. Aber zumindest sind wir jetzt vorbereitet, falls sie es trotzdem tut.«

• • • ● • ● • • •

Lizzie drückte ihr Ohr gegen die Schlafzimmertür und lauschte dem Stimmengemurmel aus der Küche. Der Sturm hatte sich zu einem gleichmäßigen Regen beruhigt, der einige ihrer Worte verschluckte, aber sie schnappte genug auf. Sie planten, wie sie sie in Sicherheit halten und gleichzeitig Leland anlocken könnten.

Ihre Hand zitterte, als sie ihr Handy herausholte und durch die letzten Anrufe scrollte. Fünf unbekannte Anrufe allein heute. Bis jetzt hatte sie alle ignoriert...

Sie wählte den letzten aus, und ihr Herz klopfte, als sie auf Wahlwiederholung drückte. Das Klingeln erschien unglaublich laut im stillen Schlafzimmer.

Klingeln.

Klingeln.

Klingeln.

Nichts. Keine Mailbox, keine automatische Ansage. Nur endloses Klingeln, das schließlich in Stille überging.

Sie versuchte es erneut. Gleicher Ausgang.

Ein drittes Mal.

Ihre anfängliche Zuversicht begann zu bröckeln. Was, wenn sie falsch lag? Was, wenn es nur Werbeanrufe waren?

Sie sank auf die Bettkante, das Handy fest umklammert. Das Geräusch einer sich schließenden Tür im Erdgeschoss verriet ihr, dass Jackson gegangen war. Schritte auf der Treppe – Damen kam, um nach ihr zu sehen.

Er erschien in der Türöffnung, und sein Gesichtsausdruck ließ ihren Magen sinken.

»Was ist los?«, fragte sie.

Er betrat langsam den Raum. Als er bei ihr ankam, nahm er ihre Hände in seine. »Sie haben Karen Reeves gefunden. Am Rand einer Landstraße. Sie ist... sie lebt, aber kaum. Schweres Schädel-Hirn-Trauma.«

Das Handy glitt aus Lizzies Fingern. »Oh Gott.«

»Mit dieser Art Mensch haben wir es zu tun, Lizzie.« Damen kniete sich vor sie. »Deshalb kann ich nicht zulassen, dass du-«

»Zulassen?« Das Wort blieb ihr im Hals stecken. »Damen, ich habe gerade die Nummern angerufen. Die, die mein Handy die ganze Woche verfolgt haben.«

Sein Gesicht erstarrte. »Du hast was?«

»Nichts ist passiert. Keine Antwort, keine Mailbox, einfach... nichts.« Sie berührte seine Wange und fand ihren Schwerpunkt in seiner Nähe. »Deshalb müssen wir das so schnell wie möglich beenden. Es werden noch mehr Menschen verletzt werden.« Sie nahm seine Hände in ihre. »Ich will dich dieses Wochenende heiraten. Ich will diesen Gang entlanglaufen, ohne über meine Schulter zu schauen. Ohne mich zu fragen, ob er zuschaut, ob er etwas Schlimmeres plant.«

»Wir können die Hochzeit verschieben-«

»Nein.« Ihre Stimme brach. »Ich lasse nicht zu, dass er uns das nimmt.«

Donner grollte in der Ferne, ein letztes Echo des abziehenden Sturms.

»Ich muss tun, was ich kann«, sagte sie leise. »Nicht nur für Janessa, sondern für mich. Für uns. Ich muss wissen, dass ich mich nicht einfach versteckt und gehofft habe, dass jemand anderes es lösen würde.«

Damen drückte seine Stirn an ihre verschränkten Hände. »Seit wann bist du so mutig?«

»Ich habe Angst«, gab sie zu. »Aber ich habe mehr Angst davor, für immer so zu leben. Mich zu fragen, was er als Nächstes tun wird, wem er sonst noch wehtun wird.«

Er blickte zu ihr auf, und sie sah den Moment, in dem sich etwas in seinen Augen veränderte. Nicht gerade Akzeptanz, aber Verständnis.

»Wenn wir das machen«, sagte er vorsichtig, »dann machen wir es richtig. Keine Alleingänge mehr bei der Kontaktaufnahme. Wir gehen keinen Schritt weiter, bis jedes Detail geplant ist, jede Absicherung steht.«

Sie nickte. »Okay.«

»Und Lizzie?« Sein Griff um ihre Hände verstärkte sich. »Du musst mir versprechen. Versprich, dass du den Plan genau befolgst. Kein Improvisieren, keine Heldentaten in letzter Minute.«

»Ich verspreche es.« Sie lehnte sich vor und küsste ihn sanft. »Danke, dass du es verstehst.«

Er zog sie an sich, und sie spürte, wie er leicht zitterte. »Ich verstehe es nicht«, flüsterte er gegen ihr Haar. »Aber ich liebe dich. Und ich vertraue dir.«

Draußen begannen die Wolken aufzubrechen und ließen die ersten Strahlen des Sonnenuntergangs herein. Aber Lizzie bemerkte es kaum, zu sehr konzentriert auf die Last dessen, was sie in Gang gesetzt hatte – und die wachsende Gewissheit, dass sie trotz ihrer mutigen Worte möglicherweise alles nur noch schlimmer gemacht hatte.

KAPITEL 20

Das Handy, das er an einer Tankstelle in New Jersey gekauft hatte, vibrierte an seinem Oberschenkel. Dreimal. Seine Finger zitterten, als er das Anrufprotokoll öffnete und ihre leuchtende Nummer auf dem Bildschirm sah.

Lizzie.

Sie hatte angerufen. Dreimal.

Ein Lachen stieg aus seiner Brust auf, hoch und dünn. Er drückte das Handy an seine Lippen und stellte sich vor, wie ihre Finger dieselben Tasten berührt hatten, wie sie nach ihm griff.

Natürlich würde sie das tun. Sie verstand jetzt – verstand, dass er drastische Maßnahmen ergreifen musste, um sie zu befreien.

Er ging unruhig im kleinen Zimmer auf und ab, das Handy an seine Brust gedrückt. Das Mädchen in der Ecke zuckte bei seiner Bewegung zusammen. Er nahm sie kaum noch wahr; niemand hatte ihnen Beachtung geschenkt, als er mitten in der Nacht in diesem schäbigen Motel eingecheckt hatte.

Sie war nicht die Richtige, nicht genug. Ihr Haar war zu dunkel, ihre Augen zu weit. Ein schlechter Ersatz.

Aber sie hatte ihren Zweck erfüllt. Lizzie hatte angerufen.

»Sie hat mich angerufen«, flüsterte er, dann lauter: »Sie hat mich angerufen!«

Janessa drückte sich noch tiefer in die Ecke, die Knie an die Brust gezogen. Dieser Anblick irritierte ihn.

Vielleicht war es an der Zeit, sie loszuwerden.

Er bremste sich selbst. Nein, noch nicht. Er brauchte sie.

Der Bildschirm des Handys war dunkel geworden. Er ließ ihn wieder aufleuchten und starrte auf das Anrufprotokoll.

Dreimal. Nicht zufällig.

Sie schickte ihm eine Nachricht.

Dieser böse Mann, mit dem sie zusammen war, wenn er ihr Handy genommen hätte, hätte er nur einmal angerufen.

Er würde die Bedeutung von drei nicht verstehen. Aber Lizzie erinnerte sich an ihre Verbindung, ihren besonderen Code.

Seine Hände zitterten, als er das Handy vorsichtig auf den Tisch des schäbigen Motelzimmers legte, das er an der Autobahn gefunden hatte.

Er brauchte etwas Zeit zum Nachdenken, zum Planen. Sie suchte den Kontakt, aber er musste vorsichtig sein. Sie würden sie beobachten, versuchen, sie weiterhin zu kontrollieren.

Er warf einen Blick auf Janessa.

Das Mädchen sagte nichts. Sie lernte, zumindest das. Besser als die andere. Sie hatte nach Zigaretten gerochen, wie ihr Auto. Der Geruch machte ihn krank. Er musste sich ausruhen.

Er nahm das Handy wieder auf, drehte es hin und her.

»Bald«, flüsterte er ins Telefon. »Bald werden wir zusammen sein. Keine Ersatzspielerinnen mehr. Kein Warten mehr.«

Er musste sich vorbereiten. Musste alles perfekt machen für ihr Kommen. Denn sie würde kommen – die drei Anrufe bewiesen es. Sie bat ihn, sie zu retten.

Und diesmal würde er sicherstellen, dass niemand sie wieder trennen konnte.

Seine Finger fuhren über die Zahlen auf dem Bildschirm, wo ihre gewesen waren.

Hinter ihm begann Janessa lautlos zu weinen, aber er drehte sich nicht um. Sie spielte keine Rolle mehr. Nichts spielte eine Rolle außer Lizzies Anrufen.

Drei Mal.

Sie war bereit.

· · · ● · ● · · ·

Ashley saß in ihrem abgedunkelten Wohnzimmer, eine Hand auf ihren geschwollenen Bauch gepresst, die andere umklammerte ihr Handy. Etwas hatte sich in der Luft verändert, wie die Stille vor einem Tornado.

Die Vision wiederholte sich ständig – fragmentiert, verschwommen, aber hartnäckig. Ein Frauenkörper, am Straßenrand zusammengesunken, die Haare mit Blut verklebt, die Finger im Kies zuckend.

Nicht Lizzie, aber irgendwie mit ihr verbunden. Eine Warnung.

Die Schwangerschaft hatte ihre Sehergabe gedämpft, sie in Watte und Ungewissheit gehüllt, aber dies drang mit messerscharfer Klarheit durch.

Ein irrationales Bedürfnis, Lizzie jetzt bei sich zu haben, wuchs in ihr. Sie wusste, dass es besser war, es nicht zu ignorieren.

Vielleicht würde ihre Anwesenheit die Verbindung zwischen dieser Vision und ihrer Freundin klarer machen.

Sie wählte Lizzies Nummer, bevor sie anfangen konnte, an sich selbst zu zweifeln. Es klingelte viermal, bevor Lizzie antwortete, ihre Stimme schwer vor Erschöpfung.

»Ashley? Ist alles in Ordnung?«

»Du musst herkommen.« Ashley verzog das Gesicht bei einem scharfen, stechenden Schmerz in ihrem Rücken.

»Es ist fast zehn...«

»Bitte.« Ashley schloss ihre Augen und versuchte, sich durch den Nebel in ihrem Kopf zu konzentrieren. »Etwas hat sich verändert. Ich kann es spüren. Wie... wie wenn man ein Glas vom Tisch fallen sieht und es nicht auffangen kann.«

Eine Pause am anderen Ende. »Was siehst du?«

»Nicht genug. Zu viel.« Ashley drückte ihre Handfläche fester gegen ihren Bauch und versuchte, ihre wachsende Angst zu beruhigen. »Eine Frau, verletzt, blutend. Nicht du, aber es ist alles miteinander verbunden. Die Fäden verknoten sich immer wieder und ich kann nicht... ich kann nicht sehen, wohin sie führen.«

»Die Frau, die sie heute gefunden haben«, sagte Lizzie leise. »Karen Reeves.«

»Da kommt noch mehr.« Ashleys Stimme brach. »Lizzie, bitte. Ich weiß, es ist spät. Ich weiß, dass ich keinen Sinn ergebe, aber ich brauche dich hier. Etwas stimmt nicht, und ich kann es nicht klar genug sehen, um dich richtig zu warnen.«

Ein Schmerz riss stärker an ihrer Wirbelsäule hoch. Ashley keuchte.

»Geht es dir gut? Das Baby?« Lizzies Stimme verschärfte sich vor Sorge.

»Nur unruhig...« Ashley verstummte. »Lizzie, ich weiß, dass ich dich schon früher gebeten habe, diesen Gefühlen blind zu vertrauen, und das aus gutem Grund. Jetzt bitte ich dich wieder. Bitte komm.«

Noch eine lange Pause. Ashley hörte im Hintergrund gedämpfte Stimmen: jemand protestierte, Lizzie antwortete zu leise, um es zu verstehen.

»Ich bin in zwanzig Minuten da«, sagte Lizzie schließlich. »Halt durch, okay?«

Ashley sank erleichtert auf die Couch zurück, während die Erleichterung mit wachsender Furcht kämpfte. »Danke.«

Sie beendete den Anruf und saß in der Dunkelheit, eine Hand immer noch auf ihren Bauch gepresst, die andere umklammerte die Armlehne der Couch.

Die Vision flackerte wieder auf – die verletzte Frau, Blut auf Kies, aber jetzt überlagert von etwas anderem. Schatten, die sich im Regen bewegten. Ein klingelndes Telefon, Finger, die die Nummern auf dem Tastenfeld nachzeichneten.

»Bitte beeil dich«, flüsterte sie in den leeren Raum.

Draußen fuhr ein Auto vorbei, seine Scheinwerfer fegten über die Wände. Ashley beobachtete, wie sich die Schatten bewegten, und versuchte zu verstehen, was sie sah und was nicht. Aber der Schwangerschaftsnebel blieb bestehen und verdeckte die entscheidenden Details, sodass ihr nichts blieb als dieses überwältigende Gefühl von Dringlichkeit und Angst.

Zwanzig Minuten. Sie musste nur noch zwanzig Minuten an den Fäden festhalten. Dann könnten sie vielleicht gemeinsam entwirren, was auf sie zukam, bevor es zu spät war.

· · · ● · ● · ● · · ·

Lizzie zerrte sich einen Pullover über den Kopf, ihre Bewegungen hastig und ungeschickt im schwachen Licht des Schlafzimmers. Ihr Herz hatte seit Ashleys Anruf nicht aufgehört zu rasen.

»Ich verstehe immer noch nicht«, sagte Damen von der Tür aus. »Du hast etwas über ein Baby gefragt?«

Die Fragen ignorierend, steckte Lizzie ihre Füße in Schuhe, ohne sich mit den Schnürsenkeln zu beschäftigen.

»Und Jackson ist mit diesem nächtlichen Notfall einverstanden?«

Lizzie erstarrte. Sie hatte vorgehabt, dieses Gespräch früher zu führen, aber jetzt: »Jackson ist vor ein paar Tagen ausgezogen.«

»Was?« Damen trat ganz ins Zimmer. »Aber... sie ist schwanger?«

»Nicht.« Lizzie stand auf und griff nach ihrem Handy vom Bett. »Sag niemandem etwas. Nicht einmal Morgan. Ashley will noch nicht, dass es jemand erfährt.«

»Aber-«

»Es ist kompliziert.« Sie sah ihm in die Augen. »Und nicht unsere Angelegenheit.«

»Von wegen, das geht uns nichts an. Sie ist schwanger und er hat sie *verlassen*?«

Sie sahen sich an, während die Schwere der Situation ihrer Freundin für Damen einsank. »Das ist total daneben.«

»Und sie bittet zum ersten Mal, seit ich sie kenne, um Hilfe.« Lizzie berührte seinen Arm. »Wenn Ashley direkt um etwas bittet, dann tust du es. Keine Fragen.«

»Weil sie etwas spürt?« In seiner Stimme lag ein Hauch von Angst. Sie hatten beide Ashleys Gaben erlebt und beiden verdankten ihr Leben diesen.

Lizzie ging an ihm vorbei in Richtung Flur.

»Warte.« Er fasste ihren Arm. »Du gehst nicht allein. Nicht bei allem, was gerade passiert.«

»Maria ist weg. Du musst bei den Kindern bleiben.«

»Ich rufe jemanden vom Sicherheitsteam zum Haus.« Er hatte bereits sein Handy gezückt.

»Damen, das ist nicht-«

»Morgan hat heute Nachtschicht«, sagte er mit dem Telefon am Ohr. »Ja, brauche einen Gefallen. Kannst du zum Haus kommen? Wir müssen kurz weg. Die Kinder schlafen, aber... Super. Danke.«

Lizzie blinzelte. »Morgan ist hier?«

»Er vertritt Stevens. Dessen Kind ist krank.« Damen war bereits auf dem Weg zur Treppe. »Er wird in zwei Minuten hier sein.«

Wie versprochen erschien Morgan schnell und sah trotz der späten Stunde tadellos aus. »Alles in Ordnung?«

»Ja«, sagte Lizzie schnell. »Die Kinder schlafen. Ich bezweifle, dass einer von beiden aufwacht. Es ist nur... eine Freundin braucht uns.«

Morgan nickte, professionell wie immer, obwohl Lizzie einen Funken Besorgnis in seinen Augen bemerkte. »Ich habe hier alles im Griff. Lassen Sie sich Zeit.«

»Danke.« Damen führte Lizzie mit einer sanften Hand an ihrem Rücken zur Tür. »Ruf an, wenn irgendetwas-«

»Ich kenne das Verfahren«, sagte Morgan. »Geh schon.«

Im Auto hörten Lizzies Hände nicht auf zu zittern. Die zwanzigminütige Fahrt zu Ashley schien eine Ewigkeit zu dauern. Sie war froh, dass Damen Morgan keine Details gegeben hatte. Wenn er wüsste, dass sie zu Ashley fuhren, würde er sich Sorgen machen. Sie fragte sich, wie viel Jackson seinem Bruder über seine persönliche Situation erzählt hatte.

Damen schaute immer wieder zu ihr, Fragen brannten ihm offensichtlich auf der Zunge, aber er blieb still.

Schließlich sprach er, als sie in Ashleys Straße einbogen. »Ich kann einfach nicht glauben, dass Jackson ausgezogen ist. Das ist doch verrückt. Er hat mir kein Wort davon gesagt, obwohl er wirklich nicht er selbst war. Ich dachte, es läge an dem Fall, aber offensichtlich steckt mehr dahinter.«

Lizzie beobachtete die dunklen Häuser, die in angespannter Stille vorbeiglitten.

Als sie ankamen und vorne parkten, war die Duval Street in vollem Gange und die Aktivität lautstark und ausgelassen. »Ich glaube, du solltest im Auto bleiben. Lass mich kurz allein mit ihr sprechen.«

Damens Hände umklammerten das Lenkrad fester. »Ich komme mit dir rein. Und es ist Ashley. Sie weiß bereits, dass ich hier bin.«

KAPITEL 21

Lizzie beobachtete Ashleys unsichere Bewegungen durch die kleine Wohnung und sah, wie die Hände ihrer Freundin unruhig von ihrem Bauch zu ihren Schläfen und zurück wanderten. Der Raum fühlte sich kleiner an als sonst.

Ashley blieb am Fenster stehen und presste ihre Hand gegen ihre Stirn. »Es ist, als würde ich durch Wasser lesen. Alles ist verzerrt.«

»Vielleicht solltest du dich setzen«, sagte Damen, der nahe der Tür stand.

»Kann nicht.« Ashley drehte sich um, ihr Gesicht wirkte blass im Lampenlicht. »Die Bewegung hilft. Verhindert, dass die Bilder ineinander verschwimmen.« Sie drückte ihre Handflächen gegen ihre Schläfen. »Er hat ihr wehgetan. Der Frau.«

Lizzies Magen verkrampfte sich. »Karen Reeves.«

»Er hat genug von... Ersatzpersonen.« Ashleys Stimme sank zu einem kaum hörbaren Flüstern. »Das Mädchen, sie ist nicht richtig. Falsche Haare, falsche Augen. Aber jetzt...« Ihr Blick schnellte zu Lizzie. »Du hast wieder Kontakt zu ihm aufgenommen.«

Der Raum wurde still. Lizzie spürte, wie Damen neben ihr sich anspannte.

»Ich... ich habe versucht, die Nummer zurückzurufen, die mich angerufen hat.«

Ashley schüttelte den Kopf und nahm ihr Auf-und-ab-Gehen wieder auf. »Es bedeutete ihm etwas. Er glaubt, es sei ein Zeichen.« Ashley drückte ihre Hand gegen ihren Bauch und verzog das Gesicht. »Er denkt, du schickst ihm eine Nachricht.«

Damen rückte näher an Lizzie heran. »Genau deswegen brauchten wir einen vernünftigen Plan-«

»Er hat aufgehört sich zu bewegen.« Ashley unterbrach ihn. »Ist gefahren, gefahren, aber jetzt...« Ihre freie Hand zeichnete Muster in die Luft. »Wasser. Viel Wasser. Aber nicht Key West. Weiter nördlich. Vielleicht Marathon oder Islamorada.«

»Die Keys?« Damen richtete sich auf. »Bist du sicher?«

»So sicher, wie ich durch diesen... Nebel sein kann.« Ashleys Frustration war greifbar. »Alles ist verschleiert. Es ist wie Rauschen in einem Radiosender. Aber manche Dinge...« Sie traf Lizzies Blick. »Manche Dinge kommen klar durch. Er ist glücklich. Erleichtert. Er denkt, du bist endlich bereit.«

»Bereit wofür?« fragte Lizzie, obwohl sie die Antwort bereits kannte.

»Gerettet zu werden.« Ashleys Hand fiel an ihre Seite. »Er glaubt, du bittest ihn darum, dich zu retten.«

Die darauffolgende Stille fühlte sich dicht genug an, um daran zu ersticken. Draußen heulte kurz eine Autoalarmanlage auf und verstummte dann.

»Ich hätte nicht anrufen sollen«, flüsterte Lizzie.

Ashley bewegte sich zur Couch und sank endlich darauf nieder. »Jetzt ist der Weg festgelegt. Ich kann nur... ich kann nicht sehen, wohin er führt.«

»Kannst du es versuchen?« fragte Damen.

»Ich versuche es die ganze Zeit.« Ashleys Augen füllten sich mit Tränen. »Ich bekomme nur Bruchstücke. Blut auf Kies. Überall Wasser.« Sie blickte zu Lizzie. »Und dich. Du bist da, aber du... veränderst dich ständig. Wie eine Spiegelung in bewegtem Wasser.«

»Was bedeutet das?« Lizzie setzte sich neben ihre Freundin.

Ashley nahm ihre Hand mit festem Griff. »Es bedeutet, dass es zu viele Möglichkeiten gibt. Zu viele Entscheidungen müssen noch getroffen werden.«

Ihre andere Hand drückte wieder gegen ihren Bauch und ihre Lippen verengten sich, als ob sie Schmerzen hätte. »Und ich musste... ich musste, dass du es weißt. Dass du vorsichtig bist und bereit bist.«

»Wofür?« fragte Lizzie.

»Darauf, dass er Kontakt aufnimmt.« Ashleys Stimme zitterte. »Denn jetzt wird er es tun. Jetzt, wo er glaubt, du bist bereit.«

Ashley stand unruhig auf, ein Schmerzensschrei entfuhr ihr, als sie sich zusammenkrümmte.

Lizzie konnte ihren Augen nicht trauen. Ashleys Rückseite war mit Blut bedeckt, das ihre Beine hinunterlief und sich dort sammelte, wo sie eben noch gesessen hatte.

»Ashley! Wir müssen dich ins Krankenhaus bringen.«

Wie in Zeitlupe begann Ashley zu fallen. Damen fing ihren schlaffen Körper auf und stützte ihren Kopf, bevor er auf den Fliesenboden knallen konnte.

• • • • • • • • • • •

Jackson schreckte durch das schrille Klingeln seines Handys hoch und tastete im Dunkeln seiner kargen Wohnung danach. Damens Name leuchtete auf dem Display.

»Ja?« Seine Stimme war rau vom Schlaf. Nach ein paar schlaflosen Nächten war er endlich, glückseligerweise, eingedöst.

»Jackson, Ashley ist...« Damens Stimme brach vor Dringlichkeit. »Der Krankenwagen ist unterwegs. Falls wir weg sind, wenn du ankommst, triff uns im Krankenhaus.«

Jackson sprang aus dem Bett, während eisige Angst durch ihn hindurchschoss, und zog sich im Laufen an, wobei er die Wohnung verließ, während er noch seine Hose zumachte. Die drei Blocks bis zu Ashleys Wohnung schienen endlos. Rote und blaue Lichter flackerten an den Gebäuden entlang und wurden heller, als er um die Ecke bog.

Sein Herz setzte aus.

Der Krankenwagen stand wie ein Monster auf der Straße, die hinteren Türen offen. In Ashleys Wohnung brannte überall Licht. Ohne zu atmen nahm er die Treppe mit zwei Stufen auf einmal.

Ashley lag regungslos da, ihre Haut geisterhaft weiß gegen die dunkelblaue Decke, während zwei Sanitäter sie auf die Trage schnallten.

Blut. Da war so viel Blut.

»Ashley!« Er sprintete nach vorne, aber Damen hielt ihn fest, sein Griff wie Eisen.

»Lass sie arbeiten.« Damens Stimme war angespannt.

»Was ist passiert?« Seine Stimme war heiser, als er gegen den Arm seines Freundes drückte, während sie die Trage die Treppe hinuntertrugen.

Lizzie folgte, ihr Gesicht tränenverschmiert. »Ich fahre mit ihr.«

»Geh«, rief Damen ihr zu. »Wir kommen nach.«

Jackson sah hilflos zu, wie sie Ashley in den Krankenwagen luden. Lizzie stieg hinterher ein. Die Türen knallten zu, und dann waren sie weg, die Sirene heulte in die Nacht hinein.

Die plötzliche Stille fühlte sich wie eine Leere an.

»Was ist passiert?« Jacksons Stimme klang wie gewürgt.

Damens Faust traf seinen Kiefer und ließ ihn taumeln.

»Du Mistkerl.« Damens Stimme bebte vor Wut.

Jackson berührte seinen Kiefer und schmeckte Blut. Er wusste genau, dass er es verdiente, und mehr. Er richtete sich auf und sah seinem Freund in die Augen. »Wirst du mir sagen, was mit Ashley passiert ist? Verdammt, Damen, das ganze Blut.«

Damen sah ihn an, als würde er überlegen, ob er ihn noch einmal schlagen wollte.

»Sie hat innere Blutungen.«

Die Zeit blieb stehen und die Welt geriet aus den Fugen.

»Du hast sie verlassen«, knurrte Damen.

»Du verstehst das nicht.«

»Was verstehe ich nicht?« Damen ging auf ihn zu. »Dass du ein Feigling bist? Dass du abgehauen bist, sobald es kompliziert wurde?«

»Ich konnte nicht...« Jacksons Beine gaben nach, und er sank auf den Bordstein.

»Sie trägt dein Kind aus. Oder zumindest hat sie das, falls sie nicht zuerst verblutet.«

Wie Glassplitter schnitten sich die Scherben in seine Lunge, während sein Herz hämmerte, er musste sich bewegen. »Ich muss ins Krankenhaus.«

»Sag mir eines, Jackson. Liebst du sie?«

Er blieb wie angewurzelt stehen. »Ja, mehr als alles andere.«

»Dann steig ins Auto.«

• • • ● • ● • ● • •

Damen gesellte sich zu Jackson im Krankenhausflur, wo er allein saß. Er ließ sich neben ihn nieder und hielt ihm eine Flasche Wasser hin. »Dachte, das könntest du gebrauchen.«

Jackson nahm die Flasche, öffnete sie aber nicht, drehte sie stattdessen zwischen seinen Händen. Sie beobachteten eine Gruppe Krankenschwestern, die vorbeigingen, offensichtlich am Ende ihrer Schicht auf dem Heimweg. »Du bist also einfach abgehauen, als Ashley dir sagte, dass sie schwanger ist?«

»Ich musste.« Jacksons Stimme war rau. »Du verstehst das nicht.«

»Tatsächlich verstehe ich es.« Damen rutschte unruhig hin und her, seine Finger strichen in einer unbewussten Geste über seine Augenklappe. »Glaubst du, ich hatte keine Angst, als mir klar wurde, dass ich mich in Lizzie verliebe? Dass ich vielleicht tatsächlich Danis Vater sein müsste?«

Jackson blickte scharf auf.

»Ich war bei den Spezialeinheiten, Mann. Ich wusste, wie man mit Kampfsituationen, strategischer Planung und Entscheidungen über Leben und Tod umgeht. Aber ein kleines Mädchen, das mit mir Teeparty mit ihren Stofftieren spielen wollte?« Damen schüttelte den Kopf. »Das hat mir mehr Angst gemacht als jeder Feuerkampf.«

»Das ist was anderes«, murmelte Jackson.

»Ist es das? Ich war jahrelang überzeugt, dass ich nicht für ein normales Leben geschaffen bin. Dass ich es irgendwie vermasseln würde. Dass ich es nicht... verdient habe.« Damens Stimme wurde sanfter. »Kommt dir das bekannt vor?«

Jacksons Hände verkrampften sich um die Wasserflasche. »Mein Vater-«

»War ein Monster. Aber du bist nicht er, Jackson. Warst du nie.« Damen drehte sich zu seinem Freund. »Weißt du, was ich sehe, wenn ich dich mit Dani beobachte? Einen Mann, der sich auf den Boden setzt, um mit ihr Puppen zu spielen. Der unter ihrem Bett nach Monstern sucht. Der sterben würde, um sie zu beschützen.«

»Genau darum geht es.« Jacksons Stimme brach. »Was, wenn ich sie nicht beschützen kann? Was, wenn ich selbst zum Monster werde, vor dem sie beschützt werden müssen?«

»Die Tatsache, dass du diese Frage stellst, beweist, dass du es nicht wirst.« Damen schwieg einen Moment. »Weißt du, was mir endlich geholfen hat, keine Angst mehr zu haben?«

Jackson wartete.

»Die Erkenntnis, dass Liebe nicht bedeutet, perfekt zu sein. Es geht darum, jeden Tag aufzutauchen und zu entscheiden, besser als deine Ängste zu sein.« Er lächelte leicht. »Und jemanden zu haben, der an dich glaubt, selbst wenn du nicht an dich selbst glaubst.«

»Ashley verdient Besseres als das. Als mich.« Jackson starrte auf seine Hände.

»Vielleicht. Aber sie hat dich gewählt. Und dieses Baby? Es wird seinen Vater brauchen. Keinen perfekten – nur einen, der sie genug liebt, um es zu versuchen.«

»Ich weiß nicht wie«, flüsterte Jackson.

»Das weiß am Anfang niemand.« Damen stand auf und klopfte Jackson auf die Schulter. »Aber man findet es heraus. Tag für Tag. Und du hast Leute in deiner Ecke. Mich, Lizzie, deine Brüder. Wir alle kennen den Mann, der du wirklich bist. Es wird Zeit, dass du ihn auch siehst.« Er ging los, hielt dann inne. »Ach, und Jackson? Je länger du hier sitzt und Selbstmitleid hast, desto länger denkt Ashley, sie müsste das allein durchstehen. Glaub mir – diese Frau ist stärker als wir beide zusammen. Aber das sollte sie nicht sein müssen.«

• • • ● ●• ● ● • • •

Jackson lief im sterilen Wartezimmer auf und ab. Sieben Schritte zum Fenster, sieben Schritte zurück. Das Neonlicht ließ alles zu scharf, zu real erscheinen.

Jedes Mal, wenn die Doppeltüren aufschwangen, setzte sein Herz aus. Aber es war nie für sie – andere Familien, andere Leben, die auseinanderfielen oder wieder zusammengesetzt wurden.

Lizzie saß steif auf einem Plastikstuhl. Damen stand hinter ihr, eine Hand auf ihrer Schulter, beide beobachteten sie Jacksons rastlose Bewegungen.

»Würdest du dich nicht endlich hinsetzen?«, sagte Damen schließlich.

Jackson schüttelte den Kopf. Wenn er sich hinsetzen würde, wenn er aufhören würde, sich zu bewegen, würden die Gedanken ihn verschlingen. Das Bild von Ashleys blassem Gesicht. All das Blut.

Was er getan hatte.

Eine Krankenschwester war vor einer Stunde vorbeigekommen – oder waren es zwei? Die Zeit hatte jede Bedeutung verloren. Sie hatte ihnen gesagt, dass Ashley im OP sei. Das war alles. Nur „im OP", als ob diese zwei Worte den Schrecken dessen, was passierte, fassen könnten.

»Ich hätte da sein sollen«, flüsterte er, mehr zu sich selbst als zu den anderen.

»Ja«, stimmte Damen tonlos zu. »Das hättest du.«

Lizzie warf Damen einen Blick zu. »Du hilfst nicht gerade.«

Jackson begrüßte die Wut, die Schuldzuweisungen. Es war besser als die Hilflosigkeit, besser als sich daran zu erinnern, wie sich Ashleys Hand angefühlt hatte, als er sie das letzte Mal gehalten hatte.

Die Türen schwangen erneut auf. Diesmal kam ein Arzt in OP-Kleidung heraus und steuerte auf sie zu. Jackson erstarrte mitten im Schritt. Er erkannte ihn sofort vom letzten Mal, als er in diesem Wartezimmer auf und ab gegangen war.

»Jackson Peters?«, fragte er.

Jackson nickte, während Lizzie und Damen sich erwartungsvoll neben ihn stellten.

»Die Blutung war schwerwiegend, aber wir konnten sie stabilisieren.« Die Stimme des Arztes war sanft, aber sachlich.

»Das Baby?«, Lizzies Stimme brach, als sie die Frage stellte, die er selbst nicht aussprechen konnte.

Eine Pause, die Ewigkeiten enthielt.

»Wir sind sehr vorsichtig optimistisch. Sie erlitt eine Blutung aufgrund einer Placenta praevia. Das bedeutet, dass die Plazenta den Gebärmutterhals bedeckt und sich teilweise abgelöst hat. Das ist sehr selten und kann eine gefährliche Situation für Mutter und Kind sein, aber mit der richtigen Pflege und Ruhe sind die Aussichten gut.

»Sie ist jung und gesund. Wenn wir unsere Karten richtig ausspielen, wird sich die Plazenta im Verlauf der Schwangerschaft, wenn sich die Gebärmutter dehnt, von der Risikozone wegbewegen.« Der Arzt warf einen Blick auf sein Handy. »Sie wird gerade auf die Station verlegt. Ich habe sie in den OP-Saal gebracht, damit wir verstehen konnten, was passiert, aber sie brauchte keine Operation. Sobald sie eingerichtet ist, können Sie sie sehen. Ich werde eine Krankenschwester schicken, die Sie abholt.«

Jackson presste seine Handflächen gegen seine Augen und spürte das Brennen der Tränen, die er nicht fallen lassen wollte. Er verdiente es nicht zu weinen, nicht wenn es seine Schuld war, nicht wenn er beide im Stich gelassen hatte.

Schließlich kam eine Krankenschwester, um sie zu Ashley zu führen.

»Jackson.« Lizzies Stimme, leise neben ihm. »Willst du zuerst reingehen?«

Er schluckte schwer. »Ich weiß nicht, ob sie mich sehen will.«

»Es gibt nur einen Weg, das herauszufinden«, sagte Damen leise.

Jackson nickte und erhob sich. Seine Beine fühlten sich hölzern an, wie ferngesteuert. Der Gang zur Krankenstation würde der längste seines Lebens sein.

Aber er würde ihn schaffen. Und diesmal würde er bleiben.

Wenn sie ihn haben wollte.

KAPITEL 22

Ashley trieb durch Schichten des Bewusstseins, nahm zuerst den antiseptischen Geruch wahr, dann das gleichmäßige Piepen der Monitore und schließlich den warmen Druck einer Hand, die ihre hielt. Ihre Finger zuckten, und der Griff verstärkte sich.

»Hey.« Jacksons Stimme, rau vor Emotionen.

Sie blinzelte, während der Raum langsam Gestalt annahm. Jackson saß neben ihrem Bett, zerzaust und unrasiert, sein Kiefer verdunkelt von etwas, das ein blauer Fleck sein könnte. Aber er war hier.

»Die Babys«, flüsterte sie mit trockener Kehle. »Sie sind okay.«

Seine Stirn runzelte sich. »Babys?«

Ein kleines Lächeln umspielte ihre Lippen. »Zwillinge. Der Arzt hat mir den Ultraschall gezeigt. Deshalb«, sie deutete schwach auf sich selbst, »liegt eine der Plazenten tief. Aber beiden geht es gut. Starke Herzschläge.«

Jacksons Hand zitterte in ihrer. »Zwillinge?« Seine Stimme brach. »Bist du sicher?«

»Mmh-hmm. Brauche für eine Weile Bettruhe, aber...« Sie betrachtete sein Gesicht, das Spiel der Emotionen darauf. »Alles sollte gut werden.«

»Mein Gott, Ashley.« Er drückte ihre Hand an seine Stirn. »Als Damen anrief... als ich das ganze Blut sah...« Seine Schultern bebten. »Ich dachte, ich hätte dich verloren. Alles verloren.«

»Ich bin immer noch hier.« Sie drückte seine Finger.

»Es tut mir so leid.« Er schaute auf, Tränen liefen über seine Wangen. »Ich hatte solche Angst, nicht genug zu sein.«

»Jackson-«

»Nein, lass mich ausreden.« Er rückte näher, umfasste nun ihre Hand mit beiden Händen. »Heute Abend, als ich dastand und zusah, wie sie dich in diesen Krankenwagen schoben, konnte ich nicht atmen. Nicht denken. Und mir wurde klar, dass all meine Ängste vor der Zukunft, vor dem, was passieren könnte? Nichts davon spielt eine Rolle. Die einzige Zukunft, der ich nicht ins Auge sehen kann, ist eine ohne dich.«

Ashley spürte, wie sich ihre eigenen Augen mit Tränen füllten. »Meinst du das ernst?«

»Mit allem, was ich bin.« Er strich mit dem Daumen über ihre Knöchel. »Ich liebe dich bis ans Ende der Zeit und zurück, und ich will das alles. Wenn du mich zurücknimmst, heißt das. Ich war ein Arsch. Ich hoffe, du kannst mir verzeihen.«

»Zwei Babys«, unterbrach sie leise. »Bist du sicher, dass du dich dafür anmelden willst?«

Ein Lachen blubberte durch seine Tränen. »Zwei perfekte, wahrscheinlich hellseherische Babys? Mit dir?« Er lehnte sich vor und drückte seine Stirn an ihre. »Das klingt genau nach der Zukunft, die ich will.«

»Ich liebe dich auch«, flüsterte sie. »Selbst wenn du ein Idiot bist.«

Sein Atem strich über ihre Lippen.

Als er sie küsste, war es sanft, ehrfürchtig, mit dem Geschmack von Salz und Versprechen. Die Monitore piepten gleichmäßig, markierten die Momente, und irgendwo in ihrem Inneren schlugen zwei winzige Herzen im Takt mit ihrem eigenen.

Als Antwort auf ihre Gedanken legte Jackson seine freie Hand leicht auf ihren Bauch. »Zwillinge«, murmelte er an ihren Lippen, Verwunderung in seiner Stimme.

»Schon Angst?«

»Zu Tode erschrocken.« Er lächelte. »Aber jetzt auf die richtige Art und Weise.«

Ashley schloss die Augen und ließ sich in die Wärme seiner Anwesenheit sinken. Die Zukunft war noch immer verschleiert, noch immer voller Ungewissheiten, aber dies – dieser Moment, diese Liebe – war kristallklar.

Ashley beobachtete die Schatten, die über die Decke des Krankenhauszimmers tanzten, geworfen vom gedämpften Licht, das durch die halb geschlossenen Jalousien fiel. Jacksons leises, gleichmäßiges Atmen aus dem Liegestuhl neben ihrem Bett erzeugte einen beruhigenden Rhythmus im stillen Raum. Seine Hand war von ihrer geglitten, als er eingedöst war, blieb aber nah, ruhte am Rand ihrer Matratze.

Die Ereignisse der Nacht fühlten sich jetzt surreal an. Der Schrecken der Blutung, die Eile ins Krankenhaus, alles löste sich auf in Staunen über das Bild von zwei winzigen Herzen, die auf dem Ultraschallbildschirm flackerten.

Zwillinge.

Das Wort jagte ihr immer noch einen Schauer der Freude durch den Körper.

Sie legte ihre Handfläche behutsam auf ihren Bauch und achtete dabei auf den Infusionsschlauch. »Ihr beiden habt uns heute Abend einen Schrecken eingejagt«, flüsterte sie. Der Monitor neben ihr piepte leise zur Antwort.

Jackson bewegte sich im Schlaf, sein Gesicht wirkte friedlich, nachdem die Angst und Schuldgefühle nachgelassen hatten. Sie betrachtete die starke Linie seines Kiefers und den leichten Bluterguss, der sich dort dunkel abzeichnete. Danach würde sie ihn später fragen müssen.

Er würde ein wunderbarer Vater sein. Sie konnte es bereits vor sich sehen: wie er Geschichten vorliest, ihnen beibringt, Fahrrad zu fahren, und sie entschlossen vor den Schatten der Welt beschützt.

Der Gedanke erfüllte ihre Brust mit einer anderen Art von Wärme. Diese Babys würden niemals die Unsicherheit erleben, mit der Jackson aufgewachsen war. Eine zerstörte Kindheit, in der er zu früh erwachsen werden musste, um sich um seine kleinen Brüder zu kümmern.

Sie würden zwei Eltern haben, die sie liebten, die sie verstanden, ganz egal was passiert.

Ihre Hand bewegte sich in kleinen Kreisen über ihren Bauch, während sie über den seltsamen Nebel nachdachte, der ihre Visionen getrübt hatte. Das Timing ergab jetzt Sinn – es hatte ungefähr zur gleichen Zeit wie die Schwangerschaft begonnen. Vielleicht zeigten die Babys bereits Anzeichen ihres Erbes und zogen unbewusst ihre Energie, ihre Fähigkeit an sich.

Ihre Urgroßmutter hatte immer gesagt, dass die Gabe am stärksten in den Frauen ihrer Linie fließt. Sie erinnerte sich daran, wie sie als Kind am Küchentisch ihrer Mutter saß und beobachtete, wie ihre Großmutter und ihre Mutter wissende Blicke über ihren Teetassen austauschten und in halben Sätzen über Dinge sprachen, die nur sie sehen konnten.

Würden ihre Kinder diese Verbindung teilen? Würden sie die Last und das Wunder verstehen, über den gegenwärtigen Moment hinauszusehen?

Wie auch immer, mit plötzlicher Klarheit wusste sie, dass sie geliebt würden. Beschützt. Verstanden.

Jackson murmelte etwas im Schlaf, seine Hand zuckte in Richtung ihrer Hand. Ashley verschränkte ihre Finger mit seinen und spürte den gleichmäßigen Puls gegen ihre Haut.

Die Monitore piepten ihr leises Schlaflied. Draußen gingen die sanften Schritte einer Nachtschwester vorbei.

Ashleys Augenlider wurden schwer, als die Erschöpfung endlich begann, das Adrenalin des Tages zu überwinden.

Als sie in den Schlaf abdriftete, glaubte sie, etwas zu spüren – das leichteste Flattern, wie Schmetterlingsflügel in ihrem Inneren. Zu früh für Bewegungen, das wusste sie, aber vielleicht, nur vielleicht, waren es ihre Babys, die sich meldeten und ihr zu verstehen gaben, dass sie da waren.

Und dass es ihnen gut ging.

• • • • • • • • • •

Ashley saß aufrecht gegen die Krankenhausskissen gelehnt, eine Hand ruhte gedankenverloren auf ihrem Bauch, während der Arzt sprach. Jackson hatte sich auf die Kante ihres Bettes gesetzt, sein Daumen zog kleine Kreise auf ihrem Knie durch die dünne Decke.

»Die Blutung hat vollständig aufgehört«, sagte Dr. Matthews und warf einen Blick auf ihre Akte. »Aber wir müssen vorsichtig sein. Ich würde Sie gerne bis Mittwoch zur Beobachtung hier behalten.«

»So lange?« Ashley versuchte, ihre Enttäuschung zu verbergen.

»Bei Zwillingen und einer Placenta praevia können wir kein Risiko eingehen.« Er blickte auf, sein Ausdruck war freundlich, aber bestimmt. »Und wenn Sie nach Hause gehen, benötigen Sie absolute Bettruhe für mindestens die nächsten acht Wochen.«

Jacksons Hand verkrampfte sich auf ihrem Knie. »Was verstehen Sie unter absoluter Bettruhe?«

»Toilettengänge, sehr kurze Duschen mit Unterstützung und vielleicht ein oder zwei Stunden in einem bequemen Sessel. Ansonsten im Bett.« Der Arzt hielt Ashleys Blick fest. »Kein längeres Stehen, kein Heben, keine Hausarbeit. Nichts, was Druck auf den Gebärmutterhals ausübt.«

Ashley schloss kurz die Augen. »Die Hochzeit meiner besten Freundin ist diesen Samstag.«

»Ashley-« begann Jackson.

»Bitte«, sagte sie. »Ich bin die Brautjungfer. Lizzie braucht mich dort.«

Der Arzt überlegte. »Wenn, und nur wenn, die häusliche Pflegekraft am Freitag gute Werte meldet, könntest du im Rollstuhl an der Zeremonie teilnehmen. Maximal zwei Stunden, dann sofort zurück ins Bett.«

Erleichterung durchströmte sie. »Danke.«

»Danke mir noch nicht.« Er machte eine Notiz auf ihrer Krankenakte. »Mit dem Fortschreiten der Schwangerschaft und der Ausdehnung deiner Gebärmutter sollte sich die Plazenta natürlich nach oben verschieben. Aber bis dahin könnte jede Aktivität eine weitere Blutung auslösen.«

Nachdem der Arzt gegangen war, atmete Ashley tief aus. »Ich muss jemanden einstellen. Für den Laden und vielleicht auch etwas Hilfe zu Hause.«

»Bereits erledigt.« Jackson wandte sich ihr vollständig zu. »Ich habe heute Morgen meine Brüder angerufen. Sie übernehmen die Sicherheitsaufträge.«

»Jackson, nein. Dein Unternehmen-«

»Kann auch ohne mich laufen.« Er nahm beide ihre Hände in seine. »Ich lasse dich nie wieder allein. Keine Minute.«

Sie studierte sein Gesicht und erkannte die Entschlossenheit darin, die Liebe. »Du meinst das wirklich ernst? Zwei Monate lang mein Krankenpfleger sein?«

»So lange wie nötig.« Seine Augen wurden weicher. »Du und diese Babys sind jetzt meine Priorität. Alles andere kann warten.«

»Es wird nicht einfach sein, und wahrscheinlich sehr langweilig«, warnte sie, obwohl sein Worte ihr Herz erwärmten.

Er legte seine Hand über ihre auf ihrem Bauch. »Wir werden es hinkriegen.«

Eine Krankenschwester erschien in der Türöffnung und unterbrach den Moment.

Während Jackson der Krankenschwester Fragen stellte, sah Ashley ihre Zukunft vor sich entfalten - nicht in psychischen Blitzen, sondern in seiner Fürsorge für sie, in der Zärtlichkeit seiner Berührung und seinem Engagement.

Zwei Monate erschienen ihr plötzlich gar nicht mehr so lang.

KAPITEL 23

Die frühe Morgensonne strömte durch die Küchenfenster, während Damen einen weiteren Micky-Maus-Pfannkuchen auf Danis Teller gleiten ließ.

Sie saß auf den Knien auf ihrem Stuhl, noch immer in ihrem Einhorn-Schlafanzug, und legte sorgfältig Blaubeeren zu einem Lächeln auf das Gesicht ihres Pfannkuchens.

»Papa, mach seine Ohren beim nächsten Mal größer«, wies sie ihn an und legte den Kopf schief, um ihr Frühstückskunstwerk zu betrachten. »Sie sehen eher wie Katzenohren aus.«

»Jawohl, gnädiges Fräulein«, lachte Damen und goss mehr Teig ein. »Obwohl ich glaube, du wirst einfach nur wählerischer, was die Ästhetik deiner Pfannkuchen angeht.«

Ethan schlug mit seinem Trinkbecher gegen das Tablett seines Hochstuhls und brabbelte »da da da« zwischen den Bissen seiner zerrissenen Pfannkuchenstücke. Ein Sirupstreifen zierte seine Wange.

»Ich hab dieses Wort in der Schule gelernt«, verkündete Dani stolz. »Äschthetik.«

»Ästhetik«, verbesserte Damen und versuchte, nicht zu lachen. »Und vielleicht fangen wir in der Schule nicht gerade mit diesem Wort an, Prinzessin.«

Er streckte die Hand aus, um Ethans Gesicht abzuwischen, aber das Baby drehte seinen Kopf weg und grinste schelmisch. »Nein nein nein!«

»Dein neues Lieblingswort, nicht wahr, Kumpel?« Damen erwischte ihn trotzdem mit dem Waschlappen und erntete ein Quieken.

»Kann ich ihm beim Füttern helfen?« Dani rutschte bereits von ihrem Stuhl.

»Iss erst dein Frühstück auf, Schätzchen. Dann kannst du-«

Sein Handy vibrierte auf der Arbeitsplatte. Damen schaute darauf und runzelte die Stirn.

»Sind das wieder die Polizei-Leute?« fragte Dani, während sie zurück auf ihren Stuhl kletterte. »Mama sagt, sie helfen dabei, den bösen Mann zu fangen.«

Damens Brust zog sich zusammen. Manchmal vergaß er, wie aufmerksam seine Tochter war. Lizzie war heute Morgen in ihrem Pilates-Kurs, zusammen mit Morgan, der wahrscheinlich nicht glücklich über diesen speziellen Auftrag war.

»Ja, das tun sie. Aber jetzt ist erstmal Pfannkuchenzeit.« Er ließ einen weiteren Micky auf seinen eigenen Teller gleiten und setzte sich zwischen seine Kinder. »Also, was steht heute auf dem Programm? Außer Papas Pfannkuchenkünste zu kritisieren?«

»Maria hat versprochen, dass wir Kekse backen können!« sagte Dani mit vollem Mund. »Und ich möchte Ethan zeigen, wie man eine Burg aus den Sofakissen baut.«

»Klingt nach einem Plan.« Damen streckte die Hand aus, um durch ihre Locken zu wuscheln, und fing dann Ethans Trinkbecher auf, bevor er auf den Boden fallen konnte. »Obwohl wir die Burg diesmal vielleicht etwas kleiner halten sollten. Ich glaube, das Reinigungspersonal ist immer noch traumatisiert.«

In diesem Moment ließ Ethan eine Handvoll Pfannkuchen in seine Haare fallen und kicherte.

»Nein nein nein!« ahmte Dani den Lieblingsspruch ihres Bruders nach und brach in Gelächter aus.

Damens Handy vibrierte erneut, aber er ignorierte es und konzentrierte sich stattdessen auf die Gesichter seiner Kinder, prägte sich diesen friedlichen Moment ein, bevor das Chaos des Tages begann. Ethans sirupsüßes Grinsen, während er sein Frühstück wie eine Krone trug, Danis ansteckendes Lachen, die einfache Freude eines Familienfrühstücks.

Er dachte an Ashley und Jackson und lächelte in sich hinein, weil er wusste, dass die Dinge auch dort gut zu laufen schienen.

Dann vibrierte sein Handy ein drittes Mal, und die Realität begann sich wieder einzuschleichen.

Damen rieb sich die Schläfen, während sein Handy zum vierten Mal in zehn Minuten vibrierte. In der Küche herrschte Chaos – schönes, vertrautes Chaos – aber dennoch Chaos.

Ethan krabbelte in Blitzgeschwindigkeit hinter Dani her, während ihr Kichern widerhallte. Sie jagte ihn um die Kücheninsel herum. Maria summte zu einem spanischen Popsong mit, der Duft von Zimt und Zucker erfüllte die Luft. Draußen wetteiferte das Brummen der Laubbläser mit den Staubsaugern im Haus.

Sein Handy vibrierte erneut. Diesmal Agent Reynolds.

»Damen hier.«

»Wir müssen den Zeitplan vorziehen. Mein Team denkt-«

»Moment mal.« Damen schnappte Ethan auf, kurz bevor er die heiße Ofentür greifen konnte. »Prinzessin, Zimmerlautstärke. Und hör auf, deinen Bruder zu jagen.«

»Aber Papa, er mag das!« protestierte Dani, ihre blonden Locken hüpften dabei.

»Keine Widerrede. Geh Maria mit den Keksen helfen.«

Der FBI-Agent räusperte sich. »Wie ich gerade sagte-«

Das Festnetztelefon klingelte. Maria ging ran und rief dann: »Herr Damen! Die Staatspolizei!«

»Agent Reynolds, ich rufe Sie in fünf Minuten zurück.« Damen beendete das Gespräch, bevor der Mann protestieren konnte, und griff zum Festnetz, während er Ethan auf seine Hüfte setzte. »Hier ist Damen.«

»Detective Martinez hier. Wir haben die Überwachung auf der Westseite von-«

Sein Handy vibrierte wieder. Die örtliche Polizei.

»Detective, können Sie einen Moment warten?« Ohne auf eine Antwort zu warten, prüfte er die SMS.

Brauche Bestätigung des Plans, ASAP. Lt. Parker

»Verdammt«, murmelte Damen. Er nahm das Festnetztelefon wieder auf. »Entschuldigung, Detective. Sie sagten gerade?«

Dani erschien an seinem Ellbogen und zupfte an seinem Hemd. »Papa, darf ich den Löffel ablecken?«

Die Türklingel läutete. Maria rief etwas darüber, dass das Reinigungsteam Anweisungen für den oberen Stock bräuchte.

Sein Handy vibrierte wieder. Ethan griff danach und brabbelte.

»Detective, ich muss Sie zurückrufen.« Damen legte auf und ging in die Hocke, um auf Danis Augenhöhe zu sein, während er Ethan immer noch balancierte. »Kleines, kannst du Papis Helferin sein und Maria sagen, dass sie sich um das Reinigungsteam kümmern soll?«

Sie nickte feierlich, stolz auf ihren wichtigen Auftrag, und flitzte davon.

Sein Handy zeigte drei verpasste Anrufe und sechs Textnachrichten an. Statt sie zu beantworten, öffnete er seinen Nachrichtenverlauf mit Jackson:

Mann, ich schulde dir eine Entschuldigung für den Schlag. Aber mehr noch, ich vermisse dein nerviges Gesicht. Diese Geset-

zeshüter-Typen machen mich wahnsinnig. Bin ziemlich sicher, dass
jemand durch ihren territorialen Scheiß draufgehen wird.

Senden.

Sofort klingelte sein Handy – wieder Agent Reynolds.

»Hören Sie«, antwortete Damen und wippte mit Ethan, der
quengelig wurde, »wenn Sie alle nicht auf denselben Nen-
ner kommen, wird das nicht funktionieren. Das FBI will alles
vorziehen, die Staatspolizei richtet Überwachung ein, ohne sich
abzustimmen, und die örtliche Polizei fordert Details, die sie
längst haben sollte.«

»Wir haben die Zuständigkeit-«

»Es ist mir egal, wer zuständig ist!« Damens Stimme wurde so
laut, dass Maria herübersah. Er dämpfte sie. »Meine zukünftige
Frau wird keinen Fuß in irgendeine Operation setzen, bis ihr
Leute herausgefunden habt, wer das Sagen hat und einen soliden
Plan aufgestellt habt. Ist das klar?«

Stille am anderen Ende.

»Und noch was: Die nächste Person, die mir deswegen eine
SMS schickt, wird blockiert. Richtet eine verdammte Telefonkonferenz ein und klärt das.« Er beendete das Gespräch und
lehnte sich erschöpft gegen die Arbeitsplatte.

Maria schob ihm einen warmen Keks zu. »Probleme, Herr
Damen?«

»Nur Jacksons hässliche Visage fehlt noch.« Er nahm einen Bissen
vom Keks, während Ethan danach griff. »Und ich frage mich, wie

viele Strafverfolgungsbehörden ich an einem Vormittag verärgern kann.«

Sein Handy vibrierte erneut. Er blickte zur Decke und zählte bis zehn.

Dani tauchte mit verschmierter Schokolade im Gesicht wieder auf. »Papa, können wir schwimmen gehen?«

»Jetzt nicht, Prinzessin.« Damen küsste ihre Stirn. »Warum spielst du nicht eine Weile im Wohnzimmer? Nimmst du die Wippe deines Bruders mit?«

Wie auf Kommando klingelten beide Telefone gleichzeitig.

»Maria«, rief Damen über seine Schulter, während er mit Ethan auf der Hüfte in sein Büro ging, »ich brauche mehr Kekse.«

• • • • ● ● • ● ● • • ·

Damen rieb sich die Nasenwurzel, während Agent Reynolds in ihrer besagten Telefonkonferenz monoton über Zuständigkeitsprotokolle referierte. Durch seine offene Bürotür hörte er die vertrauten Geräusche von Lizzie, die von ihrem morgendlichen Workout zurückkam. Danis aufgeregte Stimme hallte den Flur entlang und übertönte kurzzeitig Reynolds' monotonen Vortrag.

»... und ich sage Ihnen, wir brauchen eine Bestätigung, bevor wir anfangen, Anrufe zu tätigen.« Er kämpfte darum, seine Stimme ruhig zu halten, während er durch seine Türöffnung beobachtete, wie Lizzie mit ihrer Sporttasche über der Schulter vorbeiging. Die

Staubsauger summten von oben, was seine wachsenden Kopf-schmerzen verstärkte.

Durch die offene Tür erhaschte er Blicke auf das, was wie ein aufwendiger Festungsbau im Wohnzimmer aussah. Danis Stimme erhob sich wieder. Irgendetwas über ein Schloss und eine Führung. Trotz seiner Frustration zuckte sein Mundwinkel angesichts der Begeisterung seiner Tochter.

»Das Auto passt perfekt zur Beschreibung«, sagte Agent Reynolds gerade. Damen bemerkte, wie Lizzie sich seinem Büro näherte, und winkte sie herein, während er sofort die Laut-sprechertaste drückte. Vielleicht könnte sie helfen, in diesem Zirkus durchzublicken.

»Gleiches Baujahr, verlassen auf einem Supermarktparkplatz.«

Detective Martinez' Stimme knisterte durch den Lautsprecher. »Aber keine Übereinstimmung beim Kennzeichen?«

»Das Fahrzeug hatte keine Kennzeichen«, warf Lieutenant Park-er ein. Damen widerstand dem Drang, seinen Kopf gegen den Schreibtisch zu schlagen. Drei verschiedene Behörden, drei ver-schiedene Agenden und die Sicherheit seiner Frau stand auf dem Spiel. »Die Überwachungskameras des Geschäfts zeigen einen Mann und eine Frau, die auf Gates und Janessas Beschreibung passen. Sie haben das Auto dort geparkt und sind zu Fuß weggegangen.«

Damen beobachtete, wie Lizzie in den Stuhl ihm gegenüber sank, und bemerkte die Anspannung in ihren Schultern. »Also haben wir ein Vielleicht beim Auto und ein Möglicherweise bei Janessa«, fasste er zusammen, während sein Kiefer sich anspannte. »Und ihr wollt Lizzie in dieses Durcheinander hineinziehen?«

Der Streit, der zwischen den drei Behörden ausbrach, brachte sein Blut zum Kochen. Er schlug mit der Handfläche auf seinen Schreibtisch. »Genug!«

Während er seine Bedingungen darlegte, behielt er Lizzie im Auge, als sie beide den Reaktionen der Leute am Telefon lauschten. Der Chor der Proteste aus dem Lautsprecher verstärkte nur seine Entschlossenheit, sie zu beschützen.

»Das meiste reicht nicht«, schnappte er, als Parker versuchte, ihn mit teilweisen Hotelsuchen zu beschwichtigen. »Um einen Plan mit Lizzie aufzustellen, brauchen wir bessere Zusicherungen für ihre Sicherheit. Im Moment habe ich kein gutes Gefühl dabei.«

Als Reynolds vorschlug, sich bis Mittag in Marathon zu treffen, überprüfte Damen seine Uhr. Es würde funktionieren, aber er würde es ihnen nicht zu leicht machen. »In Ordnung. Und ich will alle zwei Stunden Updates, von einer Person. Findet heraus, wer das sein wird, und ruft uns zurück.«

Er drückte die Beenden-Taste mit mehr Kraft als nötig. Die darauffolgende Stille wurde nur von Danis Stimme unterbrochen, die den Flur entlang schwebte: »Nein, Ethan! Iss nicht die Feenlichter!«

Während er beobachtete, wie Lizzie zu ihren Kindern zurückging, sank Damen in seinen Stuhl. Sein Handy zeigte bereits drei neue Nachrichten an. Er ignorierte sie alle und stellte sein Handy auf lautlos.

Wenn diese Behörden mit Lizzies Sicherheit spielen wollten, würden sie gleich erfahren, mit wem genau sie es zu tun hatten.

Er schnappte sich seine Schlüssel und sein Handy und ging in Richtung des chaotischen Forts im Wohnzimmer. Sie hatten noch etwas Zeit, bevor sie nach Marathon aufbrechen mussten. Gerade genug, um die neueste architektonische Errungenschaft seiner Tochter zu bewundern und vielleicht ein paar Momente der Ruhe zu stehlen, bevor er wieder in dieses Durcheinander eintauchen würde.

KAPITEL 24

Lizzies Muskeln summten angenehm von der morgendlichen Pilates-Einheit, während sie beobachtete, wie Dani ihre Stofftiere im „Thronsaal" der Burg anordnete. Die Übung hatte geholfen, ihre rasenden Gedanken zu beruhigen, wenn auch nur vorübergehend. Sie war froh, dass Damen darauf bestanden hatte, dass sie trotz all der Dinge, die in ihrem Leben passierten, hingehen sollte.

Ihr Handy vibrierte – Ashley.

»Wie geht's dem Patienten?«, fragte Lizzie leise und entfernte sich von der Burg.

»Er langweilt sich schon. Jackson ist einfach großartig.« Ashleys Stimme wurde leiser. »Wie kommst du zurecht?«

»Ich...« Lizzie beobachtete, wie Ethan versuchte, durch einen Bettlakentunnel zu krabbeln. »Ich halte durch.«

»Und die Polizei?«

»Treibt Damen gerade in den Wahnsinn. Wir fahren bald nach Marathon zu einem Treffen, um ihn irgendwie herauszulocken. Sie glauben, sie haben Janessas und Gates' Auto gefunden. Aber sie sind sich nicht sicher, wo die beiden gelandet sind. Damen versucht, all diese Behörden zu bändigen. Die sind wie Kinder, die um ein Spielzeug streiten.«

»So schlimm?«

»Noch schlimmer. FBI, Staatspolizei und die örtliche Polizei – alle wollen die Führung übernehmen.« Lizzie senkte ihre Stimme noch mehr. »Ich muss ständig an sie denken, Ash. Was sie gerade durchmachen muss. Ob er ihr wehtut...«

»Hey,« unterbrach Ashley sie. »Denk nicht daran. Konzentriere dich auf das, was du kontrollieren kannst.«

»Mama!«, rief Dani. »Ethan versucht wieder, die Lichter zu essen!«

»Apropos Kontrolle,« Lizzie brachte ein kleines Lachen zustande. »Ich sollte gehen. Grüß Jackson von uns.«

»Sei vorsichtig, Liz. Bitte.«

»Bin ich immer.«

Sie beendete das Gespräch genau in dem Moment, als Damen in der Türöffnung erschien, Schlüssel in der Hand. »Fast fertig?«

Lizzie nickte und beobachtete, wie Maria Ethan hochhob und ihn mit einem Spielzeug ablenkte. Dani war bereits in einer tiefen Erklärung über die richtige Burgwartung für ihr Kindermädchen versunken.

»Es wird ihnen gut gehen,« sagte Damen leise und las ihre Gedanken.

»Ich weiß.« Sie straffte die Schultern. »Nur... was, wenn dieses Treffen Zeitverschwendung ist? Was, wenn wir nicht einmal in der Nähe sind, sie zu finden?«

»Dann suchen wir weiter.« Er sah auf seine Uhr. »Das Auto steht vorne, wann immer du bereit bist.«

Lizzie kniete sich vor den Burgeingang. »Dani, Schätzchen, Mama und Papa müssen zu einem Treffen. Bist du brav für Maria?«

»Kann ich noch mehr Feenlichter anbringen, während ihr weg seid?«

»Solange du sie aus dem Mund deines Bruders fernhältst.« Lizzie küsste ihre Stirn und küsste dann Ethans Wange. Das Baby griff nach ihren Haaren und brabbelte.

Ihr Handy vibrierte erneut: unbekannte Nummer. Lizzies Hand zitterte leicht, als sie Damen den Anruf zeigte.

»Geh nicht ran. Die Polizei muss seinen Standort ermitteln, und sie haben das offensichtlich noch nicht geschafft. Bereit zu gehen?«, fragte Damen.

Nein, dachte sie. Aber sie nickte trotzdem und folgte ihm zum Auto. Ob bereit oder nicht, sie mussten alles tun, um Janessa zu finden, bevor es zu spät war.

• • • ● ●• ● ● •• •

Lizzie beobachtete die vertraute Landschaft der Keys, die an ihnen vorbeizog, Mangroven und Wasser zu beiden Seiten des US-1. Die Klimaanlage summte leise, was beinahe ihr Seufzen übertönte.

»Ashley hat vorhin angerufen«, sagte sie und durchbrach damit ihre angenehme Stille.

»Ja?« Damen rückte seine Sonnenbrille zurecht. »Wie geht es ihr?«

»Stabil, keine weiteren Blutungen. Sie behalten sie noch ein paar Tage dort. Sie muss zu Hause im Bett bleiben, bis sich die Gebärmutter dehnt und die Plazenta sich bewegt.«

»Ist Jackson noch dort?«

»Weicht ihr nicht von der Seite.« Lizzie lächelte sanft. »Sie meinte, er sei unglaublich beschützend.«

»Kann man ihm nicht verdenken. Sie beinahe zu verlieren...« Damen schüttelte den Kopf. »Das ändert deine Perspektive schlagartig.«

»Sie werden tolle Eltern sein.« Lizzie beobachtete einen Pelikan, der ins Wasser tauchte. »Obwohl Ashley während der Bettruhe durchdrehen wird. Du weißt ja, wie sie ist – immer auf Trab.«

»Jackson wird das schon regeln. Wahrscheinlich baut er ihr ein komplettes mobiles Kommandozentrum im Schlafzimmer.«

»Mit mehreren Monitoren und einem Mini-Kühlschrank?«

»Wenn ich ihn kenne? Wahrscheinlich auch noch mit einem kompletten Überwachungssystem.« Damen lachte, und sie lächelten sich an, weil das genau das wäre, was Damen auch tun würde.

»Ich bin einfach froh, dass es ihr gut geht. Das war beängstigend.«
Lizzie streckte die Hand aus, um seine zu ergreifen. »Was sie gestern
Nacht über ihre Vision sagen wollte, war so zusammenhanglos. Ich
weiß nicht, was ich davon halten soll, oder ob ich überhaupt etwas
davon halten sollte.«

»Ja. Er glaubt, er würde dich retten. An diesen Teil erinnere ich
mich.«

»Haben wir eigentlich schon was über Lelands Vergangenheit
gehört? Die Einweisung, als er jünger war?« fragte Lizzie nach einigen stillen Momenten.

»Nein.« Damen setzte sich gerade hin. »Jackson wollte heute mit
diesem pensionierten Polizisten sprechen. Ich rufe ihn später an,
um zu sehen, was er herausgefunden hat.« Damen holte an einer
roten Ampel sein Handy heraus und tippte schnell. »Richtig. Ich
mache mir eine Notiz, ihn später anzurufen. Könnte uns helfen zu
verstehen, womit wir es zu tun haben.«

»Falls wir ihn zuerst finden«, murmelte Lizzie und beobachtete
eine Gruppe von Touristen, die auf gemieteten Fahrrädern vorbei-
wackelten.

Plötzlich ruckte das Auto nach rechts. Ein lauter Knall, gefolgt von
einem rhythmischen Klopfen, ließ Damen leise fluchen, während er
sie auf den Seitenstreifen steuerte.

»Reifen?« fragte Lizzie, obwohl sie die Antwort bereits kannte.

»Reifen.« Damen fuhr so weit wie möglich von der Straße weg,
wobei Kies unter ihren Rädern knirschte. Sie hatten den Platten im

schlimmsten Straßenabschnitt, einem langen zweispurigen Damm mit sehr schmalem Randstreifen. Es war ein gefährlicher Ort für eine Panne, mit Autos, die an ihnen vorbeirauschten. Er schaute auf seine Uhr. »Wir sind nur etwa zwanzig Minuten entfernt, aber...«

»Aber jetzt werden wir zu spät kommen.« Lizzie schaute zurück auf die leere Strecke der Autobahn. Die Sonne knallte unbarmherzig herunter, Hitzewellen verzerrten den Asphalt.

»Ich rufe Agent Reynolds an.« Damen wählte bereits. »Lass ihn wissen, dass wir...« Er runzelte die Stirn auf sein Handy schauend. »Kein Signal.«

Lizzie überprüfte ihres. Keine Balken.

Ein Auto näherte sich von hinten und verlangsamte, als es vorbeifuhr. Lizzies Herzschlag beschleunigte sich, bis sie sah, dass es nur ein älteres Paar war, wahrscheinlich Touristen, die nach dem Passieren wieder beschleunigten.

»Wir haben einen Ersatzreifen«, sagte Damen und öffnete seine Tür. Hitze und Feuchtigkeit fluteten sofort das Auto. »Sollte nicht lange dauern.«

Lizzie beobachtete, wie er den Kofferraum aufmachte, dann warf sie einen Blick auf ihr Handy. Immer noch kein Signal. Damen fluchte laut, während er im Kofferraum herumwühlte.

Sie redete sich ein, dass das kribbelnde Gefühl an ihrem Rücken nur von der Hitze kam. *Nur ein platter Reifen*, dachte sie. Nichts weiter.

Damen kam mit leeren Händen vom Kofferraum zurück. »Verdammt, du wirst es nicht glauben, aber beide Ersatzreifen sind weg. Keine gute Zeit, um mich daran zu erinnern, dass ich vor ein paar Wochen einen neuen Reservereifen bestellt habe, als ich zwei Platten auf der Baustelle hatte. Der Mechaniker muss den kleineren mitgenommen haben. Wie auch immer, wir haben keinen.« Lizzie wusste, dass Damen sauer auf sich selbst war, weil er solche Details übersehen hatte, bei denen er normalerweise pingelig war.

Lizzies Nacken kribbelte vor Schweiß, während sie beobachtete, wie Damen neben dem zerfetzten Reifen in die Hocke ging. Das Heulen eines sich nähernden Motors ließ sie sich umdrehen. Blaue Lichter blitzten in der Vormittagssonne auf, als ein dunkler SUV hinter ihnen einparkte.

»Das ist Reynolds«, sagte Damen und richtete sich auf.

Agent Reynolds stieg aus, seine Aviator-Sonnenbrille spiegelte das Sonnenlicht. »Autopanne?«

»Reifen geplatzt«, Damen zeigte auf das Wrack. »Und wir haben keinen Ersatz.«

»Der Handyempfang ist hier auch ziemlich schlecht«, sagte Reynolds und überprüfte sein Telefon. »In etwa fünf Kilometern sollte es wieder Empfang geben.« Er schaute auf seine Uhr. »Wir sind bereits dabei, alles in der Dienststelle aufzubauen. Morris wird allmählich ungeduldig.«

Lizzie wischte sich mit dem Handrücken über die Stirn. »Natürlich wird er das.«

»Hören Sie«, Reynolds verlagerte sein Gewicht. »Ich kann Lizzie zum Briefing vorausfahren. Sobald ich Empfang habe, rufe ich einen Abschleppdienst für Sie.«

Damens Kiefer spannte sich an. Lizzie konnte den Konflikt in seinem Gesicht lesen – das Bedürfnis, sie nahe bei sich zu behalten, kämpfte mit der Dringlichkeit der Situation.

»Das macht Sinn«, sagte sie leise. »Wir können nicht beide fehlen, und ich bin diejenige, die sie brauchen, um ihn zu finden.«

»Ich mag es nicht, wenn wir uns trennen.« Damens Stimme war leise.

»Es sind nur zwanzig Minuten«, sagte Reynolds. »Der Abschlepper kann in fünfzehn Minuten hier sein, sobald ich anrufe. Wahrscheinlich sind Sie vor uns bei der Dienststelle.«

Ein Lkw brauste vorbei und umhüllte sie mit heißer Luft und Dieselabgasen. Lizzie berührte Damens Arm. »Er hat Recht.«

Damen schaute zwischen ihr und Reynolds hin und her, dann nickte er langsam. »Sobald du Empfang hast-«

»Rufe ich den Abschleppdienst«, bestätigte Reynolds. »Und Sie werden direkt hinter uns sein.«

Lizzie drückte Damens Hand, bevor sie zu Reynolds' SUV ging. »Versprich mir, dass du nichts unternimmst, ohne mich zu informieren, oder irgendwas auf eigene Faust machst.«

»Ich verspreche es«, sagte sie und küsste seine Lippen. »Bis gleich.«

Als sie im SUV Platz nahm, beobachtete sie, wie Damen im Seitenspiegel immer kleiner wurde, während sie sich entfernten. Ein einsamer Soldat auf der leeren Straße. Ihr Magen verkrampfte sich, als sie wegfuhren.

Nur zwanzig Minuten, sagte sie sich. Aber irgendwie fühlten sich diese zwanzig Minuten länger an als alle Stunden zuvor. Sie war nervös wegen des Kontakts mit Leland, wusste aber, dass die Polizeibeamten sie anleiten würden, die richtigen Dinge zu sagen und zu tun.

Aber es wäre so viel einfacher mit Damen an ihrer Seite.

KAPITEL 25

Jackson justierte die Jalousien, um das grelle Florida-Sonnenlicht zu dämpfen, das in Ashleys Krankenhauszimmer strömte. Sie war endlich eingedöst. Ihre Hand lag noch immer in seiner, selbst im Schlaf.

Er betrachtete ihr Gesicht, jetzt friedlich, so anders als noch vor vierundzwanzig Stunden. Noch nie hatte er sich so hilflos gefühlt.

Ashley bewegte sich leicht und murmelte etwas. Jackson strich ihr die Haare zurück, und sie beruhigte sich wieder. Das gleichmäßige Piepen der Monitore und das gelegentliche Quietschen der Schuhe der Krankenschwestern auf dem Flur erzeugten eine seltsame Art von Schlaflied.

Sein Handy vibrierte in seiner Tasche. Vorsichtig zog er seine Hand aus Ashleys und überprüfte die Nachricht: eine Erinnerung daran, Detective Murphy anzurufen bezüglich seines Wissens über Leland Gates' Vergangenheit.

Jackson schaute auf seine Uhr. Murphy wäre jetzt von seiner Kreuzfahrt zurück, und eingedenk der Warnung der Polizei in Maine musste er vor den Abendstunden anrufen.

Er blickte noch einmal auf Ashley hinab, um sicherzugehen, dass sie wirklich schlief, bevor er auf den kleinen privaten Balkon trat. Die Vorzüge, einen besten Freund zu haben, der ein großzügiger Spender für das Krankenhaus war, nachdem sowohl Lizzie als auch Dani erst vor ein paar Jahren hier Zeit verbracht hatten.

Die Erinnerung ließ ihn erschaudern, als er an die Zeit dachte, in der er und Ashley nach einem Weg gesucht hatten, einen übernatürlichen Fluch zu brechen, der sie krank gemacht hatte. Selbst heute konnte er noch immer nicht fassen, dass ihnen das passiert war, da es so unwirklich gewesen war. Aber es hatte ihm Ashley gebracht.

Der Blick aufs Wasser erstreckte sich, soweit das Auge reichte.

Jackson rief die Nummer auf, die ihm sein Kontakt geschickt hatte, und drückte auf Anruf. Zeit, in der Vergangenheit des Mannes zu graben, der ihre Gegenwart bedrohte.

· · · · ● ● · ● ● · · ·

Murphy nahm beim zweiten Klingeln ab. »Frank Murphy hier.« Die Stimme war rau, aber klar.

»Detective Murphy, hier ist Jackson Peters. Detective Morrison von der Bangor PD hat mir Ihre Nummer gegeben. Ich bin Privatermittler und arbeite an einem Fall, der mit Leland Gates zu tun hat. Sie dachte, du könntest uns vielleicht mehr Licht ins Dunkel bringen.

Ein leises Pfeifen kam durch die Leitung. »Himmelherrgott. Das ist ein Name, von dem ich nicht erwartet habe, ihn noch einmal zu hören. Leland Gates. Ja, was möchten Sie wissen?«

»Können Sie mir sagen, was passiert ist, dass er in Bridgewater eingewiesen wurde?«

»Nun, ich erinnere mich an diese Nacht, als wäre es gestern gewesen. Manche Fälle, die bleiben einfach hängen, wissen Sie, was ich meine? Dieser verfolgt mich bis heute.

Jackson schluckte schwer, fasziniert, aber sein Bauchgefühl wurde plötzlich kalt.

»Lassen Sie mich Ihnen ein Bild malen, Junge. März 2009. Miese Nacht – Graupel kam seitwärts runter. Wir bekamen einen Anruf vom Nachbarn, der sagte, er hätte Schreie aus dem Haus der Gates gehört. Nichts Ungewöhnliches dort; diese Familie hatte ständig Streit. Sehr strenger Vater, blasse, stille Mutter. Hatten bis dahin keinen Ärger mit den Kindern. Aber dieses Mal fühlte sich etwas anders an.«

Durchs Telefon hörte Jackson Eiswürfel klirren in dem, was hoffentlich nur ein Glas Wasser war. »Fahren Sie fort.«

»Fuhr zu dem Haus, draußen in den Wäldern, Weihnachtsbeleuchtung noch im März aufgehängt. Fanden die Haustür weit offen, was seltsam war, angesichts des Wetters.« Jackson wusste, dass es in Maine Anfang Frühling noch ziemlich kalt sein würde. »Dann sahen wir das Blut im Schnee.«

Murphy machte eine Pause, und Jackson konnte hören, wie er einen Schluck nahm. »Drinnen... nun, drinnen war etwas ganz anderes. Fanden Mrs. Gates in der Küche. Mehrere Stichwunden. Mr. Gates war in seinem Sessel. Es sah aus, als wäre er nicht einmal aufgestanden, hat es wahrscheinlich nicht kommen sehen. Die kleine Schwester und die Brüder...« Seine Stimme stockte leicht. »Fanden sie im Obergeschoss. Noch in ihren Schlafanzügen.«

Jackson wurde übel. »Und Leland?«

»Wir haben ihn im Keller gefunden, mit Blut bedeckt, wie er mit den Puppen seiner Schwester spielte, als wäre nichts passiert. Völlig ruhig. Er sagte immer wieder, wir müssten leise sein, weil alle schlafen würden.« Murphy räusperte sich. »Achtundzwanzig Jahre im Dienst, und ich habe noch nie so etwas gesehen. Kleine Kinder, deren Kehlen durchgeschnitten wurden, während sie in ihren eigenen Betten schliefen. Das Ausmaß der Gewalt... und dann diese unheimliche Ruhe danach.«

Jackson atmete ein und ließ sich alles Gesagte durch den Kopf gehen. In der Leitung hörte er, wie Murphy einen tiefen Schluck nahm.

»Warum hat er es getan?«

»Er sagte uns, er musste sie retten, seine Familie retten, sie davon befreien, gefangen gehalten zu werden.«

»Wurden sie von jemandem festgehalten?«, fragte Jackson.

»Nein. Nichts dergleichen. Keine religiöse Gruppe oder äußerer Einfluss, den wir damals feststellen konnten. Der Junge beschloss einfach, seine gesamte Familie zu töten. Der Staatsanwalt wollte ihn als Erwachsenen anklagen, aber das psychologische Gutachten... nun, sagen wir einfach, Bridgewater war die einzige Option. Er war erst vierzehn, aber er wusste genau, was er tat. Hat alles geplant. Wartete, bis jeder dort war, wo er sie im Haus haben wollte, und tötete sie alle.«

Jackson machte Notizen, sein Kopf drehte sich. »Und er zeigte keine Reue?«

»Keine. Das hat mich fertiggemacht. Überhaupt keine Emotionen. Als hätte er gerade seine Hausaufgaben beendet oder so.« Murphy machte wieder eine Pause. »Hören Sie, ich habe gehört, er ist vor ein paar Jahren rausgekommen. Wenn er auf Ihrem Radar ist, behalten Sie ihn im Auge. Diese Art von Dunkelheit verschwindet nicht einfach. Mir egal, ob irgendein Sozialarbeiter meint, er sei rehabilitiert.«

»Was lässt Sie das sagen?«

»Die Puppen, Junge. Er hat sie genauso positioniert wie seine Familie. Die ganze Szene nachgestellt, während er darauf wartete, dass wir ihn finden. Und die ganze Zeit lächelte er nur und sagte uns, wir sollten leise sein, weil alle schliefen.« Murphys Stimme war schwer geworden. »Der Blick in seinen Augen. So etwas vergisst man nicht.«

»Danke, Detective. Das war äußerst hilfreich.«

»Ein Rat? Was auch immer er jetzt vorhat, unterschätzen Sie ihn nicht. Der Junge hat alle getäuscht – Lehrer, Berater, Nachbarn. Alle sagten, was für ein netter, ruhiger Junge er war. Bis er es plötzlich nicht mehr war.« Die Stimme des Detectives wurde zorniger. »Was hat er jetzt angestellt, wenn ich fragen darf?«

Jackson zögerte einen Moment und verarbeitete die erschütternden Informationen über Lelands Vergangenheit. »Er hat zwei Frauen entführt, und wir glauben, er plant, eine zu benutzen, um eine andere Frau davor zu bewahren, ihren Verlobten am nächsten Samstag zu heiraten.«

»Scheiße.« Murphy fluchte. »Ich habe etwas darüber in den Nachrichten gesehen, die Entführung aus Maine. Ist eine der Frauen Ihre Klientin, oder arbeiten Sie mit der Polizei?«

»Ein bisschen von beidem«, gab Jackson zu, ohne alle Details preisgeben zu wollen.

»Ich würde sehr vorsichtig sein im Umgang mit ihm. Klingt, als hätte er seinen Wahnsinn wiedergefunden. Erinnern Sie sich, was ich gesagt habe? Er dachte, er würde seine Familie retten, indem er ihnen die Kehlen durchschnitt.«

Eiseskälte durchströmte Jacksons Adern.

Nach Beendigung des Anrufs saß Jackson regungslos da. Durch die Balkontür konnte er sehen, wie sich Ashleys Brust hob und senkte, während sie schlief, eine Hand schützend auf ihrem Bauch.

Wenn Leland besessen davon war, Lizzie zu »retten«... Jackson wollte diesen Gedanken nicht zu Ende denken.

• • • • • • • • • •

Jacksons Finger trommelten wieder gegen das Balkongeländer, als Damens Telefon erneut direkt zur Mailbox ging. Er beendete den Anruf und versuchte stattdessen Lizzies Nummer. Das gleiche Ergebnis.

»Komm schon«, murmelte er und tippte eine Nachricht an Damen: *Ruf mich ASAP an. Wichtige Infos über Gates.*

Ein leises Klopfen an der Tür lenkte seine Aufmerksamkeit zurück ins Zimmer. Ashley wurde gerade wach, als ein Techniker ein Ultraschallgerät hereinschob.

»Hallo, entschuldigen Sie, dass ich Ihren Schlummer störe. Ich bin Nicole und bin hier, um einen Ultraschall zu machen, um nach Ihren Kleinen zu schauen.«

Jackson steckte sein Handy in die Tasche. Sie griff nach seiner Hand und drückte sie.

»Du hast sie noch nicht gesehen«, Ashleys Stimme klang verschlafen, während sie seine Hand umklammerte.

Nicole lächelte und stellte das Gerät ein. »Na, dann zeigen wir mal dem Papa, was wir haben.« Sie hob Ashleys Kittel leicht an. »Dieses Gel ist etwas kalt.«

Ashley zuckte bei der Berührung zusammen und ihr Griff um Jacksons Hand wurde fester. Der Raum füllte sich mit einem schnellen, rauschenden Geräusch.

»So, da haben wir's«, Nicole bewegte den Schallkopf leicht, während Jackson versuchte, einen Sinn aus den Bildern zu machen. »Sehen Sie dieses Flimmern? Das ist der Herzschlag von Baby A. Schön kräftig.«

Jackson beugte sich näher zum Bildschirm, gebannt von der winzigen pulsierenden Form.

»Und...«, Nicole bewegte den Schallkopf erneut. »Da ist Baby B.«

»A und B«, Ashleys Stimme brach.

»Beide sehen genau richtig aus für ihr Alter. Möchten Sie ihre Herzschläge hören?«

Jackson konnte kaum atmen, als der Raum sich mit dem Klang zweier unterschiedlicher Rhythmen füllte, schnell und kräftig.

Sein Handy vibrierte in seiner Tasche, aber er konnte seinen Blick nicht vom Bildschirm lösen.

»Sie sind perfekt«, flüsterte er und küsste Ashleys Schläfe, während Tränen über ihre Wangen liefen.

Der Schrecken von Gates, die verpassten Anrufe, der Fall – alles verblasste, während er seine Kinder auf dem Bildschirm beobachtete. Seine Welt schrumpfte auf nur diesen Moment: Ashleys Hand in seiner und diese beiden winzigen Herzschläge.

KAPITEL 26

Damen sah zum hundertsten Mal auf seine Uhr, während Schweiß seinen Rücken hinunterlief und ein weiteres Auto vorbeiraste, das ihn mit heißer Abluft erschütterte. Eine Stunde und fünfzehn Minuten. Reynolds hatte gesagt, der Abschleppdienst käme in fünfzehn Minuten.

Irgendetwas stimmte nicht.

Sein Handy blieb nutzlos. Er hatte versucht, den Seitenstreifen auf und ab zu gehen, um nach einem Signal zu suchen, aber nichts. Die Sonne brannte über ihm und verwandelte den Asphalt in einen Ofen.

»Anfängerfehler«, murmelte er und trat gegen den platten Reifen. Kein Ersatzreifen. Er hatte vorgehabt, letzte Woche nachzusehen. Jetzt war Lizzie allein und lief wahrscheinlich in ein Wespennest aus FBI, Staatspolizei und örtlicher Polizei, jeder mit seiner eigenen Agenda.

Der unverwechselbare Anblick eines Abschleppwagens erschien endlich am Horizont. Damen winkte ihn heran, Erleichterung mischte sich mit Frustration über die Verzögerung.

»Tut mir leid, Mann«, rief der Fahrer, dessen Namensschild *Mike* lautete. »Hatte einen Unfall im Norden. Hat den Verkehr ziemlich aufgehalten.«

Die nächsten zwanzig Minuten zogen sich dahin, während Mike daran arbeitete, das Fahrzeug zu sichern. Jedes vorbeifahrende Auto ließ sie beide zusammenzucken. Der Damm bot keinen Schutz, nur Aussetzung und Abgase.

»Steig ein«, sagte Mike schließlich. »Die Klimaanlage funktioniert wenigstens.«

Die Fahrt nach Marathon verlief ruhig, Damens Bein wippte vor nervöser Energie. Lizzie würde versuchen zu helfen, versuchen, etwas zu unternehmen. Sie stellte die Menschen, die ihr wichtig waren, immer über ihre eigene Sicherheit, das tat sie immer.

Das beunruhigte ihn. Und die Tatsache, dass er jetzt zwar Empfang hatte, aber keine Textnachrichten oder Anrufe von ihr sah. Er rief sie an – Mailbox. Er schöpfte etwas Trost aus der Tatsache, dass sie versprochen hatten, keine Geheimnisse voreinander zu haben.

»Die Station ist gleich hier«, sagte Mike und hielt vor dem Betongebäude.

»Danke«, Damen nahm seine Tasche, hielt dann inne. »Warten Sie, wohin bringen Sie mein Auto?

»Jimmie's Garage, gleich die Straße hoch. Am Wochenende geschlossen und öffnet erst wieder am Montag. Es ist die einzige Option in etwa dreißig Kilometern.«

Damen schüttelte den Kopf und winkte ab. »Das ist in Ordnung.«

Perfekt. Einfach perfekt.

Als er schließlich in die kühle Klimaanlage der Station trat, sah die diensthabende Wachtmeisterin kaum auf. »Kann ich Ihnen helfen?«

»Detective Reynolds hat meine Frau früher hierher gebracht. Wegen des Gates-Falls?«

»Oh, richtig. Sie haben den Einsatz ins alte Krankenhausgebäude verlegt. Bessere Einrichtung für mehrere Behörden. Etwa zehn Minuten nördlich.«

Damen schloss die Augen und zählte bis fünf. Als er sie öffnete, hielt die Wachtmeisterin ihm eine Karte hin. »Zehn Minuten zu Fuß oder mit dem Auto?«

»Oh, ich würde nicht zu Fuß gehen. Kein Gehweg. Sie würden Ihr Leben riskieren. Brauchen Sie eine Wegbeschreibung?«

»Eigentlich wäre eine Mitfahrgelegenheit schön, wenn überhaupt möglich. Ich hatte auf dem Weg einen Platten, keinen Ersatzreifen. Mein Auto wurde gerade zu Jimmie's Garage abgeschleppt.«

Die Empfangsdame sah ihn ausdruckslos an. »Ich muss nachsehen, ob jemand im Gebäude ist. Sie sind alle bei einem Einsatz...«

»Ich bin mit dem *Fall* bestens vertraut«, knurrte er, zu spät erkennend, welche Wirkung er hatte. Normalerweise eine einschüchternde Erscheinung und ein ehemaliger Navy SEAL mit seinen Narben und der schwarzen Augenklappe obendrein, war er in schlechter Stimmung regelrecht furchterregend.

Die Empfangsdame schluckte schwer, ihre Augen weit aufgerissen. »Ich... ich kann Ihnen ein Taxi rufen.«

»Nein. Nein danke«, Damen drehte sich auf dem Absatz um und trat zurück in die strafende Hitze.

»Gut, weil es hier in der Nähe sowieso keine Taxis gibt«, flüsterte sie kleinlaut.

Noch zehn Minuten... Fahren. Er nahm sein Handy wieder heraus, als er zurück auf die Straße kam. Wieder kein Netz.

Lizzie geht es hoffentlich gut, dachte er, während er zu laufen begann. Denn wenn er endlich dort ankäme, würde jemand die Hölle für diesen Zirkus bezahlen müssen.

Lizzie balancierte auf der Kante eines Metallklappstuhls und beobachtete, wie Agenten und Polizisten sich zielstrebig durch den umfunktionierten Krankenhausraum bewegten. Ihre Stimmen hallten von den kahlen Wänden wider, Gesprächsfetzen schwebten an ihr vorbei.

Sie rieb ihre Hände aneinander und war unruhig, weil sie ihr Handy zurückhaben wollte. Das Technikerteam hatte es beschlagnahmt, als sie vor einer Stunde angekommen waren. Sie fühlte sich losgelöst, abgeschnitten.

Detective Reynolds erschien mit einem Pappbecher Wasser. »Hier. Es ist nicht kalt, aber es ist nass.«

»Danke.« Sie nahm einen Schluck und verzog das Gesicht wegen des metallischen Geschmacks. »Hat jemand von Damen gehört?«

Reynolds schaute auf seine Uhr. »Es ist schon eine Weile her, nicht wahr? Er sollte bald hier sein. Wrecker ist wahrscheinlich in diesem Unfallstau steckengeblieben, mit dem die Staatspolizei zu tun hat.«

Seine Augen trafen ihre nicht ganz, und Lizzies Magen verkrampfte sich. Etwas stimmte nicht.

Ein Ausbruch von Aktivität nahe der provisorischen Kommandozentrale zog ihre Aufmerksamkeit auf sich. Agenten gestikulierten auf eine Karte, die an die Wand geklebt war, mit roten Kreisen, die mehrere Stellen entlang des Hafens markierten.

»Glauben sie, sie haben es eingegrenzt?«, fragte sie.

Reynolds nickte. »Ja, basierend auf dem, was wir aus den Videoüberwachungen isolieren konnten. Drei mögliche Standorte. Alles Nur-Bargeld-Orte, minimale Sicherheit. Die Art von Orten, die keine Fragen stellen.«

»Und Janessa? Ist sie-« Lizzies Stimme stockte.

»Wir beobachten die Gebäude. Wenn er versucht, sie zu bewegen, werden wir es wissen.«

Wenn er versucht, sie zu bewegen.

Die Worte jagten ihr trotz der stickigen Luft einen Schauer über den Rücken. Sie stand auf, weil sie sich bewegen musste.

»Frau Legard«, Reynolds stellte sich vor sie. »Ich weiß, das ist schwierig, aber Sie müssen in diesem Raum bleiben. Wenn er anruft-«

»Ich weiß. Sie werden etwas Zeit brauchen, um seinen Standort zu ermitteln. Ich muss ihn zum Reden bringen.« Sie schlang die Arme um sich selbst. »Ich... ich brauche Damen hier. Er sollte inzwischen hier sein.«

Morris rief vom anderen Ende des Raumes: »Reynolds! Brauche dich hier!«

»Fünf Minuten«, versprach Reynolds und bewegte sich bereits weg.

Lizzie sank zurück auf ihren Stuhl, das kalte Metall spürbar durch ihre dünne Bluse.

Irgendwo in einem dieser schäbigen Hotels fragte sich Janessa, ob sie das überleben würde. Und irgendwo in diesem Gebäude lag ihr Handy stumm und wartete auf Lelands nächsten Anruf. Er hatte die Keys erreicht, und es war Zeit für ihn, Lizzie anzulocken.

Alles, was sie tun konnte, war warten. Sie war noch nie gut im Warten gewesen.

• • • ● • ● • ● • • •

Nach fast dreißig Minuten eilte ein Techniker zu ihr und hielt Lizzies Handy vor sich, als wäre es ein stromführender Draht.

Lizzies Hände zitterten, als sie es entgegennahm, während Dutzende Augenpaare auf sie gerichtet waren. Das Display zeigte die unbekannte Nummer. Und sie wünschte sich zum hundertsten Mal, dass Damen an ihrer Seite wäre.

»Denken Sie daran«, flüsterte Agent Reynolds. »Halten Sie ihn im Gespräch.«

Sie wischte über den Bildschirm, um anzunehmen. »Hallo?«

»Lizzie.« Lelands Stimme war sanft. »Ich habe versucht, dich zu erreichen. Es ist schön, deine Stimme zu hören.«

Ihr Hals wurde trocken. »Leland. Ich... ich habe mir Sorgen gemacht.«

»Mach dir keine Sorgen. Alles läuft nach Plan. Ich bin hier, um dich zu retten, genau wie du mich gerettet hast.«

Das Techniker-Team drängte sich über ihren Geräten zusammen, die Köpfe vor Konzentration gesenkt. Reynolds gab ihr einen Daumen hoch.

»Mich retten?« Sie zwang ihre Stimme, ruhig zu bleiben.

»Von deinem Schmerz, Lizzie.«

Galle stieg ihr in den Hals. Sie bemerkte Reynolds' Geste weiterzumachen, was sie nach Worten suchen ließ.

»Ist... ist Janessa okay?«

»Mach dir keine Sorgen um sie. Sie schläft.« Er kicherte. »Du wirst kommen, um sie zu retten, nicht wahr? Du bist eine wahre Freundin, Lizzie. Genau wie ich.«

Lizzie umklammerte die Tischkante. »Wo bist du? Ich will dich sehen.«

»Oh Lizzie, ich kann es kaum erwarten. Es war eine lange Fahrt hierher, so eine lange Fahrt. Ich bin im Pelican Hotel. Zimmer 212. Komm allein – wir können niemanden dulden, der deine Erlösung stört.«

»Ich komme. Nur... tu ihr nicht weh.«

»Beeil dich, Lizzie. Ich habe so lange gewartet.«

»Ich bin so schnell da, wie ich kann.«

Die Leitung wurde unterbrochen.

»Haben wir!«, rief jemand.

Der Raum explodierte in Aktivität.

Die Stimmen verschwammen. Lizzie stolperte Richtung Damentoilette und drückte die schwere Tür auf. Die Neonröhren summten über ihr, während sie das Waschbecken umklammerte und ihr Spiegelbild anstarrte.

Wo bist du, Damen?

Sie spritzte sich Wasser ins Gesicht. Das Gespräch mit Leland hatte ihr das Blut in den Adern gefrieren lassen. Es war erschütternd, seine Stimme nach all dieser Zeit zu hören und nach allem, was er getan hatte.

Die Tür öffnete sich knarrend. »Lizzie?«, rief Reynolds. »Geht es Ihnen gut? Wir müssen die nächsten Schritte besprechen.«

Lizzie schloss die Augen, Wasser tropfte von ihrem Kinn.

Die nächsten Schritte.

»Geben Sie mir nur eine Minute«, brachte sie heraus.

Aber sie wusste, dass eine Minute nicht ausreichen würde. Nichts würde ausreichen, bis Damen hier war, bis Janessa in Sicherheit war, bis dieser Albtraum endete.

Eine Polizistin betrat die Damentoilette mit einer Kevlarweste und musterte sie von oben bis unten. Sie deutete auf Lizzies Outfit. »Lassen Sie uns überlegen, wie wir das unter Ihre Kleidung bekommen.«

• • • • ● • ● • • •

Lizzie zupfte an dem ungewohnten klobigen Pullover, der Kevlar darunter machte jede Bewegung steif und unnatürlich. Die Polizistin gab ihr ein ermutigendes Nicken, als sie das Badezimmer verließen, aber Lizzies Hände zitterten unaufhörlich, während sie versuchte, aus ihrer früheren Entschlossenheit Ruhe zu schöpfen. »Sieht gut aus, er wird nichts ahnen.«

Agent Morris stand im Zentrum einer Gruppe von Beamten und zeigte auf einen Grundriss des Hotels. »Sobald Frau Legard ihn dazu bringt, die Tür zu öffnen-«

»Moment«, unterbrach Lizzie. »Sie wollen, dass ich einfach... klopfe?«

Sie tauschten alle Blicke aus.

»Ja«, fuhr Norris fort, »Bringen Sie ihn dazu, wenn möglich herauszutreten. Unser Scharfschütze wird hier Position beziehen«, er zeigte auf eine Stelle auf dem Diagramm. »Sauberer Schuss, minimales Risiko.«

Das Wort »Schuss« traf sie wie ein Schlag ins Gesicht. »Sie werden ihn erschießen?«

»Das ist der sicherste Weg, die Bedrohung zu neutralisieren und die Geisel zu sichern.«

»Aber...«, Lizzie schaute in die Gesichter der versammelten Gruppe und suchte nach jemandem, der erkannte, wie falsch sich das anfühlte. »Was, wenn er Janessa direkt bei sich hat? Was, wenn er sie festhält? Was, wenn Sie ihn verfehlen?«

Reynolds trat vor. »Wir verstehen Ihre Bedenken-«

»Nein, ich glaube nicht, dass Sie das tun.« Ihre Stimme wurde lauter. »Sie reden davon, jemanden vor meinen Augen zu erschießen. Was, wenn er den Scharfschützen bemerkt? Was, wenn er mich nach drinnen zieht? Was, wenn-«

»Unser Team ist hochqualifiziert.«

»Aber ich bin es nicht«, fuhr sie fort, »Er ist krank! Er braucht Hilfe, keine Kugel!«

273

Der Kevlar fühlte sich jetzt erdrückend an, wie ein Schraub-stock um ihre Brust. »Es muss einen anderen Weg geben. Können wir nicht auf Damen warten? Er würde das verstehen.«

Morris wechselte Blicke mit Reynolds. »Wir haben keine Zeit zum Warten. Gates ist unberechenbar.«

»Genau! Also ist es vielleicht nicht die beste Idee, auf ihn zu schießen!« Lizzie schlang ihre Arme um sich selbst, die Weste knackte. »Was ist mit Verhandlungsexperten? Haben Sie nicht Leute, die dafür ausgebildet sind?«

»Ein Verhandlungsführer braucht Zeit, um Vertrauen aufzubauen«, erklärte Reynolds. »Zeit, die wir nicht haben. Wenn Gates merkt, dass wir ihn gefunden haben und diese Falle gestellt haben, könnte er der Geisel etwas antun.«

»Also wollen Sie stattdessen, dass ich ihn dazu bringe, er-schossen zu werden?« Die Absurdität der ganzen Situation traf sie.

»Ms. Legard... Lizzie...«

Sie wich vor ihnen zurück, ihren Plänen, ihrer beiläufigen Diskussion über den Tod. »Ich muss mit Damen sprechen. Bitte. Wartet einfach, bis er hier ist.«

Die weibliche Polizistin, deren Pullover sie trug, berührte ihren Arm. »Schätzchen, ich weiß, dass Sie Angst haben-«

»Angst beschreibt es nicht annähernd.« Lizzies Rücken traf auf die Wand. »Sie bitten mich im Grunde darum, jemanden zu töten. Jemanden, der psychisch krank ist. Jemanden, der mir genug vertraut hat, um mich anzurufen.« Ihre Stimme brach. »Ich kann... ich kann dafür nicht verantwortlich sein.«

Morris trat auf sie zu, seine Stimme bestimmt. »Sie werden nicht verantwortlich sein. Wir werden es sein. Aber jede Minute, die wir warten, bringt Ihre Freundin in größere Gefahr.«

Janessa.

Lizzie warf einen Blick auf ihr Foto, das an der Wand hing. Nichts davon war ihre Schuld, sie hatte es nicht verdient, in diesem Schlamassel zu stecken. Sie selbst war schuld, und sie wusste nicht, was sie tun würde, wenn Janessa getötet würde.

Lizzie musste alles tun, was sie konnte, um sie zu retten.

Lizzie schloss die Augen und sah Janessas Gesicht vor sich. Als sie sie wieder öffnete, hielt Reynolds ihr ein Ohrstück hin.

»Wir werden die ganze Zeit bei Ihnen sein«, sagte er sanft.

Sie starrte auf das winzige Gerät und spürte das Gewicht der Weste, die Erwartungen, die Verantwortung, die auf ihr lastete. Sie würden nicht warten. Und Janessa konnte auch nicht warten.

Mit zitternden Fingern nahm sie das Ohrstück.

KAPITEL 27

L izzies Daumen schwebte über Damens Kontakt. Sie entfernte sich vom Chaos und fand eine ruhige Ecke, während Polizisten mit Funkgeräten und Ausrüstung um sie herumeilten.

Direkt zur Mailbox.

Sie tippte schnell eine Nachricht: *Sie benutzen mich, um ihn aus dem Hotelzimmer zu locken. Sie planen, ihn zu erschießen. Wo bist du?*

»Lizzie«, rief Morris. »Wir müssen jetzt los. Der Scharfschütze ist in Position.«

Ein Beamter reichte ihr die Schlüssel zu einem abgenutzten Crown Victoria. Ihre Hände zitterten so stark, dass sie sie fast fallen ließ.

»Denken Sie daran«, sagte Reynolds und justierte ihr Ohrstück. »Die Teams sind in Position. Halten Sie Abstand zur Tür. Wenn er nach Ihnen greift-«

»Zurücktreten, schreien, wegrennen«, rezitierte Lizzie mechanisch. »Ich weiß.«

Die Stimmen verschwammen, als Martinez sie zum Auto führte. »Atmen Sie einfach, Schätzchen. Wir decken Sie aus jedem Winkel ab.«

Lizzie glitt hinter das Steuer, wobei die kugelsichere Weste sie zwang, unnatürlich gerade zu sitzen. Der Motor startete mit einem Grummeln, das ihrem brodelnden Magen entsprach.

»Biegen Sie links aus dem Parkplatz«, knisterte Reynolds' Stimme in ihrem Ohr. »Drei Blocks weiter gibt es eine Ansammlung von heruntergekommenen Motels am Wasser. Können Sie nicht verfehlen.«

Die Fahrt fühlte sich gleichzeitig endlos und zu kurz an. Vorbei an schäbigen Ladenfronten, abgestorbenen Palmen, ausgeblichenen Schildern, die Kautionsdienste bewarben.

Das Neonschild des Pelican Hotels summte in der Nachmittagshitze, die Hälfte der Buchstaben war erloschen.

Sie fuhr auf den rissigen Parkplatz und positionierte den Wagen wie angewiesen: Richtung Ausfahrt, Fahrertür zum Gebäude.

Lizzie griff nach dem Türgriff und stieg aus. Ihre Beine wackelten. Ihr Handy leuchtete auf. Unbekannte Nummer.

Ihr Herz setzte aus.

Sie verfolgten immer noch ihr Handy, also nahm sie mit zitternden Händen das Ohrstück heraus und legte es vorsichtig durch das offene Fenster auf den Sitz. Sie drückte das Telefon an ihr Ohr.

»Hallo?«, meldete sie sich.

»Lizzie.«

»Leland, ich bin unterwegs.«

»Ich entschuldige mich, Lizzie. Ich habe Ihnen das Falsche gesagt. Der Name des Hotels ist Sea King. Ich habe mich verwirrt, als ich das Schild auf der anderen Seite des Parkplatzes gelesen habe. Wissen Sie, sie liegen direkt gegenüber voneinander.«

Lizzie schaute über den Parkplatz und sah eine ebenso heruntergekommene Reihe von Zimmern direkt am Wasser.

»Oh, sehen Sie da, Lizzie. Ich sehe Sie. Sie stehen auf dem Parkplatz.« Er klang wie ein aufgeregter kleiner Junge. Aber dann änderte sich sein Ton.

»Sie sind allein, oder?«

»Ja«, antwortete sie und versuchte, ihre Stimme ruhig zu halten. Das Ohrstück im Auto summte, als Detective Reynolds ihren Namen rief. Sie entfernte sich vom Auto, damit Leland das Geräusch nicht hören konnte. Wenn er von seinem Zimmer aus zusah, hätte er gesehen, wie sie etwas ins Auto legte.

»Gehen Sie geradeaus auf das Hotel zu. Halten Sie Ihre Hände so, dass ich sie sehen kann.«

»Wo ist Janessa, Leland? Ist sie bei dir?«

»Sie ist genau hier, Lizzie. Sie ist deine Freundin, die dir dein Leben genommen hat. Tu, was ich sage, oder ich werde ihr wehtun.«

»Lizzie!«, ertönte ein Schrei im Hintergrund.

Janessa.

Mit pochendem Herzen machte Lizzie zögerliche Schritte nach vorne. Sie ging in die entgegengesetzte Richtung von dem, was die

Polizei von ihr erwartete. Aber da sie ihr Handy orteten, konnten sie dieses Gespräch mithören. Sie würden ihre Pläne anpassen.

Hoffte sie.

»Jetzt lass das Handy fallen, Lizzie. Schalte es aus und lass es genau da fallen. Du wirst es nicht mehr brauchen.«

• • • • • • • • • • •

Damen wischte sich zum hundertsten Mal den Schweiß von der Stirn, sein Hemd inzwischen völlig durchnässt. Ein weiterer Lkw donnerte vorbei, der Fahrtwind bot eine kurze Erleichterung von der erdrückenden Hitze, bevor er ihn in einer Abgaswolke zurückließ.

Fünf Kilometer. Zehn Minuten Fahrt, aber in dieser Hitze fühlte es sich wie dreißig an. Palmen boten keinen Schatten auf dem schmalen Seitenstreifen des US-1, und die Sonne reflektierte erbarmungslos auf dem Asphalt. Und er hatte nicht mehr seine Navy-SEAL-Fitness, als er problemlos fünf Kilometer in unter einer halben Stunde laufen konnte.

»Perfekt«, murmelte er und überprüfte erneut sein Handy. Ein Balken flackerte rein und raus. Er versuchte erneut, Lizzie anzurufen, beobachtete, wie die Meldung »wird gewählt« nutzlos rotierte, bevor der Anruf scheiterte. »Einfach perfekt.«

Ein Mercedes-Cabrio voller Touristen verlangsamte neben ihm, der Fahrer rief ihm etwas zu, während sie davonfuhren.

Jackson hätte einen Ersatzplan gehabt. Verdammt, Jackson hätte letzte Woche den Ersatzreifen überprüft, wie er es vorgehabt hatte. Stattdessen schleppte sich Damen den Highway 1 entlang, während Lizzie sich mit einem Zirkus konkurrierender Behörden herumschlug, die ihr wahrscheinlich alle widersprüchliche Anweisungen gaben.

Während er auf den Bildschirm starrte und ging, erschien eine Textnachricht.

Sein Herz machte einen Sprung. Es war Jackson. Damen versuchte, die Nachricht im Gehen zu lesen und beschleunigte sein Tempo zu einem Trab, aber der Text wollte nicht laden.

»Verdammt!« Er schob das Handy zurück in seine Tasche, als auch ein Rückruf bei Jackson scheiterte.

Das alte Krankenhausgebäude musste in der Nähe sein.

Ein Schweißtropfen rollte in sein Auge und brannte. Er sollte bei ihr sein. Lizzie kannte die Spielchen der Strafverfolgungsbehörden nicht, die Revierkämpfe, den Wunsch, den Bösewicht zu fangen, egal um welchen Preis.

Eine weitere Autohupe dröhnte, als er etwas zu weit auf die Straße trat und versuchte, einer Pfütze von etwas auszuweichen, das einmal eine Schlange gewesen sein könnte. Damen wich ruckartig zurück auf den Seitenstreifen, seine italienischen Lederschuhe knirschten auf zerbrochenem Glas.

Diese Schuhe hatten ihn dreihundert Dollar gekostet. Jetzt waren sie ruiniert, wie alles andere an diesem Tag. Aber nichts davon spielte eine Rolle – nicht die Schuhe, nicht das Auto, nicht einmal sein Stolz. Er musste nur zu Lizzie gelangen, bevor etwas schrecklich schief ging.

Nach einer halben Stunde erreichte Damen endlich stärker besiedelte Straßen, wenn man sie so nennen konnte. Heruntergekommene Wohnwagen säumten die Nebenstraße, ihre rostigen Rahmen waren hinter überwuchernder tropischer Vegetation kaum zu erkennen. Ein handgemaltes Schild warb für »Paradise Camping. Wochenraten«, obwohl Paradies wie ein grausamer Witz für die verfallene Ansammlung von Campern dahinter wirkte.

Dies war ein perfekter Ort für einen Entführer, um sich zu verstecken.

Er schaute auf sein Handy – drei Balken. Endlich. Jacksons Text leuchtete auf dem Bildschirm auf: *Ruf mich SOFORT an. Wichtige Infos über Gates.*

Damens Daumen drückte auf die Wähltaste, während er sein Tempo beschleunigte und an einem Motel vorbeilief, das mehr zerbrochene als intakte Fenster hatte.

»Damen?« Jackson antwortete sofort. »Wo zum Teufel warst du?«

»Lange Geschichte. Was hast du herausgefunden?«

»Es ist schlimm. Gates wurde wegen Mordes in die Psychiatrie eingewiesen«, Jacksons Stimme war angespannt. »Er hat seine ganze Familie umgebracht.«

Damen blieb stehen. »Was?«

»Hat sie alle umgebracht – Eltern, Geschwister. Er hat ihnen im Schlaf die Kehlen durchgeschnitten. Murphy sagte, er habe ihn in der Mordnacht gefunden, wie er seelenruhig mit Puppen im Keller spielte.«

Die Hitze Floridas fühlte sich plötzlich arktisch an. »Mein Gott.«

»Da ist noch mehr. Er sagte dem Detektiv, er würde sie ›retten‹. Das war alles in seinem Kopf. Damen, er glaubt, er wird Lizzie retten.«

Eine Autohupe ertönte, als Damen von der Bordsteinkante stolperte. »Oh mein Gott. Ich muss zu ihr.«

»Du bist nicht bei ihr?«

»Platten. Lange Geschichte. Aber sie ist bei der Polizei – es ist ein verdammtes Chaos.« Damen orientierte sich und begann zu rennen.

Eine lange Stille kam durch das Telefon. »Tut mir leid, dass ich nicht da bin, Mann.«

»Mir auch. Ich ruf dich zurück.«

Damen rannte so schnell er konnte und ignorierte die Proteste seiner Anzugschuhe und seines vernarbten und geschundenen Körpers.

Durch die Bäume entdeckte Damen, was wie Einsatzfahrzeuge aussah. Endlich die Einsatzzentrale.

Er musste verhindern, dass sie Lizzie als Köder benutzten.

Er betete, dass er nicht zu spät kam.

KAPITEL 28

Damen stürmte schweißgebadet und atemlos durch die Türen des Einsatzzentrums in eine Szene kaum kontrollierbaren Chaos. Als er den Detektiv auf der anderen Seite des Raumes bemerkte, ging er auf ihn zu und sog die klimatisierte Luft ein.

»Was soll das heißen, Sie überwachen ihre Anrufe nicht?« Reynolds' Gesicht war hochrot, während er sich über die beiden Techniker beugte. »Seit wann?«

»Das System ist während der Übertragung abgestürzt«, stotterte einer. »Wir haben die Verbindung verloren, als-«

»Ich will keine Ausreden! Finden Sie ihr Signal!«

Damen drängte sich vor. »Wo ist Lizzie?«

Reynolds drehte sich um. »Wisler. Endlich.« Er fuhr sich mit der Hand durch sein schütteres Haar. »Wir führen gerade einen Extraktionsplan durch-«

»Wo ist sie?«

»Auf dem Weg zum Zielort. Wir haben Teams in Position ge-bracht. Einen Moment«, sagte er und drehte sich um, um mit einem Assistenten in dringlichem Ton zu sprechen.

Frustriert, dass er von niemandem gehört hatte, überprüfte er sein Handy. Jetzt, wo er vollen Empfang hatte, füllten verpasste Anrufe von Jackson, der Polizeiwache und unbekannten Nummern den Bildschirm. Da, unter all diesen vergraben – Lizzies SMS.

Sein Blut gefror, als er sie las.

»Du hast sie bereits reingeschickt?« Damen ging auf Reynolds zu.

»Wir haben Scharfschützen in Position. Sie trägt kugelsichere Weste.«

»Mein Gott.« Damen packte Reynolds am Arm. »Wissen Sie, was er mit ihr vorhat? Wissen Sie, was er seiner Familie angetan hat?«

Ein Techniker unterbrach: »Sir, sie ist nicht aufgetaucht. Das Team sagt, sie ist nicht im Motel.«

»Was?« Reynolds riss sich los.

»Ihr Handy ist jetzt offline. Das letzte Signal kam vom Parkplatz.«

»Bringen Sie sie wieder online!« Reynolds bellte in sein Funkgerät. »Alle Einheiten, meldet Sichtkontakt.«

Statisches Rauschen, dann: »Kein Sichtkontakt.«

Damen las Lizzies SMS noch einmal. Sie hatte ihm zu Beginn dieser ganzen Sache versprochen, dass sie den Plan befolgen würde. Das bedeutet, dass etwas passiert sein musste, um sie vom Kurs abzubringen.

»Wie lange?« forderte er. »Wie lange ist es her, seit ihr den Kontakt verloren habt?«

Reynolds sah auf seine Uhr, sein Gesicht erbleichte. »Vier Minuten.«

»Team rückt vor, um das Gebäude zu durchsuchen«, rief jemand.

Damen packte ihn am Ellbogen. »Los geht's.«

Nach kurzem Zögern – wahrscheinlich wollte er das Einsatzzentrum nicht verlassen – gab Reynolds nach. Beide Männer rannten zur Tür.

Vier Minuten. Gates hätte in vier Minuten alles tun können.

* * * * * * * * * * *

Das Handy fiel mit einem dumpfen Aufprall auf den Asphalt, der über den ganzen Parkplatz zu hallen schien. Lizzies Finger zitterten, als sie den geliehenen Pullover um sich zog. Die kugelsichere Weste fühlte sich plötzlich an wie Seidenpapier.

Zwanzig Fuß vor ihr knarrte eine Tür auf.

Janessas Gesicht erschien, dunkle Blutergüsse stachen stark gegen ihre blasse Haut ab. Ihr sonst so ordentliches Haar hing in Knoten herab, und Blut war an ihrer Schläfe getrocknet. Ihre Augen waren weit geöffnet, hektisch, schweiften zwischen Lizzie und jemandem im Zimmer hin und her.

Lauf, formte Janessa lautlos mit den Lippen und schüttelte den Kopf. Ihre Arme waren in einem unbequemen Winkel hinter ihren Rücken gedreht, die Handgelenke gefesselt.

Lizzie machte einen weiteren langsamen Schritt vorwärts, als würde sie durch Melasse waten. Sie hoffte, dass die Polizei ihren Plan geändert hatte. Sie bildete sich ein, die Laserzielvisiere der Scharfschützen zu spüren, aber die würden nicht riskieren, Janessa zu treffen.

Noch ein Schritt. Der rissige Betonweg schien endlos. Janessas Gesicht verzog sich schmerzlich, als Lizzie näher kam, Tränen strömten über ihre Wangen.

Der Geruch traf sie zuerst – Schimmel und Zigaretten und etwas Metallisches, das ihr den Magen umdrehte. Janessa stolperte vorwärts, als würde sie geschubst, und enthüllte weitere Blutergüsse an ihrem Hals.

Drei Fuß von der Tür entfernt. Zwei. Einer.

Eine Hand schoss hinter der Tür hervor und packte Lizzies Arm mit zermalmender Kraft. Sie erhaschte einen letzten Blick auf das Sonnenlicht, bevor sie zusammen mit Janessa hineingezerrt wurde, die Tür knallte mit solcher Wucht zu, dass die dünnen Wände zitterten.

Der Raum kam in Fokus: wasserfleckige Decke, abgenutzter Teppich, schwere Vorhänge, die gegen die Nachmittagssonne zugezogen waren. Und Leland, sein Gesicht nur Zentimeter von ihrem entfernt, Augen hell. Lächerlich glücklich.

»Du bist gekommen«, flüsterte er. »Ich wusste, du würdest kommen.«

Hinter ihm schluchzte Janessa leise.

Lizzies Herz hämmerte gegen die kugelsichere Weste.

Ihre Brust zog sich bei jedem Atemzug zusammen, während Lelands Griff sich verstärkte.

»Ich musste sicherstellen, dass du in Sicherheit bist«, sagte er und streckte die Hand aus, um ihr Gesicht zu berühren. Seine Finger waren eiskalt.

»Sie haben versucht, dich mir wegzunehmen. Aber ich werde das nicht zulassen. Diesmal nicht.«

Lizzie zwang sich, seinem Blick zu begegnen und kämpfte gegen den Drang zurückzuweichen. Im schwachen Licht waren seine Pupillen winzig, verloren in Meeren von Weiß.

»Ich bin hier, um zu helfen«, brachte sie heraus, ihre Stimme kaum ein Flüstern.

Leland lächelte. »Ich weiß. Deshalb musste ich dich retten.« Er nahm ihre Hände in seine und band sie hinter ihrem Rücken zusammen.

Hinter ihm schüttelte Janessa wieder den Kopf, Tränen rannen über ihr zerschlagenes Gesicht.

In einer fließenden Bewegung zog Leland eine Pistole aus seinem Hosenbund und richtete sie auf ihren Kopf.

»Lauf«, befahl er.

• • • ● • ● • ● • • •

»Beweg dich.« Leland stieß die Pistole gegen Lizzies Rücken und zwang sie durch die Schiebetür auf den Balkon. Die salzige Luft traf ihr Gesicht, während Janessa vor ihnen stolperte.

Die Metallstufen der Feuerleiter klangen bei jedem Schritt, Rost bröckelte unter ihren Füßen. Lizzies gefesselte Hände brachten sie aus dem Gleichgewicht, während sie abstiegen, die Kabelbinder schnitten mit jeder Bewegung tiefer ein.

»Vorsichtig jetzt«, säuselte Leland hinter ihnen. »Wäre doch schade, wenn jemand fallen würde.«

Zehn Stufen hinunter. Zwanzig. Der Steg erstreckte sich vor ihnen, verwitterte Planken führten zu einem kleinen Boot, das an seinen Leinen schaukelte. Irgendwo über ihnen kreischten Möwen.

»Bitte«, wimmerte Janessa, als sie unten ankamen.

»Weiter!« Die Pistole drückte härter.

Lizzies geliehener Pullover klebte an ihrer schweißnassen Haut. Die Kevlarweste fühlte sich mit jedem Schritt über den knarrenden Steg schwerer an.

»In das Boot. Beide. Setzt euch nach vorne.« Leland deutete mit der Pistole.

Lizzie starrte auf das kleine Boot, und ihr Magen drehte sich um. Eine falsche Bewegung, eine Welle...

»Sofort!«

Janessa ging zuerst und wäre fast gefallen, als sie versuchte, ohne ihre Hände das Gleichgewicht zu halten. Lizzie folgte, das Boot schwankte gefährlich unter ihnen. Sie kauerten zusammen auf einer Bank im Bug, während Leland einhändig das Seil löste und dabei die Waffe auf sie gerichtet hielt.

Der Motor hustete und sprang an, blauen Rauch ausstoßend. Als sie vom Steg wegfuhren, erhaschte Lizzie einen letzten Blick auf das Motel durch die Mangroven.

Keine Blaulichter. Keine Sirenen. Kein Anzeichen, dass irgendjemand wusste, wo sie waren.

Dann bogen sie um die Kurve, gerade außer Sichtweite von ihrem Ausgangspunkt, und alles verschwand außer Wasser, Himmel und Lelands unnachgiebiger Waffe.

Das kleine Boot schaukelte unter ihnen, Wellen schwappten gegen den Rumpf, während sie in die Bucht trieben.

Mit einem Stottern versagte der Motor in einer Wolke schwarzen Rauchs. Die plötzliche Stille fühlte sich ohrenbetäubend an. Lizzies gefesselte Hände waren taub geworden, die Plastik-Kabelbinder schnitten in ihre Handgelenke.

»Verdammt!« Leland zog erneut an der Motorschnur. Nichts. Die Waffe wich nie von ihrem Ziel ab.

Lizzie scannte verzweifelt die Uferlinie. Das Motel war verschwunden, verdeckt von Mangroven. Janessa schluchzte.

»Sie werden uns finden«, flüsterte Lizzie, ihre Schulter drückte gegen Janessas. »Jemand muss gesehen haben-«

»Halt den Mund!« Lelands Stimme knallte wie eine Peitsche. »Beide, seid... seid einfach still und hört zu!«

Das Boot schwankte durch seine Aufregung, Wasser schwappte über die Bordwände. »Seht ihr denn nicht? Ich versuche, euch zu helfen. Wie bei Missy. Sie hat es auch nicht verstanden, nicht am Anfang.«

»Wer ist Missy?« fragte Lizzie und versuchte, ihre Stimme ruhig zu halten. Halte ihn am Reden. Gib Reynolds Zeit, sie zu retten.

»Meine Schwester.« Seine Augen bekamen wieder diesen entrückten Blick. »Sie hatte auch Angst. Aber nachdem ich ihr geholfen hatte, hatte sie keine Angst mehr. Keiner von ihnen hatte mehr Angst.«

Janessa unterdrückte ein Schluchzen. »Er hat sie umgebracht«, flüsterte sie leise, »seine Familie.«

Das Grauen des Verstehens kroch in ihren Bauch. In so jungen Jahren nach Bridgewater zu kommen, das musste der Grund gewesen sein.

»Ich habe sie gerettet!« Die Waffe zitterte in seiner Hand. »Vor den Stimmen, der Kontrolle, den... den Dingen, die sie nicht sehen konnten. So wie ich dich rette, Lizzie. Vor ihm. Vor diesem Mann, der dich einfangen will.«

»Damen liebt mich«, sagte Lizzie, ihre Stimme jetzt stärker. »Er fängt mich nicht ein.«

»Das wollen sie, dass du das glaubst!« Leland brachte das Boot wieder zum Schwanken. Wasser spritzte um seine Füße. »Aber ich kann euch befreien. Euch beide. Genau wie meine Schwester. Genau wie-«

»Hilfe ist unterwegs«, unterbrach Janessa. »Ich sehe sie am Ufer.«

Die Waffe schwenkte zu ihr. »Ich sagte, sei still!«

»Leland«, sagte Lizzie und beobachtete, wie Lelands Gesicht sich zu einer Maske der Wut verzog. Sein Finger bewegte sich über den Abzug.

In Sekundenbruchteilen warf Lizzie sich über Janessa. Die Kugel riss aus der Waffe. Traf Lizzie in die Brust.

Schmerz explodierte durch ihren Körper. Der Schwung ihres Sprungs und die Wucht des Schusses drückten sie über den Rand und ins kühle Wasser.

Und alles wurde schwarz.

KAPITEL 29

Damens Handy vibrierte, als sie mit quietschenden Reifen auf den Parkplatz fuhren. Jacksons Nachricht ließ sein Herz stocken: *Ashley sagt Lizzie - von Wasser umgeben.*

Die Polizeimannschaft hatte gerade die Durchsuchung der Motelzimmer auf der Landseite beendet. Mit Blick auf die umliegenden Gebäude wandte er seinen Blick auf das heruntergekommene Gebäude, das am Wasser stand.

»Hier entlang!« Er sprintete am Motelgebäude vorbei und um die Ecke zur Wasserseite. Reynolds keuchte hinter ihm her.

»Martinez, Peterson - mit Gewehren!« bellte Reynolds in sein Funkgerät. »Ostseite!«

Das zweite Gebäude lag zum Wasser hin. Damens Instinkte schlugen an, als er die frischen Rostfragmente von der Metalltreppe entdeckte, die nahe der Ecke auf dem Boden verstreut lagen. Menschen waren hier vorbeigekommen. Vor kurzem.

Sie umrundeten das Gebäude vorsichtig, die Waffen gezückt. Ein Steg ragte in die Bucht hinaus, leer bis auf zerfaserte Seile und -

»Ölfleck«, deutete Damen. Regenbogenmuster trieben auf der Wasseroberfläche und führten nach Osten.

Ohne auf Reynolds zu warten, folgte er der Spur entlang der Uferlinie. Die Mangroven boten Deckung, während sie vordrangen, die beiden Beamten mit Gewehren verteilten sich hinter ihnen.

Dann sah er sie - vielleicht fünfzig Meter entfernt. Ein kleines Boot, das wild im Wasser schaukelte. Leland gestikulierte dramatisch, eine Waffe in der Hand. Lizzie und Janessa kauerten im Bug, die Hände hinter dem Rücken gefesselt.

»Ich habe freie Schussbahn«, flüsterte Peterson und bezog Position.

»Warten Sie«, hauchte Reynolds. »Zu riskant bei den Bootsbewegungen.«

Damens Herz setzte aus, als Leland die Waffe hob und direkt auf Janessas Kopf richtete.

»Nein-«, begann er zu schreien.

»Jetzt«, befahl Reynolds.

Aber Lizzie bewegte sich bereits. In einer fließenden Bewegung warf sie sich seitlich vor Janessa.

Der Schuss knallte über das Wasser.

Ein zweiter Schuss - aus Petersons Gewehr. Lelands Hand flog hoch, die Pistole fiel ins Wasser, sein Körper sackte im Boot zusammen.

Aber Damen sah es nicht. Er rannte bereits und platschte in die Bucht. Das Wasser zerrte an seiner Kleidung, während er zu der Stelle schwamm, an der Lizzie untergegangen war.

Die Weste, schrie sein Verstand. Sie trug eine Weste.

Aber er hatte die Distanz gesehen. Gesehen, worauf Leland gezielt hatte. Aus nächster Nähe auf die Brust. Selbst mit Kevlar, allein die Wucht...

Seine Lungen brannten, als er unter die Oberfläche tauchte und durch das trübe Wasser tastete. Nichts fand.

Er kam keuchend hoch, hörte Reynolds nach Rettungseinheiten rufen, hörte Janessas Schreie vom Boot.

Dann sah er es. Ein dunkler Kopf durchbrach die Oberfläche, zehn Fuß entfernt.

Damen stürzte sich durchs Wasser und betete zu einem Gott, an den er seit Jahren nicht mehr geglaubt hatte.

Bitte. Bitte lass sie am Leben sein.

• • • • ⬤ • ⬤ • • •

Starke Arme schlangen sich um ihre Taille und zogen sie nach oben. Wasser strömte von Lizzies Gesicht, als sie die Oberfläche durchbrach, aber ihre Lungen verweigerten den Dienst. Ein eisernes Band schien sich um sie geschlungen zu haben und drückte ihren Brustkorb zusammen.

»Atme, Schatz. Bitte atme.« Damens Stimme brach, während er sie zum Ufer zog.

Sie versuchte, ihm zu sagen, dass es ihr gut ging, aber sie schaffte nur ein schwaches Nicken. Sein Gesicht war geisterhaft bleich, die Augen wild vor Angst, als er sie durch das flache Wasser schleifte.

»Hier rüber!«, rief jemand. »Bringt die Trage runter!«

Damen hob sie hoch, als würde sie nichts wiegen, und legte sie sanft auf die wartende Trage. Seine Hände zitterten, als sie über ihren Körper glitten, auf der Suche nach Verletzungen.

»Wo?« Seine Stimme war rau. »Wo hat er dich getroffen?«

Es gelang ihr, eine Hand zu heben und ihr Brustbein zu berühren. Die kleinste Bewegung sandte dolchartige Schmerzen durch ihre Brust.

»Frau, können Sie mich hören?« Das Gesicht eines Sanitäters erschien über ihr. »Können Sie mir Ihren Namen sagen?«

Lizzie versuchte einzuatmen, schaffte aber nur ein flaches Keuchen.

»Lizzie Legard«, antwortete Damen für sie, seine Finger mit ihren verschlungen. »Sie wurde angeschossen. Aus nächster Nähe.«

»Lassen Sie mich nachsehen.« Geschickte Hände öffneten ihre Bluse und enthüllten die Kevlar-Weste. Dort, in der Mitte eingebettet, steckte eine abgeflachte Kugel.

»Mein Gott«, flüsterte Damen und sackte gegen die Trage.

»Puls ist schnell, aber kräftig«, verkündete der Sanitäter. »Wahrscheinlich Aufpralltrauma an der Brust mit möglichen Prellungen oder Rippenbrüchen. Wir bringen sie zur Untersuchung ins Krankenhaus.«

»Ich komme mit ihr.« Es war keine Frage.

Als sie sie in den Krankenwagen luden, gelang es Lizzie endlich, richtig zu atmen. Der Schmerz war qualvoll, aber sie drückte Damens Hand.

Er beugte sich näher zu ihr, sein Gesicht noch immer von Sorge gezeichnet. Wasser tropfte von seinem Haar auf ihre Wangen. »Tu mir nie wieder-« seine Stimme brach. »Wage es ja nicht, mir das noch einmal anzutun.«

Sie versuchte zu lächeln, obwohl es wahrscheinlich eher wie eine Grimasse aussah. »Musste... es... es war nicht ihre Schuld.«

»Ich weiß.« Er presste seine Stirn an ihre. »Ich weiß. Aber ich kann dich nicht verlieren.«

»Janessa?«, flüsterte sie mit Anstrengung.

»Es geht ihr gut.«

»Ist er?«

Damen schüttelte den Kopf. Lizzie schloss die Augen.

Die Türen des Krankenwagens wurden zugeschlagen, als Damen neben ihr einstieg und ihre Hand nicht losließ. Seine Kleidung war durchnässt, sein Haar tropfte, aber seine Augen verließen nie ihr Gesicht, während sie zum Krankenhaus rasten, als fürchtete er, sie könnte verschwinden, wenn er wegschaute.

• • • • ● ● ● ● • • •

Der Rollstuhl glitt sanft über den polierten Krankenhausboden, Damens noch feuchte Schuhe quietschten bei jedem Schritt. Jeder Atemzug jagte stechende Schmerzen durch Lizzies Brust, aber sie konnte nicht aufhören zu lächeln.

»Bist du sicher, dass du dafür bereit bist?«, fragte Damen zum dritten Mal, seine Hand warm auf ihrer Schulter.

»Hör auf zu fusseln«, brachte sie heraus. »Ich will sie sehen.«

Ashleys Zimmer war identisch mit Lizzies – komplett mit Mahagoni-Paneelen und als Möbel getarnten medizinischen Geräten. Offensichtlich sparte der Wisler-Flügel keine Kosten.

»Da ist ja mein Held!« strahlte Ashley von ihrem Bett aus, die Hand auf ihrem leicht gerundeten Bauch ruhend. »Jackson, hilf mir, mich aufzusetzen.«

Als Jackson ihre Kissen zurechtschob, bemerkte Lizzie, wie er und Damen einen Blick austauschten.

»Also«, Damen räusperte sich. »Was heute passiert ist–«

»Habe das meiste schon gehört«, unterbrach Jackson ihn mit angespannter Miene. »Hättest mich anrufen sollen.«

»War nicht gerade Zeit für ein Komiteetreffen.«

»Jungs«, warf Ashley ein, »könnt ihr eure Alpha-Männchen-Diskussion woanders führen? Ich brauche Mädchenzeit mit Lizzie.«

Beide Männer zögerten.

»Geht«, sagte Lizzie leise und drückte Damens Hand. »Mir geht's gut.«

Sie zogen sich in die Ecke zurück, die Köpfe im Gespräch zusammengesteckt, während Ashley nach Lizzies Hand griff.

»Du hast uns verdammt große Angst eingejagt«, flüsterte sie. »Als Damen Jackson anrief, um ihm zu erzählen, was passiert war, waren wir einfach geschockt. Lizzie, du hättest sterben können.«

»Mir geht's gut.« Lizzie verzog das Gesicht, als sie sich im Rollstuhl bewegte. »Ich könnte nach Hause gehen, aber Doktor Damen bestand darauf, dass ich zur Beobachtung über Nacht bleibe.«

Ashleys Augen füllten sich mit Tränen. »Es tut mir so leid, Lizzie. Ich hätte mehr sehen müssen, hätte–«

»Hey, nein. Du hast geholfen, uns beide zu retten.« Lizzie schaffte ein kleines Lachen. »Außerdem solltest du dich nicht lieber auf erfreulichere Dinge konzentrieren? Wie das Baby?«

Ein strahlendes Lächeln breitete sich auf Ashleys Gesicht aus. »Nun, eigentlich... Babys. Mehrzahl.«

»Was?«

»Zwillinge!« Ashleys Hand bewegte sich in kleinen Kreisen über ihren Bauch. »Wir haben heute Morgen beide gesehen. Jackson wäre beim Ultraschall fast ohnmächtig geworden.«

»Bin ich nicht«, rief Jackson aus der Ecke.

»Doch, absolut«, schoss Ashley zurück. »Wurdest weiß wie ein Laken.«

Lizzie schaute zu den Männern hinüber. Damen gestikulierte heftig und beschrieb etwas, während Jackson grimmig nickte. Sie schnappte Bruchstücke auf: »... Ölspur, die direkt zu ihnen führt e...« und »... hat den Schuss abgegeben...«

»Die werden das wochenlang analysieren«, sagte Ashley leise. »Lass sie das unter sich ausmachen.«

Lizzie nickte und bereute es sofort, als Schmerz durch ihr Brustbein schoss.

Ashleys Gesichtsausdruck wurde ernst. »Weißt du, was du heute getan hast, als du vor Janessa gesprungen bist...«

»Ich konnte nicht zulassen, dass er ihr weh tut.«

»Ich weiß.« Ashley drückte ihre Hand. »Aber vielleicht versuchst du beim nächsten Mal, deinem Verlobten keinen Herzinfarkt zu verpassen? Er war und ist immer noch außer sich wegen dieser Aktion.«

Lizzie beobachtete Damen auf der anderen Seite des Raumes und bemerkte, wie seine Schultern immer noch vor Anspannung starr waren, wie seine Augen immer wieder zurückwanderten, um nach ihr zu sehen.

»Ich werde es versuchen«, flüsterte sie. »Aber ich kann nichts versprechen. Er wird schon klarkommen.«

»Natürlich kannst du das nicht.« Ashley lächelte. »Aber lass uns weniger oder gar kein Drama in unserem Leben haben von jetzt an. Ich glaube, wir haben es verdient.«

»Ha! Ein schönes ruhiges Leben«, lächelte Lizzie. »Klingt gut für mich.«

• • • ● • ● ● • • •

Das Krankenhauszimmer fühlte sich zu hell und zu steril an. Janessa zog die Decke fester um ihre Schultern und beobachtete die Schatten, die an ihrer Tür vorbeizogen. Bei jedem Fußschritt im Flur zuckte sie zusammen.

»Max geht es prima«, sagte ihre Schwester und scrollte durch Fotos auf ihrem Handy. »Die Nachbarin verwöhnt ihn total. Schau mal, wie dick er geworden ist.«

Janessa versuchte, sich auf die Bilder ihres Katers zu konzentrieren, aber ihre Gedanken schweiften immer wieder zurück zur muffigen Hütte. Die endlose Fahrt Richtung Süden. Schmutzige Motelzimmer und die Angst, dass er sie jeden Moment töten würde. Die Ohrfeigen und Schläge, je näher sie Florida kamen. Das Schaukeln des Bootes. Der Lauf der Pistole.

Eine Krankenschwester erschien mit Medikamenten, und Janessas Herzschlag beschleunigte sich, bis sie sie erkannte. Annie. Die Nette, die keine Fragen stellte, wenn Janessa das Licht anlassen wollte.

»Wie geht es uns heute?« Annie überprüfte die Monitore mit bewusst langsamen und vorhersehbaren Bewegungen.

»Gut«, brachte Janessa hervor. Ihr Hals fühlte sich noch immer wund an vom Schreien, als Lizzie ins Wasser ging.

Lizzie.

»Hast du was gehört?«, fragte sie Sarah, nachdem Annie gegangen war. »Über Lizzie?«

»Es geht ihr gut.« Sarah legte ihr Handy beiseite. »Die Weste hat die Kugel abgefangen. Sie bleibt zur Beobachtung über Nacht, zwei Stockwerke über uns.«

Janessa schloss die Augen, Erleichterung kämpfte mit Schuldgefühlen. »Sie hätte nicht... sie hätte sterben können.«

»Aber ist sie nicht.« Eine neue Stimme ließ Janessas Augen aufschnappen. Dr. Matthews stand in der Tür – nicht in seiner üblichen Klinikkleidung, sondern in Straßenkleidung. Er war extra für sie den ganzen Weg aus Maine gekommen. »Darf ich reinkommen?«

Janessa nickte, dankbar, als Sarah ihre Hand drückte.

»Die Polizei braucht Ihre Aussage«, sagte er behutsam, »aber sie können warten, bis Sie bereit sind. Im Moment bin ich hier als Ihr Freund, nicht als Ihr Arbeitgeber oder Arzt.«

Dr. Matthews war ein freundlicher, gutaussehender Mann, der schon immer ein Faible für sie hatte. Obwohl er nicht viel älter als sie war – die Klinik war sein erster richtiger Job nach seiner Assistenzzeit am Maine Medical – war er ein Arzt.

»Ich hätte es sehen müssen«, flüsterte Janessa. »In der Klinik. Er war immer so... aber ich hätte nie gedacht...«

»Keiner von uns hat es gesehen.« Dr. Matthews zog sich einen Stuhl heran. »Psychische Erkrankungen sind komplex. Manchmal sind die Warnsignale erst im Nachhinein klar.«

»Er hat ständig davon geredet, Menschen zu retten.« Ihre Stimme brach. »Über seine Familie. Wie es ihnen besser ging, nachdem...« Sie konnte nicht weitersprechen.

Sarahs Griff wurde fester. »Du musst nicht darüber reden.«

»Doch, muss ich.« Janessa holte zittrig Luft. »Ich muss es verstehen. Es muss irgendwie einen Sinn ergeben.«

»Vielleicht wird es nie einen Sinn ergeben«, sagte Dr. Matthews leise. »Aber reden hilft. Wenn Sie bereit sind, kenne ich einige ausgezeichnete Traumatherapeuten.«

Janessa nickte und berührte die blauen Flecken an ihren Handgelenken. »Ich denke ständig, wenn ich härter gekämpft hätte oder klüger gewesen wäre...«

»Sie haben überlebt«, unterbrach Dr. Matthews sie bestimmt. »Das ist, was zählt. Es ist das Einzige, was wirklich zählt.«

Tränen füllten ihre Augen, weil sie wusste, dass er recht hatte. So oft hätte er sie töten und zum Sterben zurücklassen können, aber er tat es nicht. »Er glaubte, ich hätte Lizzies Leben gestohlen, indem ich in ihrem Haus wohne, ihr Auto fahre und in der Klinik arbeite. Ich weiß nicht, ob ich zurückkehren kann.«

»Komm zu mir«, sagte ihre Schwester. »Bleib so lange du willst.«

»Und die Klinik wird Ihre Stelle freihalten«, fügte Dr. Matthews hinzu. »Nehmen Sie sich alle Zeit, die Sie zur Heilung brauchen.«

Janessas Augen füllten sich mit Tränen. »Meine Kurse.«

»Das kann nachgeholt werden. Und ich bin sicher, deine Professoren werden Verständnis zeigen.« Er lächelte sanft. »Das Leben hat manchmal die Angewohnheit, Pläne zu durchkreuzen. Das bedeutet nicht, dass wir aufhören, vorwärtszugehen. Es bedeutet nur, dass wir den Weg anpassen.«

Ein Geräusch im Flur ließ sie erneut zusammenzucken. Sarah streichelte ihr Haar und murmelte leise, wie sie es früher getan hatte, als sie noch Kinder waren und Janessa Albträume hatte.

»Wird es jemals aufhören?«, flüsterte Janessa. »Diese Angst?«

»Die Angst verändert sich«, sagte Dr. Matthews nach einem Moment. »Sie wird beherrschbar. Aber Sie müssen sich ihr nicht allein stellen.«

»Und Max braucht dich«, fügte Sarah hinzu und zeigte ihr ein weiteres Katzenfoto. »Schau, wie traurig er ohne seine Mama ist.«

Janessa brachte ein schwaches Lächeln zustande und betrachtete das Bild ihrer Katze, die sich dramatisch auf dem Sofa ihrer Schwester räkelte. So eine normale, alltägliche Sache. Vielleicht würde sich eines Tages Normalität nicht mehr so unmöglich anfühlen.

»Einen Tag nach dem anderen«, sagte Dr. Matthews, als hätte er ihre Gedanken gelesen. »Mehr kann niemand verlangen.«

Janessa nickte und lehnte sich in die Umarmung ihrer Schwester. Durch ihr Fenster konnte sie sehen, wie der Himmel allmählich dunkler wurde. Eine weitere Nacht, die es zu überstehen galt. Aber diesmal war sie in Sicherheit und umgeben von Menschen, die sich um sie sorgten.

»Erzähl mir mehr über Max«, sagte sie leise. Und Sarah begann, eine Geschichte über seine neuesten Streiche zu erzählen, ihre Stimme ruhig und vertraut in der zunehmenden Dunkelheit.

KAPITEL 30

Die Meeresbrise trug den Duft von Jasmin und salziger Luft über die Terrasse und ließ die Kristalle, die von der blumenbeladenen Pergola hingen, in Regenbogenlicht tanzen.

Familie und Freunde warteten geduldig auf den Beginn der Zeremonie. Janessa und der Rest der Klinikbelegschaft aus Maine saßen zusammen. Ein Trotz gegen den Horror des vergangenen Tages und ein Zeichen dafür, dass die Normalität siegen würde.

Ashley richtete sich im Rollstuhl auf, eine Hand auf ihrem wachsenden Bauch, während sie beobachtete, wie Lizzie sich bei ihrem Vater einhakte.

»Bereit, Prinzessin?«, flüsterte James Legard seiner Tochter zu, mit glänzenden Augen.

Lizzies Antwort war kaum hörbar, aber ihr Lächeln erhellte ihr ganzes Gesicht. Die angepasste Spitze ihres Kleides fing die Spätnachmittagssonne ein und ließ sie wie eine Perle schimmern. Wenn sie noch Schmerzen von ihren Verletzungen hatte, zeigte sie es nicht – obwohl Ashley bemerkte, wie vorsichtig ihr Vater ihren Arm stützte.

Das Streichquartett begann zu spielen, und die kleine Dani machte sich auf den Weg den Gang hinunter, wobei sie mit ernster Konzentration weiße Rosenblätter streute. Ihre blonden Locken hüpften bei jedem Schritt, und das hellblaue Kleid ließ sie wie eine Fee aussehen.

Als Lizzie am Ende des Ganges erschien, hörte Ashley Damens scharfes Einatmen. Er stand unter der Pergola und wirkte fast unwohl in seinem perfekt geschneiderten Smoking – bis seine Augen die von Lizzie trafen. Dann schien alles andere zu verblassen.

»Er sieht gut aus, wenn er sich schick macht, nicht wahr?«, flüsterte Jackson hinter Ashleys Rollstuhl und drückte ihre Schulter.

Ashley nickte und tupfte sich die Augen ab. Verdammte Schwangerschaftshormone.

Die untergehende Sonne tauchte alles in Roségold, als Lizzie den Altar erreichte. Ihr Vater küsste ihre Wange, bevor er ihre Hand in Damens legte.

»Du bist wunderschön«, murmelte Damen, und seine Stimme trug in der gespannten Stille.

»Du siehst auch nicht schlecht aus«, flüsterte Lizzie zurück, was ihre Gäste zum Schmunzeln brachte.

Der Standesbeamte begann zu sprechen, aber Ashley ertappte sich dabei, wie sie stattdessen auf die kleinen Details achtete: wie Damens Daumen Kreise auf Lizzies Hand zeichnete, wie die Meereswellen zwischen ihren Gelübden zu pausieren schienen, wie die Tränen still über Marias Gesicht liefen, während sie Baby Ethan wiegte.

»Die Ringe?«, forderte der Standesbeamte auf.

Als sie die Ringe tauschten, kreiste ein Schwarm Seevögel über ihnen, ihre Rufe vermischten sich mit der Musik. Die Kristall-Windspiele klimperten sanft, und die Blumen verströmten ihr Parfüm in das goldene Licht.

»Ich erkläre euch hiermit zu Mann und Frau.«

Ihr Kuss war sanft, zärtlich – bis Damen Lizzie näher an sich zog, was sie zum Lachen gegen seine Lippen brachte.

»Hey, vorsichtig mit meinen Rippen«, protestierte sie, aber sie strahlte dabei.

»Entschuldige«, murmelte er, ohne im Geringsten entschuldigend auszusehen.

Als ihre Gäste in Jubel und Applaus ausbrachen, spürte Ashley, wie Jackson sich herunterbeugte, um ihre Wange zu küssen.

»Glaubst du, wir werden jemals so ekelhaft glücklich sein?«, flüsterte er.

Ashley beobachtete, wie Damen eine Träne von Lizzies Wange wischte, sah, wie sie einander anschauten, als wären sie die einzigen beiden Menschen auf der Welt.

»Das sind wir bereits«, antwortete sie leise und legte seine Hand über die Zwillinge. »Das sind wir bereits.«

• • • ● • ● • • •

Ashley kuschelte sich an Jacksons Brust, sein Herzschlag gleichmäßig unter ihrem Ohr.

»Wir werden so viele Sachen brauchen«, überlegte sie, während sie mit der Hand über ihren Bauch strich. »Zwei Kinderbetten, zwei Autositze.«

»Alles doppelt.« Jacksons Finger zeichneten ein träges Muster auf ihrer Schulter. »Vielleicht brauchen wir etwas Größeres als diese Wohnung.«

»Ich liebe diese Wohnung.«

»Ich weiß. Aber vielleicht«, er zögerte. »Ich habe ein Haus in Coral Grove gesehen. Vier Schlafzimmer, ein großer Garten. Nah genug, dass du immer noch den Laden führen könntest.«

Ashley neigte den Kopf, um ihn anzusehen. »Du warst auf Haussuche?«

»Vielleicht.« Er küsste ihre Stirn. »Lust auf einen Film? Ich mache Popcorn.«

Das vertraute Geräusch platzender Maiskörner erfüllte die kleine Wohnung. Ashley rückte ihre Kissen zurecht und versuchte, eine bequeme Position zu finden.

»Hier haben wir's.« Jackson setzte sich mit einer Schüssel perfekt gebutterten Popcorns neben sie. »Was schauen wir uns an?«

»Mmm, etwas Anspruchsloses.« Sie griff sich eine Handvoll Popcorn. »Ich bin zu müde zum Denken.«

Sie einigten sich auf eine alte romantische Komödie. Ashley achtete kaum auf den Film, konzentrierte sich mehr auf das Popcorn und Jacksons Wärme neben ihr.

Sie warf sich ein weiteres Stück in den Mund... und spürte etwas Hartes. Ihre Augen weiteten sich, als sie vorsichtig einen atemberaubenden Smaragdring herausholte.

»Oh Gott«, lachte Jackson nervös. »Als du diese Handvoll genommen hast, hätte ich fast einen Herzinfarkt bekommen. Bitte verschluck dich nicht an meinem Heiratsantrag.«

»Jackson«, flüsterte sie und starrte auf den Ring. Der Smaragd fing das sanfte Lampenlicht ein, umrahmt von zwei perfekten Diamanten.

Er nahm den Ring aus ihren zitternden Fingern und rutschte vom Bett, um neben ihr niederzuknien.

»Ashley Roberts«, seine Stimme war rau vor Emotion. »Ich liebe dich schon so lange. Habe dich einmal verloren. Dich wiedergefunden. Und jetzt bekommen wir Zwillinge, und ich«, er schluckte schwer. »Ich möchte für immer mit dir zusammen sein. Alles mit dir teilen. Willst du mich heiraten?«

Tränen liefen ihr über die Wangen, als sie nickte. »Ja. Ja, natürlich, ja.«

Der Ring glitt perfekt auf ihren Finger. Jacksons Hände zitterten genauso stark wie ihre.

»Er ist perfekt«, flüsterte sie und berührte den Smaragd. »Woher wusstest du das?«

»Weil ich dich kenne.« Er kletterte zurück ins Bett und zog sie an sich.

Sie schmiegte sich an ihn, ihre Tränen durchnässten sein T-Shirt. »Wir machen das wirklich? Alles davon?«

»Alles davon.« Seine Hand bedeckte ihre über den Zwillingen. »Das Haus, die Babys, eine Hochzeit. Alles.«

Ashley hob ihre Hand und beobachtete, wie der Ring das Licht einfing. Im Fernsehen lief der vergessene Film weiter, aber sie konnte nicht aufhören zu lächeln. Nach allem waren sie nun hier.

»Ich liebe dich«, flüsterte sie.

Jacksons Arme schlossen sich fester um sie. »Ich liebe dich auch. Alle drei von euch.«

Über die Autorin

Jeulia Hesse ist Autorin von Mystery-, Spannungs- und Liebesromanen. Da sie schon immer gute Geistergeschichten geliebt hat, tauchen diese oft in ihren Werken auf.

Sie stammt aus dem sonnigen Florida, wo sie mit ihrem Ehemann lebt und die Wintermonate verbringt, um dem Schnee und der Kälte ihrer Heimat Vermont zu entfliehen. Die Sommer verbringt die Autorin dort bei Familie und Freunden.

Wenn Ihnen dieses Buch gefallen hat, abonnieren Sie meine E-Mail-Liste, um über Neuerscheinungen informiert zu werden, exklusive Insider-Informationen zu erhalten und gelegentlich an Verlosungen teilzunehmen!"

Join Jeulia Hesse's newsletter mailing list

www.jeuliahesse.com

https://prod.content.atticus.io/images/4_jpeg3AHO6jNszLKH _ce.jpeg